MI QUERIDO SEÑOR LANGDON

LORENA VALOIS

Para todos mis querido lectores

Tabla de contenido

Capítulo 1 9
Capítulo 2 27
Capítulo 3 45
Capítulo 4 55
Capítulo 5 67
Capítulo 6 77
Capítulo 7 87
Capítulo 8 97
Capítulo 9 107
Capítulo 10 115
Capítulo 11 127
Capítulo 12 137
Capítulo 13 147
Capítulo 14 161
Capítulo 15 171
Capítulo 16 183
Capítulo 17 195
Capítulo 18 207
Capítulo 19 221
Epílogo 249
Sobre Lorena Valois 253

Capítulo 1

Derbyshire, 1825

Hardwick Hall era la mejor casa de campo de estilo isabelino de la región. Con una ubicación privilegiada con vistas a los campos de Derbyshire.

Era un palacete de campiña, lo primero que llama la atención es su aspecto acristalado, en la que son abundantes los vidrios. Se trata de una fachada, en realidad las cuatro del edificio, donde rigen los criterios geométricos, en el que imperan las formas compactas, y aquí ni siquiera los torreones que salen de la línea general de la planta rompe esa idea de unidad. Toda esa arquitectura da paso a un interior que se articula por una escalera central, que además de lugar de paso, es un espacio casi para el deleite de los ocupantes y visitantes de la vivienda. Por ejemplo, por ella llevaban los sirvientes la comida desde la cocina situada en la planta baja hasta el comedor de la segunda planta, siendo el mismo hecho de transportar la comida una especie de acto ceremonioso.

Algo que continuaba en el Gran Salón usado para los banquetes y las recepciones más suntuosas. Este Gran Salón, sobre todo por su decoración del friso de escayola, contiene en sí mismo magníficos ejemplos de las artes decorativas del periodo isabelino.

Y también es importante destacar los jardines que rodean la mansión. En ellos prima la originalidad y también la simetría. En realidad, se trata de un complemento visual a la casona. Pero también un espacio para el ocio de sus ocupantes y de sus invitados, ya que ahí se celebraban fiestas o se practicaban juegos entre los típicos laberintos de setos.

Hardwick Hall era el hogar ancestral de los grandes duques de Suffolk, una excelsa generación de pares de la corona inglesa que implicaba uno de los títulos nobiliarios más antiguos de Inglaterra.

Pero tanta parsimonia de nombre y sangre no le había servido de mucho, frente al derrotero del actual duque, que era un pésimo administrador y un financista desastroso.

Reginald, el actual duque de Suffolk, había dilapidado el patrimonio familiar y era de conocimiento popular que estaba en la bancarrota.

Es por eso que en los últimos años había permitido una práctica deleznable, la de arrendar a nobles de menor categoría, para que estos lo volvieran a subarrendar.

Uno de sus últimas muestras había sido la de arrendar una porción colindante de sus tierras a un viejo vecino de la zona, el barón Robert Ludlow, un hombre que tampoco estaba en buenas condiciones económicas, pero al menos era un hombre practico y sin miedo a gerenciar trabajo. La casa Ludlow era vecina a la suya, así que el trato fue rápido y sencillo.

Reginald le tenía aprecio al barón. Eran de la misma generación y se habían conocido en mejores épocas, cuando el gran duque aun tenia fortuna que dilapidar.

El duque había sido un calavera en su juventud, y ahora era un hombre de 60 años con numerosos achaques. Por sus infamias juveniles es que había tardado tanto en casarse, porque esperó a los cuarenta para hacerlo, y eso que siempre hubo candidatas para ello, pero Reginald no deseaba a ninguna. Solo el apremio por los herederos lo obligó a escoger a lady Victoria de Montress, la hija menor del duque de Cleveland.

No era ni por lejos, la mejor candidata para un hombre de sangre tan azul como la suya, pero a Reginald le pareció la más bonita y menos estirada de todas. El novio tenía cuarenta y la novia tenía veinte cuando la boda.

Una disparidad de edades que haría dar que pensar de que quizá la nueva duquesa de Suffolk se buscaría mejores diversiones, apenas el viejo durmiera. Pero no fue así, ya que increíblemente fueron felices.

Al duque le hacían reír las ocurrencias de la duquesa y eso mantenía vivo cualquier vínculo. Se podía pensar que una dama como ella solo estaba hecha para leer y bordar. En cambio, sorprendió al duque con sus habilidades culinarias. Tal fue así que la voluntariosa duquesa escribió un libro de recetas que fue muy famoso en Derbyshire. Tal cosa hubiera sido intolerable, pero el duque se lo permitió. Y todo por el cariño que tenía a su esposa.

A pesar de que hacían un gran equipo como pareja, eso no ayudó a mejorar el carácter financiero del duque, porque la duquesa tampoco era buena administradora.

La pareja había tenido tres hijos.

El mayor, Wesley, serio como ninguno de sus progenitores, tenía a la fecha veinte años, educado en Eton, vivió siempre bajo la batuta de su tío Dexter, el hermano menor de su padre.

Como los duques pasaban casi todo el tiempo en Hardwick Hall, el joven Wesley se criaba en Londres con su tío, por eso era tan diferente.

Le seguían dos hermanos más, que aún eran pequeños: Gabriel de solo 10 años, un niño alegre y extrovertido y la pequeña Jane de ocho años, una pequeña muy dulce y tierna. Muy diferentes a su serio hermano mayor.

Lo cual era obvio, porque ambos menores crecieron bajo la crianza de sus dos despreocupados padres, a diferencia del heredero.

Es por eso que Hardwick Hall siempre estaba lleno de invitados ya que los duques y sus dos hijos menores vivían en el lugar.

El joven Wesley solo venía algunos veranos, no todos. Porque le disgustaba profundamente el derroche y al estar en cierta edad de comprender la situación familiar, sabía que la condición de la suya era crítica y estaba en aras de heredar un ducado arruinado.

Por eso, procuraba aprovechar los conocimientos que sí podía obtener en Londres. La compañía de su tío había sido crucial en esto, porque Dexter era muy diferente a su hermano

Jugar a las escondidas era una de las actividades favoritas del pequeño Gabriel. Así como la de molestar a Jane.

Les encantaba moverse por toda la propiedad, y escabullirse de la vigilancia de los criados. Solía jugar a las escondidas con su hermana. Ese día se habían puesto en plan de jugarlo, y con tal de despistar a Jane fue que decidió que podía trepar un árbol.

Tarea nada difícil para un niño vigoroso como él. Además, le daría un buen susto a esa niñita.

Cuando vio el gigantesco árbol junto a uno de los portales del área que colindaba con Ludlow House, sonrió. Jane jamás podría encontrarlo, porque ese árbol era enorme y podría ocultarse.

El hermoso niño de piel tostada y ojos azules como el agua, se apresuró en subir por aquella.

Un pequeño grito ahogado casi lo hace caer de espaldas. Cuando Gabriel se incorporó, lo primero que vio es a alguien inesperado: una niña de la edad aproximada de su hermana que estaba trepada al mismo.

— ¿Una niña? ¿pero qué haces aquí? ¿Quién eres? —con la impetuosidad propia de un pequeño varoncito que no juega con niñitas.

—Es mi árbol —respondió la niña —. La pregunta sería ¿Qué haces tú en el?

Gabriel no pensaba amilanarse ante la pequeña intrusa irreverente.

—Este árbol esta en los dominios del gran duque de Suffolk, mi padre —repitió el niño, recordando algo de lo que siempre había oído. Era interesante ponerlo en práctica con una niña insolente.

—Pero yo nunca he visto al duque trepar aquí, por tanto, el árbol es mío —desafió la niña

Gabriel parpadeó confuso. Nunca había visto antes una niña como ésa que no se amilanase ante la mención de que él era hijo del duque.

—Yo soy Gabriel

—Pues yo soy Marjorie

Por un instante los niños se miraron. Finalmente se echaron a reír por la situación tan particular.

Marjorie era una niña perspicaz y voluntariosa. No era como las otras niñas de su edad, por una razón de crianza.

Su padre era un barón menor, pero mantenía cierta jerarquía y era un hombre respetado por su buena conducta. Pero su madre no había sido precisamente una dama noble. Había sido la cocinera de la abuela del barón. Todo un escándalo para la época. Al final primó el amor y la pareja acabó yéndose del condado donde vivían y se mudaron a Derbyshire donde se afincaron.

La familia de él nunca se lo perdonó y jamás los visitaron. Aun así, Robert, el padre de Marjorie, acabó heredando la baronía. Una baronía vacía y con deudas. La casa solariega de los Ludlow fue hipotecada y rematada por deudas, antes de que el padre de Marjorie tomara posesión de ella.

Así que la familia creció, quizá con título, pero todo cuanto poseían era exclusiva propiedad del Barón, fruto de su trabajo. Nada había sido heredado.

Es por eso que tanto Marjorie como su hermano mayor Henry crecían bajo ciertas reglas libres, nunca los atosigaron con condiciones. A Marjorie, por ser la única niña la mimaron tanto que la dejaron ser, tanto así, que le permitían a la niña ayudar en la cocina, que le encantaba.

Una actividad que debería estar vedada para una futura señorita, pero a Marjorie se lo dejaban.

La madre de Marjorie, una experimentada ex cocinera que había preparado platos para una gran baronesa se enorgullecía de ella. Sabia ampliamente que estas libertades podrían costarle caro a Marjorie en el futuro, en su preparación como hija de un barón. Pero su propia naturaleza la llamaba a dejar que su hija creciera con estas prerrogativas.

La dejaba correr en licencia por toda la casa, permitía que trepara árboles, persiguiera mariposas, ayudara en la cocina y que leyese todo lo que veía. Esto último se lo permitió desde que la pequeña apenas hubo aprendido a leer. Habían contratado una institutriz en el pueblo que se ocupaba de la educación de la niña. La madre hubiera querido hacerlo, pero no se engañaba con respecto a sus limitaciones, así que ella solo se dedicó a inculcar a Marjorie en lo que si sabía: la cocina y el manejo de una casa.

Quizá esto último podría considerarse algo pesado de enseñar a una pequeña, pero los padres de Marjorie sabían que el mundo podría ser bastante cruel. Ellos bien lo sabían, ya que habían sido expulsados de su propia familia, por causa de los prejuicios.

Así que ese era el motivo por cual la niña no temía portarse como tal y menos frente a un niño que se presentaba como el hijo de un gran duque.

Igual eso llamó la atención del pequeño Gabriel.

— ¿No quieres tomar una limonada?, estoy segura que la señora Gallens tiene lista una jarra —invitó el pequeño.

—Mi padre me ha dicho que no debo ir con desconocidos.

—Pues ya te he dicho que soy el hijo del gran duque, no soy un desconocido.

La niña pestañeó. Quería ser lista y obedecer los mandatos de su madre, pero este niño le estaba ofreciendo la posibilidad de entrar a la gran mansión, ese sitio que siempre había sido secreto y anhelado por ella, por estar adjunto a su casa. Desde que tenía uso de razón, siempre se trepaba para observar las fiestas en los jardines o cuando los duques daban bailes, podía observar las calesas y carruajes llegando.

Sería un sueño entrar dentro de Hardwick Hall.

¿Por qué no?

Si el niño quería pasarse de listo, siempre podría darle un pisotón.

—De acuerdo, pero te advierto que si me mientes te daré un doloroso escarmiento.

Gabriel sonrió y ayudó a la niña a bajar.

Desde allí, todo empezó a figurársele a Marjorie como un sueño. Siempre había visto desde el árbol los jardines de la mansión, así que nunca creyó que algún día podría estar caminando por ellos. El niño, Gabriel le contaba que sus padres estaban tomando té con su hermano mayor que había venido de visita, pero que a él se le preparaban limonadas, porque no le gustaba el té, y que lo dejaban tomarlo en el comedor adjunto de la cocina, que se suponía era de los criados.

El pequeño era bastante vivaracho. A Marjorie, quien caminaba obnubilada de tanto lujo y suntuosidad, ese niño le iba cayendo muy bien. Los niños de su edad solían mirarla por encima y con maneras apretadas, en cambio Gabriel era desenvuelto y menos formal.

Por supuesto que Marjorie era muy pequeña para saber que todo aquello, era por las murmuraciones que corrían acerca de la baja extracción social de su madre. Hasta Derbyshire habían llegado los cruentos rumores acerca del barón Ludlow y su esposa.

Finalmente quedaron en un salón gigante, que dejó a Marjorie con la boca abierta. Era evidente que estaban en la cocina, pero la niña nunca antes había visto fogones como estos ni mesadas tan blancas.

Numerosos y relucientes ollas, sartenes y cazos en perfecto estado colgaban de las paredes. Además de los infinitos utensilios, cabía en ella un delicioso aroma.

Aroma a pan fresco que era evidente que era lo que se estaba horneando.

Solo había dos mujeres en la cocina. Una vigilando el horno y otra revolviendo algo en un cazo.

Ninguna se percató enseguida de la presencia de los niños.

—Señora Gallens ¿todavía queda de la limonada? —la vocecita de Gabriel despertó a la mujer que revolvía el cazo. Estaba elaborando una masa para unos pasteles de dulce.

La mujer, una señora de mediana edad, se giró con una sonrisa, porque apreciaba mucho a su pequeño amo. Por supuesto que le había guardado limonada. Pero la cogió la sorpresa cuando vio junto a Gabriel, a una niña.

A la buena señora Gallens solo le tomó unos segundos reconocerla, como la hija menor del barón Ludlow, vecino de Hardwick Hall y también arrendatario del duque de Suffolk.

—Joven Gabriel, se lo hemos guardado —la mujer se acercó a la pequeña de grandes ojos marrones que la veía con cierta aprehensión —. No me temas, niña. Soy la cocinera de este sitio, soy la señora Gallens ¿podrías decirme tu nombre?

—Me llamo Marjorie —replicó la pequeña.

La señora Gallens parecía examinarla.

—De todos modos, no es un lugar adecuado para una señorita, si desean les mandaré la bebida en la sala de té, donde estos los duques. Estoy segura que para ellos será un placer conocerte.

Marjorie sintió que debía refutar parte de los dichos de la señora.

—Yo no considero que la cocina sea inadecuada para mí. Desde que recuerdo y me permiten, he practicado en la cocina de mi casa, aunque confieso que es la primera vez que veo unos fogones tan grandes. Mi madre me ha enseñado a amasar y hornear —confesó la pequeña

La señora Gallens estuvo a punto de escandalizarse. ¿Desde cuándo las hijas de barones practicaban cocinar?

—La remodelación de la cocina ha sido gracias a la duquesa.

— ¡Esa es mi madre! —agregó el pequeño Gabriel con una sonrisa

—Conozco el libro de cocina que escribió la duquesa —adujo la niña

Esto si fue más llamativo para la señora Gallens. Era muy pequeña y muy perspicaz.

—Eres una niña muy lista, pero, de todos modos, no puedo serviros aquí la limonada, así que id a la sala de té, que os acercaremos allí vuestras bebidas. Además, así los duques podrán conocerte, que eres vecina de la casa —pidió la señora Gallens, deseosa de guardar las formas.

Ya suficiente tenía con saber que la propia duquesa tenia fijaciones culinarias, sino que ahora esta niña, hija de un barón, se estaba educando en la cocina de su casa.

—Gracias señora Gallens —refirió la niña, aunque parecía que aún no acababa de entender que sería llevada nada menos que frente a los duques.

La ayudante de la señora Gallens se encargó de escoltar a los niños al salón.

Marjorie creyó estar en un sueño aún más onírico que el otro.

Pasear por los salones de esta gran casa tenía que ser una ilusión. No podía ser real.

16

Cuando llegaron finalmente a la puerta, esta se abrió antes de que la doncella que los guiaba lo hiciera. De allí se materializaron dos hombres, tan altos que la pequeña apenas pudo reparar en sus rostros. Si notó que ambos hombres, uno más joven que el otro hicieron una seña a Gabriel con la cabeza.

— ¡Hermano Wesley! ¿ya te vas?

El hombre joven, que ya estaba de espaldas solo atinó a responderle bajito.

—Procurad no incomodar tanto a nuestros padres con vuestros juegos.

Luego de lanzada aquella advertencia, ambos hombres desaparecieron.

Gabriel hizo una mueca con la boca.

—Ese es mi hermano mayor, Wesley. Pronto va a casarse y mi madre dice que cuando eso ocurra, se convertirá en un hombre con mejor humor.

Marjorie no respondió, porque no entendía mucho de aquello. Pero si se le quedó grabada en la retina la ancha espalda de aquel joven. Nunca antes había visto alguien de esa estatura y se había sentido intimidada.

Finalmente, los niños pasaron al salón donde los alegres duques de Suffolk reían en animada conversación. Cualquier tipo de reticencia o miedo que podría tener la pequeña desapareció en pocos minutos.

Los duques estuvieron encantados de conocer a la pequeña hija de su vecino y uno de sus arrendatarios. Era cierto que los barones de Ludlow siempre fueron invitados a las numerosas fiestas y veladas celebradas en Hardwick Hall, pero no menos cierto era la reserva de los barones.

Para la duquesa de Suffolk, quien tenía una hija de la casi misma edad que Marjorie, fue fácil empatizar con la pequeña. Pero a diferencia de su propia hija Jane, muy introvertida y calmada, la duquesa halló a Marjorie con gustos muy particulares que le recordaron a ella misma, como por el gusto por la cocina. Le sorprendió saber que la niña conocía su famoso libro. Cuando la pequeña le expresó su admiración por el equipamiento e instalaciones de la gran cocina de Hardwick Hall, la duquesa la invitó expresamente a venir cuando quisiese a probarlo.

Marjorie le había dicho que junto con su madre estaban trabajando en una receta de pastelitos de crema.

—Es que madre aun no me ha dado el visto bueno. Creo que todavía no le hemos dado el punto correcto al batido —refirió Marjorie en su inocencia infantil.

Gabriel se ganó puntos extras con sus padres esa tarde, al haber traído a una niña tan vivaz y elocuente, y eso que había sido algo accidental.

Al duque también le gustó la niña y más porque eso había puesto de buen humor a su duquesa, por quien él se desvivía.

Al terminar el té, envió a su propio mayordomo, el señor Harrison a escoltar a la pequeña a casa.

Gabriel también los acompañó.

—Si es cierto que haces esos pasteles de crema, tienes que mandar unos a casa —se despidió Gabriel de su nueva amiga.

Esas palabras, munidas de una blanca sonrisa hicieron impacto en la pequeña niña.

Desde que pudo subir a los arboles había admirado la mansión contigua de su propia casa, y el hecho de que personas de allí fueran tan amables con ella, hizo profunda mella en ella. Consideraba a Gabriel como el causante de este particular recibimiento.

Se prometió a sí misma, esmerarse para que los duques no se decepcionaran de ella, y menos Gabriel.

Aprendería la receta de los pastelitos y los mejoraría para mandársela a la encantadora familia que vivía en Hardwick Hall.

Algunos días después, Marjorie desayunaba con sus padres y su hermano en el comedor de Ludlow House.

Tenían la costumbre de levantarse temprano y Marjorie estaba alegre, desde el permiso que le dieron los duques de Suffolk de entrar a sus cocinas cuando quisiera. Los barones no veían aquella situación como inadecuada, sino como un pequeño honor a su niña.

Así que su madre la dejaba hacer, luego de haberse cerciorado que la señora Gallens velaría por su pequeña cuando fuera allí. De hecho, la intervención de la niña había supuesto un cambio interesante, porque los mentados pasteles de crema que fueron el motivo de acercamiento a aquella casa, eran ahora un alimento básico en el desayuno de Hardwick Hall. Al principio, los traía en una cesta ya listas. Pero al tomarse confianza y al tener el permiso de la duquesa, la niña se permitió experimentar en la cocina de los duques.

La señora Gallens la veía mezclar ingredientes y sazonar. Pero las tareas más pesadas como batir o hornear se lo dejaban a la ayudante de la cocinera. La señora Gallens estaba convencida de que esto era un pasatiempo vacacional para la niña, así que ya no es escandalizaba como al inicio.

Además, que la tranquilizaba saber que nadie más fuera de la casa, sabía que la pequeña de los Ludlow iba a practicar gastronomía en la cocina de los duques.

Henry, quien era su hermano mayor, tenía 16 años. No había dinero para mandarlo a Eton, así que el chico se educaba con un tutor, así como Marjorie lo hacía con una institutriz. El barón leía el periódico, mientras su mujer miraba un boletín.

Marjorie iba a meterse a la boca un trozo de dulce con el té, cuando oyó a su padre comentarle a su madre.

—He oído un horrible rumor desde Hardwick Hall

La esposa prestó atención, y lo mismo hizo Marjorie, quien siempre estaba a lo sumo interesada lo que ocurría en aquella casa.

Pero el barón parecía reparar en ella, así que se calló, y habló directamente.

—Hija, lo mejor es que por unas semanas no vayas a la casa del duque. Han tenido un problema y la presencia de extraños puede resultarles incómoda.

Marjorie parpadeó confusa.

—Gabriel me ha dicho que hoy le llegaban unos caballitos de madera tallados.

—Pues esperarás unos días para ir a verlos. El hijo mayor del duque ha tenido un problema y no será correcto que andes por allí —replicó el barón

—Me hubiera gustado poder practicar unos pasteles con dulce de bayas. La señora Gallens prometió que me guardaría de aquella mermelada.

—Puedes mandarles una cesta si tanto quieres, pero entiende, querida hija, que hoy no es un buen día —repuso cariñosamente el barón, incapaz casi de negarle algo a su pequeña.

La niña no entendía, pero nunca se pondría en plan de desobedecer a su padre, así que asintió.

Solo cuando Henry y Marjorie salieron, los barones se pusieron a hablar más distendidamente.

Marjorie, lo oyó por supuesto, porque no pudo resistirse a quedarse oír tras la puerta, su intuición le decía que allí sus padres hablarían del problema que ocurría con sus vecinos.

Rogaba que el del problema no fuera Gabriel. Así que se alivió cuando oyó la conversación de sus padres.

—He oído que el joven Wesley, el hijo mayor del duque está regresando de Londres. Su prometida, lady Angélica Eliot rompió su compromiso con él y lo hizo de forma bastante publica, al aducir la situación económica del ducado que heredará el joven Wesley.

La señora Ludlow no pudo evitar sentirse apenada con aquel pobre joven.

—Pobre muchacho. No lo hemos visto mucho, porque se ha criado más en Londres, pero no puedo evitar sentir mucha pena por él.

Su marido asintió.

—Lord Wesley estuvo unos días aquí y luego viajó a Londres para arreglar con su tío, detalles de su boda con la señorita. El compromiso se ha roto y la señorita Angélica se encargó de diseminar la información de que lo dejaba porque no quería ser esposa de un hombre en la ruina y heredero de nada.

—Eso es horrible —adujo la baronesa, llevándose la mano a la boca.

—Bueno, todos sabemos de la fragilidad de la situación financiera del duque, pero que poca fe ha tenido aquella señorita con el joven Wesley, quien es muy diferente a su padre. Como sabrás, todo esto ha sido humillante para este joven y vendrá a recluirse aquí en el campo. Por eso no quiero que Marjorie esté rondando por allí, porque puede poner de mal humor al heredero.

—Tienes razón, pero de todos modos ayudaré a Marjorie a hacer la cesta con los dulces para mandárselos. Yo sé que mi niña siempre los prepara para su amigo Gabriel, pero estos pasteles son deliciosos y estoy segura que la familia completa podrá disfrutarlos.

El barón asintió. El matrimonio siguió hablando de temas diversos, pero Marjorie ya no los oyó porque se alejó de la puerta.

Le dio muchísima tristeza por el hermano mayor de Gabriel. La niña era lo suficientemente lista para entender que la ruptura de un compromiso matrimonial era grave. Pero tomó la palabra de su madre y fue corriendo a afanarse en la cocina. Igual prepararía sus dulces para mandarlos a la casa del duque.

Quizá comer uno le daría animo al hermano mayor de Gabriel.

Días después de aquello, se cernió la tragedia en la casa Ludlow.

La madre de Marjorie enfermó de unas fiebres y murió en pocos días. Fue un suceso fulminante y horrible por lo inesperado y fortuito.

Marjorie y Henry se quedaron sin madre. El buen barón se quedó sin esposa, y además una por la había peleado con su familia. Aquella mujer había sido el bastión de su casa, la razón de ser de esta familia y perderla fue una catástrofe.

La vecina, la duquesa de Suffolk se ofreció inmediatamente a cuidar de los hijos Ludlow mientras duraba el duelo. E incluso hizo abrir un portal especial entre los muros medianeros entre ambas casas para que los hijos de la difunta vinieran a Hardwick Hall sin tanta ceremonia.

Marjorie, ya sin madre y con un desconsolado padre caminaba errática por los pasillos de aquella inmensa casa como un fantasma triste.

Su madre se había ido y era una pesadilla. Justamente el hecho de andar como una sombra pequeña y lúgubre por aquella inmensa mansión le permitió pasar desapercibida en muchos sitios.

Aunque los duques y Gabriel eran atentos con ella, la niña estaba desolada. Hasta Jane le había colaborado con unas muñecas para intentar consolarla.

Fue en una de sus fantasmales incursiones que oyó algo en el comedor principal, donde estaban los duques comentando. Notaba la voz del duque de Suffolk un poco enfadada.

—Es que me parece inaudito que pretenda embarcarse a otro continente, desafiando mi autoridad.

—Querido, Wesley siempre ha sido un indomable para nosotros. Se ha mostrado inflexible, pero creo que debemos dejarlo ir. Su tío Dexter estará con él y además sabes que Wesley es diferente, él podrá ser capaz de sobrevivir allá —replicaba la duquesa.

— ¿Cómo es que tú y yo tenemos un hijo como ése?, tan diferente a nosotros. Pero supongo que no tendré más remedio que ceder, ya que él siente que su honor ha sido seriamente dañado luego del abandono por parte de Lady Eliot.

Marjorie oía, pero no comprendía del todo.

Solo una voz en su espalda la hizo despertar.

—Mi hermano se va a Virginia —la voz infantil y seria de Gabriel se oyó.

— ¿Dónde queda eso?

—Tienes que subir a un barco y tardar bastante en llegar. Queda muy lejos de aquí, las viejas colonias inglesas —replicó el niño, quien repetía alguna lección.

Marjorie no dijo más nada. Pero lo que si empezó a tener en claro es que el hermano mayor de Gabriel era una persona con muchos problemas.

—Nosotros iremos a Londres a despedirlo, Marjorie.

Eso sí despertó a la niña.

— Pero volverán pronto, ¿verdad?

—Claro que sí. Traeré algunos juguetes al regresar ¿Qué te parece?

La pequeña sonrió, aunque le dolía que justo ahora su pequeño mejor amigo se marchara.

Días después, la propia duquesa vino a despedirse de la niña en Ludlow House, le pareció correcto hacerlo, ya que ella se había estado haciendo cargo de los chicos Ludlow.

Se fue, pero dejó encargo de que si los niños querían ir a pasar el día en Hardwick Hall que eran libres de hacerlo. Que la habitación que Marjorie ocupó unos días allí, siempre estaría disponible cuando quisiera. Lo mismo para Henry.

Fue un frío día de marzo, casi tres meses después de la muerte de la baronesa de Ludlow, que partió la calesa desde Hardwick Hall, llevando a los duques y a sus dos hijos menores rumbo a Londres.

Iban a despedirse de su hijo mayor, quien había tomado la decisión de embarcarse a Virginia, en América. Aquella legendaria tierra de sueños y prosperidad.

.

Su situación de huérfana de madre y la perdida de contacto con su pequeño amigo, hizo que Marjorie empezara a idealizar varias cuestiones.

Como hizo con el pequeño Gabriel.

Hardwick Hall ahora estaba vacía con pocos criados que ella no conocía tanto, porque la señora Gallens había ido con sus patrones a Londres, y por lo mismo, pese al permiso, la niña no quiso ir con frecuencia.

Después de todo, ni siquiera estaba Gabriel, el mejor amigo que había tenido nunca para que probara sus dulces. Igual siempre tenía lista alguna porción por si le daban el tino de volver pronto. Se lo había preguntado a su padre, pero él no tenía idea de cuándo podrían regresar.

Así que la niña pasaba largas horas frente al ventanal o encima del enorme árbol donde una vez se cruzó con Gabriel a esperar el regreso de los duques y de su amigo, por supuesto.

Los días pasaron. También las semanas e incluso los meses, pero Hardwick Hall no se abría.

Incluso la cantidad de criados encargados empezó a menguar. No había señal de los duques.

Un día, casi un año después de la marcha de los duques a Londres, unas telas negras se colocaron por los característicos ventanales de Hardwick Hall.

Una terrible e inequívoca señal de una horrible desgracia.

El duque Reginald de Suffolk había muerto.

.

.

.

Marjorie maldijo esos días por ser tan pequeña, y no poder ir a Londres a buscar a Gabriel para abrazarlo. Él había estado cuando murió su madre y le había dado un beso en la frente como consuelo.

Marjorie quería devolverle eso. Se tuvo que conformar con unas líneas que su padre le dedicó en la carta que el barón Ludlow despachó a Londres, una donde expresaba su profundo pésame.

De todos modos, Gabriel ni lo que quedaba de su familia regresaron ese verano tras la muerte del duque. Hardwick Hall quedó cerrada para las visitas.

Habia oído en una conversación entre los criados de Ludlow House, gracias a su capacidad de oír tras las rendijas. La orden de clausura fue emitida por el nuevo duque de Suffolk, el hermano mayor de Gabriel. Y lo fuerte es que la orden la mandó desde Virginia, porque el joven no había venido a los funerales de su padre, aduciendo que no quería perder lo que estaba haciendo allá. Mandó a su tío Dexter que se encargue de algunas cosas y de contener a su madre y hermanos.

Ya él vendría en algún momento, pero emitió ciertas ordenes, y eso incluía que su familia se quedara a Londres. También ordenó que Gabriel sea internado en Eton de forma inmediata. Los días vacacionales en Hardwick Hall habían terminado.

Oír eso fue doloroso para la niña. Ella seguía esperando a su amigo. Y su mente romántica la llevó por el lado de idealizar a aquel niño de su infancia, llegó a imaginarlo como el marido que le gustaría tener cuando sea señorita. También empezó a percibir al hermano de Gabriel como el terrible ogro que los separó.

Y más cuando tres años después de la muerte del duque Reginald, el hermano de Marjorie, el joven Henry de ahora diecinueve años expresó a su padre la oferta que había recibido del duque de Suffolk que residía en Virginia, forjando una fortuna. El barón Ludlow no tuvo corazón para detener a su hijo y lo dejó ir. Sabía que su hijo no estaba en aras de heredar gran cosa y el gran sueño americano se le figuraba maravilloso para hacerse de algún peculio. El barón lo dejó más que nada porque fue una invitación del duque de Suffolk, de quien se sabía era un gran propietario de plantaciones de algodón. Estaba haciendo una fortuna en los pocos años que llevaba allá.

Fue así que Marjorie y su padre quedaron solos en Ludlow House

Los días, los meses y los años pasaron en Derbyshire. Marjorie recibía muchas cartas de su hermano, pero ninguna de Gabriel, que solo vivía en Londres. Ella mandó varias por intermedio de su padre, pero el hermano del duque de Suffolk nunca respondió.

Marjorie nunca perdió la esperanza, creció y se hizo una señorita. Pero algo que nunca dejó era fue lo ir todos los días a Hardwick Hall, ya sea para cambiar las flores o dejar hechas cestas con pasteles.

Cestas que los criados que cuidaban la casa se encargaban de mandar a la casa de Londres. Le habían tomado cariño a la vecina. Además, que los pasteles sabían muy bien.

Pero en esos años, nunca hubo palabras de agradecimiento del principal destinatario: Gabriel.

Capítulo 2

Año 1835

Es como si hubiera venido soñando con este día desde hace tanto tiempo.

Estaba agotada del viaje y del trajinar del carruaje, pero era consciente de que todo esto valía la pena.

Faltaban pocos kilómetros para llegar a Londres, como bien le había anunciado el cochero y eso hizo que su corazón empezara a latir aún más fuerte.

La señorita Marjorie Ludlow sonrió, apretando su sombrero. No estaba sola en la calesa, le acompañaban su padre y la señora Nancy, la institutriz que había tenido desde niña y que ahora fungía como acompañante de la joven de 18 años.

El barón Robert Ludlow no estaba muy contento. Odiaba la ciudad, pero le había prometido a Marjorie que vendrían, así que hizo los arreglos suficientes y se embarcaron desde Derbyshire a Londres, luego de una preparación por parte de Marjorie de casi dos semanas.

Fue el tiempo que se necesitó para juntar los vestidos, guantes, pañuelos y sombreros necesarios y adecuados para una joven debutante.

Habían aceptado la invitación al baile organizado por la duquesa viuda de Suffolk que se realizaba en el suntuoso palacete de St James, propiedad del hijo mayor de la anfitriona.

También sería ocasión para que Marjorie pudiese debutar en sociedad. Aunque sería una presentación bastante corta, porque su padre tenía previsto que regresaren en quince días a Derbyshire. Pero el acontecimiento sería suficiente para marcar la existencia de Marjorie en el mundo de las muchachas casaderas disponibles.

Para Marjorie tenía el valor agregado de que sería en una fiesta organizada por la duquesa viuda a quien ella le guardaba mucha admiración.

No solo por ser la vecina amable que la acogió unos días tras la muerte de su madre, y por permitirle el ingreso a Hardwick Hall las veces que quisiese, sino porque era la madre de Gabriel, a quien ella consideraba su mejor amigo de la infancia y la persona más perfecta que alguna vez hubiera conocido.

Marjorie le escribió a Gabriel en estos diez años, pero jamás recibió respuesta. En cambio, la duquesa viuda si había tenido atenciones con ella, contestando amorosamente y habían tomado té las veces que la duquesa viuda venía a Hardwick Hall.

Gabriel nunca volvió a Hardwick Hall, ni siquiera acompañando a su madre. Esos eran días frustrantes para Marjorie, quien siempre lo esperó. Los únicos que solían venir eran la duquesa viuda, su hija menor Jane y a veces el duque de Suffolk, ese hombre que nunca se dejaba ver. Marjorie nunca se había cruzado con él las veces que el duque iba a la casa solariega de Derbyshire, pero sí se enteraba que estaba, porque los criados hablaban de eso.

Esa conjunción de espera, ilusión congelada y cariño hizo que Marjorie idealizara a Gabriel de forma intensa. Tanto era así que le había declarado a su institutriz Nancy que la única persona con quien esperaba casarse algún día era Gabriel. Y que estaba segura que vendría a pedirle la mano, que eso era como un destino marcado para ella.

Sueños que habían echado raíces en la romántica mente de la muchacha.

Cuando el cochero finalmente anunció que habían llegado al palacete del duque de Suffolk, Marjorie fue presa de una inmensa emoción.

Pronto volvería a ver a Gabriel.

.
.
.
.

Marjorie sonrió con aprehensión. Hace menos de cinco horas que habían llegado a Londres y se hospedaron cerca de St James, porque el barón no quiso oír de pedirle alojamiento al duque de Suffolk. Una cosa era ser invitados de la madre para un baile, y otra muy diferente, pedirles hospedaje. Probablemente no se lo negarían, pero el barón era demasiado orgulloso para deberles otro favor.

Ya suficiente tenía con saber que era arrendatario de ellos y que el duque le hubiera dado un trabajo a su hijo Henry en Estados Unidos. Particularmente no hubiera venido a este baile, pero sopesó que era un buen modo de presentar a Marjorie, quien además siempre pedía por una oportunidad de estar en la ciudad.

Luego de descansar un poco, los tres fueron directo a la casa de los Suffolk a presentarse para el té. La duquesa viuda los esperaba, según la nota que les había llegado en la posada.

Marjorie casi se emociona hasta las lágrimas cuando se reencontró con ella. Hace varios meses que no la veía, desde el último verano que ella pasó en Hardwick Hall. También le alegró ver a Jane, quien esbozó una sonrisa al ver a su particular vecina.

Jane era una muchacha de la misma edad que Marjorie, y era mucho más retraída.

Pareciera que el hecho de perder a su padre de niña y de que su hermano mayor se mantuviera varios años fuera, hubieran sopesado que el carácter de la muchacha fuera diametralmente diferente a Gabriel, su hermano.

—Querida, estás preciosa. Tu madre estaría orgullosa de ti —refirió Lady Victoria, la duquesa viuda con sinceridad.

Marjorie se sonrojó ante el detalle, pero lo cierto es que duquesa viuda no exageraba.

Era una muchacha hermosa, había quitado la altura de su madre y poseía una figura privilegiada.

Tenía el cabello castaño largo y los ojos grandes marrones que emulaban al atardecer. Tenía un rostro dulce y una boca muy rosada que hacia perfecto juego con su deslumbrante piel blanca.

Marjorie había florecido y para bien.

—Se lo agradezco tanto, milady —adujo Marjorie, sonrosada.

La tarde pasó como cualquier otra visita de cortesía, aunque Marjorie se moría de ganas por preguntar por Gabriel, pero su buena educación y sus maneras se lo impidieron. Además, que no quedaba bien que una muchacha debutante preguntara tan abiertamente por un hombre, aunque sea hijo de la anfitriona del baile donde ella pensaba debutar.

Igual la duquesa se lo informó.

—Mi hijo, el duque de Suffolk no asistirá al baile, pero envía sus mejores deseos. Tengo entendido que planea viajar a Hardwick Hall en su paso a Bath. El baile, será abierto entonces, en ausencia del duque, por mi hijo Lord Burnes —dirigiéndose a la muchacha, que casi se atraganta con el té —. La apertura del baile la harán él y Jane, quien, como tú, también debuta.

— ¿Lord Burnes? ¿es decir quiere decir que Gabriel abrirá el baile? —preguntó Marjorie, con los ojos henchidos de esperanza e imposibles de disimular de emoción. Tantos años suspirando por un recuerdo que olvidó las maneras de trato ante el hijo de una duquesa, a quien no debía llamar por su nombre de pila, sino por el título que ostentaba.

Pero Marjorie se tranquilizaba mentalmente que aquello era tontería, porque estaba escrito que algún día serian marido y mujer. Que él vendría a por ella apenas la viera.

Excusaba su recuerdo en la idea de que Gabriel estaría haciendo lo que hacen todos los hombres de su tiempo. Preparándose y educándose para tener su propia casa, en la suerte que le tocó como segundo hijo de un gran duque. Pronto buscaría esposa y seria la oportunidad de Marjorie de enseñarle que ella también se había estado preparando para aquello.

Aquella merienda terminó de forma muy alegre, porque Marjorie rebosaba de felicidad, y eso que la duquesa viuda le ofreció alojamiento en caso de que sus aposentos de la posada fueran inadecuados. Sólo en ese momento, el silencioso padre de Marjorie se permitió intervenir.

—Milady, me permito rechazar vuestra amable oferta, pero haciendo honor a la verdad, los aposentos de la posada son excelentes. Pero sí que tomaremos vuestra oferta de mañana y Marjorie estará aquí antes de la apertura del baile, le ha hecho mucha ilusión este primer viaje a Londres que hace.

Luego de las despedidas formales, Marjorie y su padre regresaron a la posada.

El barón estaba callado. Como buen padre que conocía a su hija, conocía de las extrañas ilusiones que Marjorie le guardaba al actual vizconde de Burnes, a quien no veía desde que era niño. No alentaba ese sentimiento, por ser naturalmente imposible que la hija de un barón pueblerino y rechazado por su familia, que se había fugado con la cocinera de la familia se pudiera unir alguna vez al hermano del duque de Suffolk, el par más rico de Inglaterra y uno de los hombres más influyentes cercanos a la Corona.

Pero fuera de eso amaba a su hija y este evento serviría a la par del debut de Marjorie, sino para que ella viera algo más que Derbyshire y abriese los ojos ante un mundo imposible.

Un trozo de realidad para una muchacha inocente que no veía más allá de las paredes de su casa.

.
.

.

Ya era casi medianoche, cuando Marjorie se levantó a hurtadillas a revisar su vestido de color blanco, como correspondía al color que usaban las debutantes como ella.

Nancy se lo había planchado, y alistado el resto de los implementos como las medias, los guantes y el corsé. Un primoroso chal brillante completaba el ajuar.

Ya todos dormían, pero ella apenas podía pegar ojo. Su momento soñado estaba a la vuelta de la esquina.

Habia practicado pasos de baile con su padre. Le hubiera gustado que su hermano Henry estuviera aquí para darle algún tipo de apoyo, fuera de las cartas.

Henry vivía en Estados Unidos. Hace unos años se había ido con una oferta laboral por parte del duque de Suffolk y según contaba en sus cartas le estaba yendo bien. Habia empezado trabajando en las grandes plantaciones del duque en Virginia y ahora era parte principal de la administración del lugar.

Henry no olvidaba su aporte y se encargaba de enviar a su padre una asignación, que también alcanzaba para su hermana. El barón era laborioso, pero ya no era tan joven y era muy proclive a ser engañado, así que no se podía decir que era un hombre con holgura económica y había contraído muchas deudas por las tierras que arrendaba.

—Gabriel...pronto te volveré a ver —adujo la muchacha, mientras abrazaba su vestido, el mismo que usaría para bailar con el hombre de sus sueños de siempre.

La cara del niño que vio hace diez años había mutado y Marjorie creía ser capaz de reconocer su rostro de adulto.

Cuando oyó unos ruidos, y creyendo que Nancy se estaba levantando, fue que soltó el vestido para correr a su cama de nuevo.

Allí se podría permitir soñar con lo que quisiera.

.
.

.

Le gustaba levantarse antes de las seis de la mañana, hacer un poco de ejercicio para desayunar temprano y beber café, una costumbre que había traído de Estados Unidos donde vivió muchos años.

No era como otros aristócratas, pero justamente por su riqueza, es que le excusaban sus numerosas faltas al protocolo. Se había americanizado decían en los salones.

Lo cierto es que sólo en algunos hábitos alimenticios, pero lo cierto es que el duque de Suffolk, Wesley, un hombre de treinta años que se embarcó antes de los veintiuno a buscar el sueño americano, era un noble en toda regla.

Era un hombre frío y calculador, pero fue gracias a esos atributos que sobrevivió y pudo hacerse de una fortuna en Estados Unidos.

Luego de la ruptura de su compromiso matrimonial con la señorita Angélica Eliot, el entonces joven de veinte años quedó en una situación de rabia y furia con respecto a su condición de heredero a un ducado arruinado y endeudado. La señorita Angélica, a quien él había querido con la impetuosidad juvenil del primer amor rompió el compromiso diciéndole que no se casaría jamás con un hombre pobre, por más duque que fuera y que ya había encontrado mejor partido.

Wesley recordaba que aquello lo marcó. Ese desprecio a su situación, una nada halagüeña y producto del derroche de sus padres, de lo que siempre estuvo muy avergonzado, hizo que se uniera a su tío Dexter en un plan arriesgado: la de viajar al continente americano a hacerse de fortuna, gracias a las oportunidades que ésta ofrecía, así que el joven Wesley hizo uso de sus ahorros personales que acumulaba gracias a la exigua asignación que recibía y abandonó Inglaterra con su tío.

Su tío Dexter, era el hermano menor de su padre y tenía idéntico carácter al suyo propio, porque el conde de Tallis, que era el título de su tío fue quien supervisó su educación que se hizo integralmente en Londres, antes de inscribirlo en Eton. Su tío tampoco fue afortunado con las finanzas, pero la situación no lo agobiaba porque era soltero y era un hombre sin vicios de juego.

Pero fue el ideólogo de que Wesley buscara fortuna personal a otro continente, y así nació la expedición de tío y sobrino.

Fueron meses muy duros los del inicio, donde ambos aristócratas tuvieron que acomodarse al clima cálido de Virginia y aprender del negocio que el joven compró: hectáreas de tierra virgen y productiva de algodón, para contribuir al creciente negocio textil.

Cuando cumplieron un año viviendo en Virginia, les llegó la noticia de la muerte del viejo duque.

Recibió la misiva de su madre instándole a regresar. Fue ahí que afloró su auténtico carácter rayano a lo déspota. Él era el nuevo duque de Suffolk y cabeza de familia. Nadie le daba órdenes, y menos su madre.

Fue ahí que envió sus primeras ordenes: él no podría ir a los funerales de su padre, y les ordenaba a su madre y sus hermanos regresar a instalarse a la casa de Londres. Y que cerraran Hardwick

Hall, esa enorme casa conllevaba un gran gasto. Dinero que todavía no podían permitirse gastar.

Wesley no regresó hasta tres años después de haber sido nombrado duque desde la muerte de su padre. Pero solo vino para buscar documentación y ponerse al día en el Parlamento, donde tenía un permiso especial para ausentarse y que había procurado desde su exilio.

El desembarco del duque fue muy diferente al de su partida. Era bien conocido que el duque se estaba haciendo rico en Virginia y se estaba expandiendo en sus negocios haciendo inversiones en su país natal y extendiendo otros trabajos fuera de Virginia.

Luego de quedarse unos meses en Londres, Wesley volvió a Estados Unidos.

Luego de eso, venia dos veces al año a Londres, permaneciendo el resto del tiempo en el continente americano.

Su laboriosidad, paciencia y visión de negocios lo hicieron acreedor del título del hombre más rico de Inglaterra y uno de los más acaudalados de Europa.

Sus negocios iban desde el negocio textil, fábricas de pastillas de jabón y una naviera.

Habia invertido y ahora veía sus frutos.

Hace poco menos de tres meses había decidido regresar definitivamente a Inglaterra. Su tío Dexter era su mano derecha y estaba encantado de hacer los viajes anuales a Estados Unidos para verificar los balances contables. Así que el duque estaba asentado en Londres y su presencia, que muchos querían adular, así como muchas madres querrían cazar para sus hijas casaderas, era una noticia deliciosa y una comidilla.

El baile organizado por la duquesa viuda seria la ocasión perfecta para intentar relacionarse con tan poderoso señor. Aunque mucho se desinfló cuando corrió la noticia de que el duque no estaría presente en el baile, según sus palabras no quería enturbiar con su presencia, la presentación en sociedad de las bellas debutantes de la temporada.

Wesley rió al recordar su mentira piadosa. Lo cierto es que tenía poca tolerancia para rodearse de hipócritas y su natural desconfianza lo hacía sumamente precavido. En particular tenía un especial desdén por las cazas fortunas, lo cual no era gratuito atendiendo su penosa experiencia con la señorita Eliot hace más de diez años.

Igualmente planeaba un viaje corto a Bath a supervisar la compra de unas propiedades en el condado. No era necesario que fuera, pero prefería eso a estar en la casa a merced de alguna debutante que su madre invitara a quedarse en la casa.

Wesley era un hombre de aspecto imponente. Era muy alto, tanto que siempre pasaba una cabeza a cualquier otro hombre que se cruzase con él. Tenía la piel blanca, pero tostada por su emprendimiento en América, donde el trabajo hizo lo suyo. Tenía facciones muy atractivas y varoniles, que coronaba con dos enormes orbes azules.

Su cuerpo fibroso y desarrollado, gracias al ejercicio y las actividades que desarrolló en América hacían de él, todo un espécimen. Viéndolo así no sería difícil amarle ni sería una tortura para una joven debutante.

Lo terrible de él era su carácter. Era frío, exigente, duro y poco proclive a perdonar las fallas. Además, era desconfiado y era de pocas palabras. Era muy estricto, pero aun así procuraba moderarse con su familia. Pero siempre dejando en claro que era él quien mandaba.

Habia visto los errores de su familia y no quería volver a caer en ellos. Así que, si alguien quería visitarlo para pedirle algo, tenía que pasar por el filtro de su tío, quien conocía a su sobrino y su poca paciencia para tratar tonterías.

Wesley terminó de beberse la taza de café amargo.

Miró a su madre y a su hermana, quienes desayunaban muy alegres, por el baile que se ofrecería esa noche, y que tan ocupadas las mantendría.

Jane le había dicho que hubiera querido que sea él quien la quitase a bailar.

—Gabriel lo hará por mi —señaló Wesley —. ¿Todavía no se ha despertado mi hermano? —preguntó al señor Harrison, el mayordomo

—No, milord, entiendo que ha pedido el desayuno en la habitación.

Wesley frunció un labio. No le gustaban los hábitos relajados de su hermano. Desde que saliera de Eton, no daba muestras de convertirse en el hombre que él hubiera querido.

Era demasiado disoluto, tenía afinidad por el juego y era un calavera a sus veinte años. Wesley había decidido que lo mejor era casarlo pronto y alejarlo del escándalo, antes de acabar comprometido con alguna cazafortunas o alguna muchacha inadecuada para el hermano del duque de Suffolk.

Además, que muchas se le acercarían por ello. Ya que como Wesley era un hombre soltero y sin hijos, su heredero hasta el momento era Gabriel, así que el disoluto joven era uno de los solteros más apetecibles de la temporada. Un espécimen para cazar y atraer con la belleza fácil.

—Hijo ¿entonces no hay esperanzas de esperar por ti esta noche? —preguntó la duquesa viuda

—No, madre. Estaré ocupado revisando unos negocios, los de Bath. Puede que incluso salga de viaje esta noche —aclaró el hombre, bajando la taza de café, ya vacía.

La duquesa viuda suspiró. Lo que ella daría porque su hijo aceptara presidir una de estas veladas. Estaba segura que allí podría conocer a alguna fresca muchacha que lo hiciera olvidar parte de su amargura.

.

.

.

Se acomodó parte de la chaqueta. El ayuda de cámara lo había limpiado perfectamente.

Sonrió de lado. Era un hombre joven, guapo y rico. Y de eso, Gabriel, vizconde de Burnes y hermano del todopoderoso duque de Suffolk era perfectamente consciente. Ya su madre venía advirtiéndole desde hace semanas que tenía que abrir el baile de las debutantes de este verano con su hermana Jane que sería presentada.

Gabriel adoraba a su hermana, pero tenía que admitir que lo más lo atraía de todo este circo era la posibilidad de examinar a las virginales beldades que se exhibían allí. Le entusiasmaba la posibilidad de pensar que podía encontrar aquí a su próxima amante.

Era alto, como era usual en su familia. Pero no como su hermano, el gran duque que fácilmente le quitaba media cabeza. Tenía los ojos claros brillantes y un rostro favorecido.

Eso hacía de Gabriel un hombre muy atractivo. Desafortunadamente había explotado esas cualidades para el lado de un hombre mujeriego y juerguista. Aun con aquellos dudosos adjetivos calificativos por encima, Gabriel era uno de los mejores partidos de la temporada, y él joven era consciente de que debía redoblar esfuerzos para no ser atrapado ni comprometido con alguna debutante adiestrada por alguna madre fiera.

Él era demasiado listo para eso. No tenía ninguna intención de dejar su vida crápula y libertina.

Que la seriedad y ese tipo de cosas desagradables se las dejaba a Wesley. La vida era para disfrutarla y él no pensaba dejar aquella premisa.

Cuando tocaron la canción, Gabriel abrió el baile con su hermana Jane.

Disfrutaría esta danza con su tímida hermana. Una vez terminada, podría dedicarse a su viejo afán de cazador, acechando a las jóvenes mujeres bellas, capaces de tentarlo lo suficiente.

Las imaginaba encantadas de tener la atención de él.

Acabada la primera pieza, fue por champagne, aprovechando de pasear sus rápidos ojos para detectar alguna mujer verdaderamente bonita.

Las había altas, muy bajas, regordetas o muy delgadas.

Todas parecían tener sus ojos puestos en él y sus movimientos. Al cabo de varios minutos de expedición, Gabriel ya se estaba aburriendo.

Tenía pensado marcharse hacia el otro lado y conversar con algunos de sus amigos oficiales que estaban por ahí, cuando detectó algo nuevo.

Una muchacha que nunca antes había visto. Gabriel tuvo que sacudirse los ojos para analizar mejor a aquella aparición.

Una jovencita, que no pasaría de los 18 años había entrado del brazo de un hombre mayor. Gabriel intuyó que era su padre.

Pero era la chiquilla más bonita que él hubiera visto. Con unas formas sinuosas y un rostro aniñado. Era evidente que la chiquilla era pueblerina. Porque nadie en Londres podría tener ese tipo de belleza casta y dulce. Tenía unos labios rosas, que Gabriel se vio terriblemente tentado a querer probar.

Y lo mejor es que enseguida reparó en él, porque se sonrojó al verlo y no cesaba de mirarlo.

—Parece que ni siquiera necesitaré salir de cacería, que la chiquilla parece querer caer entre mis brazos —dijo para sí.

Le sonrió, con aquella perfecta sonrisa blanca que Gabriel sabía era su arma infalible para desarmar a cualquier debutante.

Se acomodó su pañuelo y emprendió camino hacia la sonrojada jovencita.

Gabriel acababa de encontrar una nueva presa para la temporada. Rogaba que no se le pusiera difícil, ya que él no tenía tiempo para tonterías.

.

.

.

Marjorie había soñado mil veces este momento. Que su reencuentro con Gabriel iba a ser mágico.

Habían pasado diez años desde que se vieron, pero ella tenía estudiada sus facciones, además que existía un retrato del joven en Hardwick Hall que la duquesa viuda había hecho colgar.

No había tardado en hallarlo. Apenas entró al salón, muchas miradas se pasearon en ella, pero no esperaba que pudiese toparse con Gabriel tan pronto. Lo impresionante no era eso, sino que el joven le sonreía, seguro también la reconocía y por eso venía a ella.

Apretó el brazo de su padre, quien entornaba los ojos ante la venida del joven, quien tuvo que venir acompañado por Jane, para que hiciese las presentaciones. Contravenía las reglas de la época el hecho de hablar sin ser presentado.

Jane y Marjorie se conocían de las visitas de la primera en Hardwick Hall con su madre e identificaba a la joven.

Al acercarse la pareja de hermanos, Marjorie y su padre hicieron una reverencia.

—Señorita Ludlow ¿puedo presentarle a mi hermano, el vizconde de Burnes? —adujo Jane y luego mirando a su hermano añadió —. Ella es la señorita Ludlow en compañía de su padre, el barón Ludlow.

El joven hizo una reverencia con la cabeza como saludo, pero jamás quitó los ojos sobre la deliciosa joven.

—Puede llamarme Marjorie, como siempre —refirió la muchacha.

Gabriel abrió mucho los ojos con el comentario. Estaba seguro de no conocer a la muchacha, pero ella insistía con la familiaridad. Igual tampoco le disgustaba, y atendiendo que el padre estaba presente, decidió que era hora de tener una conversación más privada con aquella preciosa joven.

—Por supuesto, usted puede llamarme Gabriel, si le place. ¿Me concedería usted la siguiente pieza?

Marjorie asintió llena de entusiasmo.

—Si, milord.

Jane, quien estaba por allí, decidió volver junto a su madre. No le apetecía mucho la idea de bailar y ya se estaba cansando.

Cuando finalmente la bella Marjorie le pasó la mano enguantada a Gabriel, se volvió a hacer un click en ella.

La danza comenzó, él daba pasos perfectos dando muestras de ser un consumado bailarín con mucha experiencia. Ella le acompañaba en gracia y ternura, porque era su primera vez danzando con mucho público presente, pero a Marjorie la ganaba su inmenso entusiasmo por estar viviendo un anhelo de antaño, uno que había añorado y aspirado en su romántico corazón.

Tenía tanto que preguntarle a Gabriel, si durante estos años guardó sus cartas y si le gustaban las canastas de dulces y pasteles que enviaba a Londres con puntualidad.

Ya podía salirse de la formalidad, pero Marjorie tenía que reconocer que la mirada penetrante y fascinada de Gabriel la descolocaba.

Por un momento, ella tuvo un presentimiento, pero no se atrevió a ahondar en eso.

— ¿Qué le parece Londres, señorita Marjorie? —preguntó él, en medio del baile

—Es la primera vez que vengo, señor Gabriel —refirió ella

—Baila usted muy bien, desde ya quiero pedirle su autorización para otras piezas, claro si no tiene usted su tarjeta llena —adujo él, como zorro tanteando el terreno

—Siempre bailaré con usted, señor Gabriel. Lo mencioné en una de las cartas y pienso cumplirlo.

Esa frase descolocó a Gabriel. ¿Qué carta?

No podría nunca haber recibido una carta de esta joven, porque no la conocía hasta antes de eso ¿se podría estar confundiendo?

Marjorie se percató que su presentimiento no estaba errado. Gabriel no la reconocía.

— ¿Usted no se acuerda de mí?, pero en cambio ha leído mis cartas.

—Me temo que nadie nos ha presentado antes, señorita Marjorie ¿usted de dónde viene?

—Soy Marjorie, de Derbyshire. Su vecina y amiga de la casa de adjunto a Hardwick Hall —informó ella

A Gabriel la información lo desencajó por unos segundos, pero luego de examinar sus recuerdos de niño, al fin pudo recordar vagamente el detalle. Un detalle que ya no tenía muy claro en su mente.

Marjorie no perdió animo pese a darse cuenta que él no la recordaba como ella hubiera querido.

—Ha pasado el tiempo, señorita Marjorie. Pero sin duda, es un gusto volver a departir con un ser tan apreciado en la infancia.

Me agrada saber que recuerde esos tiempos, pero déjeme aclararle que nunca he recibido carta de Derbyshire —informó él.

Sí que las había recibido, pero estaba acostumbrado a mandar tirar demasiadas cartas perfumadas femeninas, que perdía la cuenta. Lo mismo cuando era niño, no era muy afín a mantener correspondencia, así que probablemente las misivas de Marjorie fueron a parar a la basura.

—¿Es posible que haya anotado mal la dirección? —preguntó ella

—De todos modos, no tiene importancia. Usted está aquí, y siempre podremos comenzar de nuevo. Sin contar que puedo visitar Hardwick Hall más seguido ¿no cree?

Las amables declaraciones de él y su mirada deslumbrante hicieron que Marjorie empezara a perder el temor que sus ideas platónicas ya no se cumplieran. Él no la había reconocido, pero no la había olvidado a tenor como la miraba, y así mismo como rechazó bailar con otras chicas para hacerlo exclusivamente con ella.

La inexperta joven se llenó de ilusión, y cada paso de baile que daba se volvía una comidilla en el inmenso salón.

El vizconde de Burnes solo había bailado con dos mujeres esa noche: su hermana y la bella jovencita pueblerina.

Al darse un descanso de una de las piezas, el mismo vizconde se encargó de traer bebidas frescas para su acompañante, todo un detalle de galantería.

—Le he traído algo de champagne helado, el más helado que hallé, tómelo como una disculpa por no haberla reconocido —enunció él con buen humor, ya que el detalle de que ella lo conocía de niño le facilitaría mucho en su camino de seducción a la joven.

Marjorie aceptó la bebida de buena gana. Ya pasada la decepción inicial, había ganado esperanza, porque Gabriel era atento con ella.

—Lamento que las cartas nunca llegaran ¿pero pudo recibir las cestas de pasteles?

Gabriel tuvo que pensarlo un poco. A él no le gustaban los pasteles, pero tenía entendido que cada semana venían cestos repletos de panes de Hardwick Hall, que él deducía que eran de producción artesanal de la cocina de la casa solariega. Tampoco había sido un detalle que le importase.

A él le daban igual, pero a su hermano el duque, le gustaban. Decía que era un complemento interesante de comerlos acompañado de café, esa costumbre americana de Wesley. Entonces esos dulces eran elaborados por la joven y no por las cocineras de Hardwick Hall. De todos modos, no eran asuntos que le importasen a Gabriel en ese momento.

— ¿Puedo visitarla mañana en la posada? ¿se aloja en Lyons?

—Estamos con mi padre alojados en Lyons. Tenemos planeado regresar a Derbyshire en quince días —contó la joven, dando un sorbo al champagne

—Desde ya ofrezco mi calesa para llevarlos, porque si me permite usted su compañía, podría quedarme en Hardwick Hall.

—Hace mucho que no va usted

—Es que no tenía nada que me motive a ir, señorita Marjorie.

Gabriel habría querido tutearla, en honor a esa amistad que la muchacha decía profesarle, pero el punto no era mostrar atrevimiento, pero ella le daba señales de estar muy entusiasmada y proclive de aceptar sus ofrecimientos. Era una chica ingenua y dócil, como todas las pueblerinas. Un detalle que enardecía a Gabriel.

Gabriel rompió esa noche con la etiqueta social, porque decidió no sacar a bailar a ninguna otra joven de la fiesta y se quedó acompañando a Marjorie, quien lo veía con arrobo.

La pobre joven no vislumbraba que detrás de esa encantadora sonrisa se escondía una risita infernal, propia de un libertino.

.
.

. Wesley volvió a entrar a su despacho, luego de haber estado espiando por detrás de las cortinas del inmenso ventanal del pasillo que conducía a las escaleras de abajo, donde se desarrollaba el baile.

Su tío Dexter lo acompañaba. Generalmente los bailes no le llamaban la atención, pero su tío Dexter quien había estado espiando le informó que Gabriel parecía muy entusiasmado con una de las muchachas.

Eso hizo que Wesley se levantara para mirar. Su hermano estaba en edad casadera, y en lo posible no quería forzarlo a una boda, por eso estaba atento a ver si alguna muchacha le gustaba.

Obviamente la muchacha que tendría que casarse con su hermano tenía que ser alguien de fortuna y apellidos intachables, requisitos indispensables para Wesley.

Él más que nadie sabía del sufrimiento que podía traer una mujer trepadora y cazafortunas.

Por eso tenía cierto concepto preconcebido con respecto a ese tipo de mujeres de posición social más baja. Entendía que parecían estar en plan de cazar un marido rico. Gabriel era uno y él jamás permitiría que una de esas vividoras se colara a su casa.

— ¿Quién es la muchacha?

—No es de la ciudad, eso lo tengo claro. Por supuesto mañana sabré más, sobrino —aseveró el hombre alto, y de cierto parecido físico con Wesley.

El duque se sentó en su escritorio a seguir anotando.

—No suspenderemos el viaje a Bath, tengo muchos deseos de ver esos terrenos que están en venta.

— ¿Pasaremos de allí a Hardwick Hall?

—Creo que eso podremos decidirlo cuando estemos en Bath —aseveró Wesley sin dejar de anotar

Su tío, el conde de Tallis, Dexter había sido el hermano menor de su padre y fue el hombre que se encargó de la crianza y tutelaje del duque. Nunca se había casado y acompañó a su sobrino en su travesía a Estados Unidos, una que los había hecho muy ricos. Era la mano derecha de Wesley y su principal consejero.

Dexter era un hombre de 48 años, muy bien parecido. De piel tostada como el sobrino, no tal alto como éste, pero tenían el mismo color de ojos.

Dexter era capaz de dejarse de matar por su sobrino. Él lo había criado y lo consideraba como su propio hijo. Detestaba a su fallecido hermano, quien nunca había tenido ojos para su hijo mayor ni apreciado sus talentos. Ahora seguro se revolcaba en su tumba, al ver el hombre tan poderoso en la que se había convertido.

Por eso, Dexter secundaba a Wesley en todo. Justamente porque conocía sus planes con respecto a Gabriel, es que había venido a informarle acerca de las atenciones que le estaba dando a una de las debutantes.

Wesley parecía estar sincronizado a los pensamientos de su tío porque fue categórico en decir: —Gabriel jamás se casará con una mujer por debajo de su nivel de fortuna, así que estaremos atentos de sus escarceos. Que no lo termine atrapando una muchacha de bajo nivel.

Capítulo 3

Que días tan hermosos fueron los que transcurrieron en esas dos semanas que Marjorie permaneció en Londres con su padre.

No hubo un solo día que el galante vizconde de Burnes no la viniera a visitar con algún detalle.

Además, que la joven fue invitada recurrente a tomar el té en la casa de St. James

Si supiera Marjorie que se estaba convirtiendo en una muchacha envidiada, ya que sonaba inaudito que una debutante pueblerina hubiera acaparado las atenciones del hermano del duque de Suffolk.

Una de las pocas cosas que Marjorie lamentó es que estando aquí no podía dedicarse a su pasatiempo favorito de hacer pasteles ni dulces. No podía usar las cocinas de la posada ni mucho menos pedirle más favores a la duquesa viuda.

Además, como su padre le había recordado, ese pasatiempo suyo no sería muy bien visto en Londres. Esta demás decir que no había hecho ninguna amiga en la ciudad, salvo la silenciosa presencia de Jane quien jamás hablaba.

Extrañaba a su amiga Aubrey, su confidente y eterna interlocutora de sus sueños con Gabriel, no valía la pena escribirle, si pronto volvería a Derbyshire. Podría pensarse que era algo triste para ella, pero no. En cambio, estaba eufórica, porque Gabriel le había dicho que organizaría la calesa de su familia para marchar a Hardwick Hall.

—Será un honor escoltarla a usted y a su padre, señorita Ludlow —le había dicho Gabriel, con una irresistible sonrisa, capaz de derretir a cualquiera.

El padre de Marjorie veía esto con estoicidad. Estaba seguro de que estas atenciones no irían muy lejos. Era naturalmente imposible que el soltero más deseado de la temporada fijara sus ojos en una muchacha de escasa dote. Pero dejó que ocurrieran las visitas sin rechistar, porque su hija siempre añoró a su amigo, así que lo creyó una continuación de su temprana amistad.

Lo único que deseaba era volver a Derbyshire, tenía muchos asuntos que atender. Ya le había dado a Marjorie su primer obsequio como señorita: este viaje a Londres.

Así que cuando Marjorie tuvo que empacar sus cosas en los baúles para prepararse para regresar de vuelta a Derbyshire, no fue sorpresa alguna cuando el vizconde Burnes, su madre y su hermana estuvieran también esperando afuera en la calesa.

La familia en pleno había decidido pasar el verano en Hardwick Hall, a instancias de Gabriel.

.

.

.

Wesley guardó la plumilla y el papel. Habia tenido el bosquejo de una idea y terminó dejándolo. No tenía suficiente inspiración ese día para dibujar el diseño de lo que sería el regalo para su hermana menor.

Tampoco podía excusarse en el mal humor. Hace menos de quinces días recorría el condado desde Bath, cerrando varios negocios que incluían la compra de vastos terrenos en compañía de su tío.

En los pueblos era muy bien recibido, y desde mucho antes de su llegada, la imponente calesa de tiro con los colores del emblema del antiguo ducado de Suffolk inspiraba un temor reverencial.

El hombre que viajaba allí dentro era demasiado rico para ser ignorado y demasiado poderoso para evitarlo. Así que nadie le negó la venta de algún terreno que a él le iba interesando. Es que Wesley tenía claro que a él nada se le podía negar.

Y se creía merecedor de eso, luego de haber pasado casi diez años sudando en Estados Unidos.

Habia culminado su gira en Hardwick Hall, donde pensaba quedarse unas semanas a descansar antes de volver a Londres.

Finalmente descartó lo de marcharse cuando llegó una carta de su madre, informándole que ella, Jane y Gabriel se habían puesto en marcha para Derbyshire con la intención de pasar el verano allá.

Lo alarmante de la carta no era que hubieran decidido venir sin el permiso de él, sino que su madre añadió unas preocupantes líneas acerca de que Gabriel no quería alejarse tanto de la señorita Ludlow, la vecina, con quien se había encontrado en Londres.

Wesley enarcó una ceja. De nuevo su hermano detrás de una falda bonita.

Dejó los utensilios de dibujo sobre la mesada y se dirigió hacia el comedor.

Quizá con el desayuno se le iba el mal humor que le causó la noticia.

El señor Harrison, el mayordomo principal del duque que lo acompañaba a donde iba, ya sea si estaría en Londres como en Derbyshire fue el encargado de comandar que las doncellas y los lacayos se apresuraran en traer la comida.

No podía faltar el café, por supuesto.

Solo que cuando Wesley iba a empezar, notó un faltante.

¿Dónde rayos estaban los pasteles?

Los mismos que le enviaban de las cocinas de Hardwick Hall a Londres.

Estando en el epicentro de su fabricación, le hizo fruncir el labio que no lo estuvieran sirviendo con el desayuno. Intentó hincarle el diente a uno de los panes, pero el sabor le supo a nada.

—Señor Harrison ¿han cambiado ustedes a la gente de cocina?

—No, milord, entiendo que el servicio es el mismo —se apresuró en responder el hombre

— ¿Por qué no traído los pasteles que suelen mandar en cestas a Londres? —inquirió Wesley

El buen señor Harrison no tuvo respuesta para eso.

—Preguntaré en las cocinas, milord

Wesley frunció la boca.

—No, hazlo después. Más me preocupa que tengan listas las habitaciones para mi familia, que están en camino a Hardwick Hall ¿mi tío ya ha regresado de su cabalgata?

—Milord de Tallis se estaba cambiando hace un momento, como bien me ha informado su ayuda de cámara.

—Bien, dígale que quiero hablar con él en mi despacho antes del almuerzo —ordenó Wesley bebiendo el resto de su café amargo.

.

.

.

Aunque viajar en la cómoda calesa de la duquesa viuda era diferente al del coche de tiro de su padre, el viaje de Londres a Derbyshire era igual de cansador.

Pero a Marjorie no le importaba.

Habia ocurrido algo inaudito con la venida de la familia del duque de Suffolk a Hardwick Hall, en especial de Gabriel, quien se portó muy amable y solicito con la muchacha.

Marjorie se permitió soñar durante el viaje. Su sueño de pequeña se estaba realizando. Cuando veía la sonrisa de Gabriel creía estar en una ilusión, sólo que ahora era una realidad.

Donde la muchacha que había esperado desde siempre, acababa casándose con el príncipe encantado.

Cuando llegaron a Ludlow House, la familia se despidió afectuosamente de ella, instándole a pasar a Hardwick Hall las veces que quisiera.

Gabriel le besó la mano como despedida.

.

.

.

—Señorita Marjorie ¿me permite un consejo?

La joven batió sus pestañas, confusa. De vuelta estaba soñando.

Ya era hora de acostarse, habían llegado hace horas y ya los baúles estaban descargados.

Pero como Marjorie estuvo ocupada soñando, no se había percatado del tiempo transcurrido.

—Nancy, usted siempre puede decirme lo que quiera.

La buena mujer dudó si sería un momento adecuado para revelarle a su pupila lo que había oído en Londres.

Las referencias más suaves referidas al vizconde de Burnes iban desde holgazán, frívolo, calavera y libertino. Le apenaba que la inocencia dulce y candorosa de Marjorie se viera golpeado contra un muro por aquellas revelaciones. Igual tampoco quería arruinarle los días, luego de haber estado tan feliz desde su debut en sociedad.

—Señorita, el amor no se fuerza ni se mantiene a base de recuerdos.

—Pero señora Nancy ¿no le parece romántico ese amor que viene creciendo desde la infancia?, ¿no cree que dos personas estén predestinadas porque sí?

Nancy sabía que Marjorie hacía alusión a Gabriel.

—Por supuesto que sí, sólo que no todos los casos son así. Siempre es mejor abrir los ojos y cerrar más la boca para no tomar decisiones apresuradas ¿recuerda cuando leíamos esas novelas románticas a escondidas de su padre?, lamentablemente muchas de ellas son fantasías preparadas para mantener nuestra alma en reposo, pero no son más que eso.

Marjorie no se atrevió a reponer el discurso de Nancy, quien lucía más seria que de costumbre.

No comprendía del todo el motivo de la alocución de Nancy.

Igual prefirió no volver a decir nada. Gabriel la había invitado a pasear por los enormes jardines de Hardwick Hall, antes de tomar el té con la duquesa viuda.

Ya Gabriel le adelantó que el motivo es que iban a preparar una velada pequeña con baile incluido en unos días, como una forma de abrir Hardwick Hall, luego de haber estado años cerrada a estas actividades.

.

.

Ya llevaba como diez días en Hardwick Hall y se estaba aburriendo soberanamente. Lo suyo no era el campo, pero bien valía la pena si conseguía seducir a su preciosa vecina.

Se había topado con una muchacha mojigata y extraña, pero, aunque podría pensarse que aquello lo haría huir, en cambio eso acrecentó su interés en la jovencita.

Gabriel tenía las ideas claras sobre eso.

Su madre había organizado una tertulia para los notables del pueblo.

Se había hecho en nombre del duque de Suffolk, pero su hermano, fiel a su carácter huraño rechazó presidir la verbena. Wesley estaba trabajando en el boceto de un proyecto edilicio para Bath y cuando él estaba inspirado no había quien lo detuviese, porque le fascinaba la arquitectura y el diseño.

Como era de esperarse, el baile lo abrieron él y la señorita Ludlow, causando un remolino de muchachas curiosas de ver como Gabriel la abrazaba por el talle. Incluso oyó el rumor de que él la estaba cortejando.

Gabriel reía internamente ante estas habladurías. Ella le atraía, pero su mente no iba más allá de lo que un joven de veinte años que tiene la vida servida y asegurada, acostumbrada a salirse con la suya

Sólo cuando hicieron una pausa en medio de una pieza, y Gabriel se apresuró a buscar una bebida fresca para Marjorie, la muchacha aprovechó para pasear la mirada por el bello salón.

Llevaba años sin adornarse de este modo para recibir invitados. La fiesta era muy sórdida en comparación a las lujosas veladas de la época del duque Reginald, pero la duquesa viuda había dicho que sería mejor, abrir la casa de este modo para empezar.

Estaba encandilada admirando los detalles, cuando su mirada se quedó en dos hombres muy altos que la estaban observando desde la baranda de planta alta.

En particular en el más joven, un imponente hombre de ojos claros que parecía que quería bebérsela con los ojos, de tanto examinarla.

Marjorie bajó los ojos, avergonzada, aunque enseguida le regresó la sonrisa cuando vio a Gabriel llegar con las bebidas frescas.

Igual quiso saber quiénes eran esos señores.

— ¿Quiénes son esos hombres que no están viendo desde lo alto del barandal?

El vizconde de Burnes levantó la mirada y sonrió.

Conocía a Wesley y seguramente estaba reprobando su conducta. Decidió que podría jugarle una broma inocente a él y a Marjorie.

—Pues el hombre mayor que ves es mi hermano Wesley —señaló Gabriel, señalando a su tío Dexter —. El otro hombre, el de cabello oscuro y más joven es el señor Langdon, el escribiente y secretario privado de mi hermano —informó Gabriel, intentando contener las risas de imaginar el momento que Marjorie tratara al gran duque de Suffolk como a un simple secretario.

—No sabía que tu hermano fuera mucho mayor, siempre pensé que eran más o menos de la edad de mi hermano Henry —observó Marjorie

—A veces el carácter te añade años, querida Marjorie —rió el joven —. ¿Me vuelves a conceder el honor de esta pieza?

—Por supuesto —aceptó ella, aunque no podía evitar sentirse algo nerviosa de verse observada desde arriba, en particular por el hombre que Gabriel le dijo que era el escribiente del duque.

.
.

.

Recorría el salón, repartiendo su falsa y particular sonrisa.

No tenía idea de porque había aceptado la estúpida invitación de la duquesa viuda de Suffolk, pero luego recordaba que no sería adecuado para un conde como él rechazar los honores de tan excelsa señora.

Angus, conde de Mercy era una presencia sombría y callada, cuyo reservado carácter fácilmente podía rivalizar con el del duque de Suffolk.

Las similitudes terminaban allí. Aunque tenía cierto atractivo físico a sus poco más de treinta y cinco años, el conde Angus, era un hombre alto, aunque no tanto como Wesley o su tío, y poseía la cabellera larga y castaña que gustaba de juntar en una atractiva coleta.

Vivía a más de 25 kilómetros de Hardwick Hall, pero su título de conde lo hacía suficientemente apetecible para invitarlo a una velada como esta, pese a su nula relación con los dueños de casa.

Era viudo y misterioso, y aquel velo de misticismo lo hacía seriamente encantador pese a sus pocas palabras. Tampoco era mal partido para las muchachas casaderas, porque el hombre había heredado una gran fortuna de su mujer.

Además de forjar relaciones, Angus había cogido la invitación por otra secreta afición.

Le gustaba las muchachitas muy jóvenes y vírgenes. Tenía una fijación seria con ellas.

Ese era el otro motivo por el cual no pudo evitar venir a mezclarse en este sitio: para ver de primera mano a las jovencitas más bellas del pueblo.

Por supuesto sus ojos se fijaron enseguida en Lady Jane, la tímida y bella hermana del duque.

Pero Angus la desechó enseguida como diversión, ese tipo de mujeres con hermanos tan poderosos no servían para lo que él quería, porque podía meterlo en aprietos.

Tenían que ser mujeres jóvenes con menos vínculos con el poder o con padres arruinados.

Alguien con quien podía jugar impunemente.

Últimamente había tenido que forzar a dos criadas, adolescentes, para satisfacer su apetito por muchachitas virginales. Y ahora estaba en búsqueda de alguna otra, en lo posible que no fuera otra criada.

Quería algo un poco más sofisticado.

Y fue ahí que la vio, a la doncella más agraciada de este estúpido circo.

La que bailaba tan alegremente con ese petimetre, el hermano don nadie del duque. Oyó que la llamaban Marjorie Ludlow y se movía con mucha gracia. Por sus ojos y por su andar pudo deducir que era inocente y claro, por, sobre todo, pura.

Los Ludlow no eran nadie. Nadie que importara.

Angus se permitió sonreír. Aparentemente había hallado a su próxima víctima.

.
.
.

Wesley, el gran duque de Suffolk no bajó a la fiesta. Se quedó mirando desde lo alto del barandal, y tampoco tenía interés para bajar, porque había visto suficiente.

La información de su tío Dexter tampoco ayudó.

—Es la misma muchacha que estuvo con él en Londres. Aparentemente encandiló tanto a mi estúpido sobrino, que él se vino para este sitio. Es la hija del barón Ludlow, vecino de Hardwick Hall —mencionó Dexter

—Es la hermana de Henry, uno de los administradores de The Shinning, a quien le di una oportunidad hace unos años. Es un buen chico y su padre es un arrendatario mío. Sin duda, buena gente, pero —refirió Wesley, sin perder de vista a la bella joven que reía junto a su hermano

—The Shinning es una de las plantaciones de algodón más prosperas de Virginia, fue una de las primeras bases de tu fortuna y su hermano Henry ha trabajado duro —aseveró Dexter, aunque intuía que los pensamientos de su sobrino Wesley no iban por allí.

—Los Ludlow son respetables, pero están arruinados. La muchacha no es un buen partido, pero aun así se ha presentado en Londres con intenciones de seducir al tonto de mi hermano y él muy holgazán está cayendo. Es una cazafortunas y no hay cosa que odie más que a las mujeres que fingen para conseguir un marido rico.

Dexter miró a su sobrino.

— ¿Qué haremos?

—Nada por el momento, pero no voy a permitir que el hermano del duque de Suffolk caiga víctima de una vividora, eso está claro —sentenció el duque.

Capítulo 4

Decidió que quería salir a probar su inspiración en la plumilla y dibujar unos trazos antes del desayuno. Le encantaba la soledad de esa hora, porque todos los demás dormían por haber trasnochado. Wesley había dormido casi al mismo tiempo, pero él estaba acostumbrado a levantarse temprano y estar fresco como una lechuga.

Al vivir en Estados Unidos por tantos años desarrolló costumbres lejanas a la holgazanería que él tanto criticaba en su hermano menor.

Por eso es que se sentía tan frustrado en su proceder. Como por ejemplo ahora, que abiertamente estaba siendo seducido por una muchacha adiestrada en cazarlo.

Su hermano podría ser encantador, pero Wesley estaba seguro que la jovencita sólo perseguía conseguir un ventajoso matrimonio. Diferente hubiera sido si Wesley no hubiera conseguido una inmensa fortuna, nadie se acercaría a su estúpido hermano.

Y de eso él podría atestiguar mejor que nadie, al recordar su penosa experiencia con la señorita Angélica Eliot quien prefirió abandonarlo a días de pasar al altar por considerarlo casi un indigente que no merecía las atenciones de una dama como ella.

A Wesley casi se le rompió la plumilla que llevaba en la mano al haber impreso tanta fuerza de la rabia que le produjo recordar esa patética situación de su pasado.

Estaba en eso, cuando de repente percibió una voz femenina, como si se estuviera esforzando en empujar algo. Wesley levantó la mirada hacia la zona de las cercas, donde estaban los enormes árboles frutales y para su enorme sorpresa vio que uno de los maderos pintados que pasaban por cerca, se movía y se abría como si fuera un pequeño portal.

La sorpresa fue aún mayor cuando vio entrar en ella a una muchacha.

Tenía puesto un sombrero blanco de lino y un vestido de verano del mismo color, y en sus manos cargaba una cesta.

Wesley se quedó de piedra con aquello ¿Cuándo demonios él había autorizado la apertura de un portal que comunicase con la casa de Ludlow?

La joven venía como si fuera una aparición y, para su pesar, Wesley no le pudo apartar la mirada. Mayor fue su sorpresa cuando la doncella levantó la cabeza mostrándose sonriente y revelando de quien se trataba.

Era la amiguita de Gabriel. La Hija de Ludlow, la cazafortunas.

Wesley apretó los puños y analizaba mentalmente lo que iba a decirle a la joven, en la cual lo más amable que se le ocurría era hacerla echar por los criados.

Pero ella parecía no estar al tanto del peligro, porque le sonrió al verlo y se acercó a él.

—Buenos días, señor. Soy la señorita Marjorie Ludlow, la vecina. Disculpe si lo he interrumpido, sé que no es correcto hablar con las personas sin ser presentadas, pero ayer Gabriel me dijo que usted era el secretario del duque, el señor Langdon.

Wesley casi se atragantó con su propia saliva al oír tremendo disparate ¿Cómo demonios era eso de señor Langdon y secretario del duque?

Pero la muchacha, alegre como estaba, no se amilanó ante el semblante sorprendido del hombre.

Seguro no estaba acostumbrado.

—La duquesa viuda siempre me da permiso para entrar a las cocinas de Hardwick Hall.

Wesley frunció el ceño. De nuevo su madre tomándose atribuciones.

— ¿Y puede saberse para qué? —preguntó él, sin intención alguna de ser cortes o de corregir el error de la muchacha sobre su identidad. Estaba muy molesto por la interrupción.

—Hace años que vengo aquí a hacer pasteles, con mis propias recetas. Han tenido mucho éxito, porque he sabido que han ido hasta Londres y la duquesa los ha elogiado —rió la joven, sin dejar de avanzar ante la atónita mirada de Wesley —. Fue un placer conocerlo, señor Langdon.

Wesley vio que la joven se perdió hacia la puerta de servicio que conducía hacia las cocinas, y quedó desconcertado.

Parecía un juego surrealista. Una intrusa acababa de entrar a su casa como si nada y además le había confundido con un sirviente. Nadie que se preciare a si mismo se atrevería a presentarse ante el duque de Suffolk de este modo tan burdo y procaz.

Lo peor es que era la misma muchacha que Gabriel estaba rondando. Y eso era lo peligroso.

Wesley soltó la plumilla sobre la mesada. Otra cosa que le había llamado la atención era que la muchacha le reveló que era ella quien elaboraba los pasteles que se solían enviar a Londres.

Eso era algo que el señor Harrison, el mayordomo debía de aclararle.

.

.

.

Marjorie estaba supervisando que las dos muchachas batieran los huevos, mientras ella amasaba algo de harina en un cazo.

Habia despertado feliz en la mañana, pensando en las recetas que deseaba preparar para sorprender a Gabriel con el desayuno.

Extrañamente, no dejaba de pensar en el particular encuentro con ese hombre tan raro, el señor Langdon. Se le figuró un poco grosero y frío.

Aunque en su fuero interno lo disculpaba, evidentemente no era fácil ser secretario de un hombre con la fama del duque.

La señora Gallens, quien aún desempeñaba funciones en Hardwick Hall, la conocía y la apreciaba mucho. Si años antes se había horrorizado con esta actividad de Marjorie, ahora era una gran defensora de la misma. También conocía los sentimientos y sueños que Marjorie le tenía al joven Gabriel y que todo este esfuerzo de venir temprano lo hacía por las ilusiones que le tenía al vizconde de Burnes.

Marjorie terminó una ronda de amasado y les entregó los cazos a las ayudantes de la señora Gallens, dándole indicaciones de como hornearlas de forma correcta.

— ¿Es que se va usted enseguida? —preguntó la señora Gallens

—Es que hoy esperamos carta de mi hermano y quiero leerla con mi padre —informó Marjorie, al desatarse el delantal para lavarse las manos y marcharse.

Era cierto lo de la carta, pero eso era algo que no esperaban hasta la tarde.

No quería admitir que la prisa por irse, era ver si podía volver a encontrarse con ese parco y misterioso señor Langdon. No comprendía porque quería hacer eso, y se sentía algo tonta por tener algún interés de ver a un hombre extraño como ése.

Pero cuando Marjorie cruzó el umbral y pasó por la zona donde el señor Langdon había estado ocupado dibujando, no lo vio.

El señor Langdon ya había entrado a la casa.

Marjorie suspiró. Mejor se daba prisa que en su propia casa ya servirían el desayuno y a su padre no le gustaría saber que su hija se había levantado temprano para ir a molestar en la casa del duque.

.

.

.

—Harrison, quite estos dulces, no me gustan —la voz cantarina y despreocupada del vizconde de Burnes sonó en el salón. Gabriel se había despertado un poco más temprano de lo usual para el desayuno. Planeaba volver a echarse la siesta luego de esto.

En el desayuno también estaban Wesley y el conde de Tallis.

Wesley estaba muy serio. La noche anterior reflexionó largo y tendido con su tío acerca de la inconveniencia de que Gabriel pasase la temporada en este lugar. Gabriel no podía quedarse en Hardwick Hall hasta que olvidase el entusiasmo por aquella jovencita.

El gran duque posó su mirada en la bandeja que contenía los pasteles. El señor Harrison y la señora Gallens le habían confirmado que desde hace años y con un permiso de la duquesa viuda, le ejecutora de aquellos dulces era su amable vecina, la señorita Ludlow.

Aparentemente las artes de seducción de la hija del barón iban a por todo, pero sus cálculos estaban fallando porque aparentemente no sabía que Gabriel detestaba lo pasteles.

Wesley sonrió por lo irónico de la situación. A quien si le gustaban eran a él.

La noche anterior oyó a Gabriel decir que no tenía planes de volver a Londres en estos meses.

Eso sumado a todo lo que ya había visto, tenia de mal humor a Wesley. Tenía claro que no iba a fomentar ninguna relación inapropiada para Gabriel.

Podía darle una orden certera y mandarlo a Londres. Pero Wesley no tenía ánimo de granjearse el odio de su hermano con brusquedad. Podía usar otros mecanismos más persuasivos, que sean más atractivos que la falda de una seductora muchacha.

—Gabriel, tengo una misión para ti.

El aludido bajó el tazón y miró a su hermano.

Independientemente de cualquier cosa que podría pensarse, el joven vizconde de Burnes le tenía una serie de sentimientos encontrados a su hermano entre los que se mezclaban una envidia y admiración por sus logros. Él nunca podría aspirar a conseguir fortuna como él, porque no tenía ni idea, así que saber que su hermano le podría tener confianza para alguna misión le insuflaba ánimo y empeño a no decepcionarlo. De enseñarle que él también era capaz de algo.

—Claro —refirió Gabriel, con curiosidad.

Dexter siguió desayunando sin intervenir. Pero él ya sabía lo que Wesley iba a decir, porque lo habían conversado la noche anterior.

—Quiero que vayas a Londres por dos motivos. Una para acompañar a nuestra madre y hermana. Jane está en plena temporada y es mi deseo que pueda disfrutarla. Tú la acompañaras, serás su guía y cuidaras de ella, como el celoso hermano mayor que eres —aseveró Wesley —. El otro motivo por el cual quiero que vayas es que ayudes a cerrar unos negocios de la naviera, por supuesto recibirás la guía de nuestro tío, pero necesito que me ayudes en esta empresa y aprendas a llevar las riendas.

A Gabriel casi se le cae la cuchara de la mano. ¿Wesley le estaba dando un encargo de trabajo?

Wesley, que tan celoso era de sus empresas y que siempre creía que Gabriel no era lo suficientemente responsable para siquiera pisar un pie en ellas. Que lo creía indigno para cualquier tarea relacionada a los negocios del todopoderoso duque de Suffolk.

Gabriel estaba anonadado, tal como la previó Wesley.

No importaba el anodino interés que podría tener por la muchachita esa. La necesidad de Gabriel de hacerse notar era más poderosa.

El vizconde Burnes carraspeó incrédulo e intentó disimular su emoción.

— ¿Cuándo partiremos?

—Por supuesto, tu, nuestra madre y Jane iréis en la calesa principal. Ya he ordenado al servicio de la casa de Londres que abran la casa y esperen vuestra llegada. Nuestro tío Dexter irá a reunirse con vosotros en un par de días, que aún tiene que acabar unos negocios conmigo en Bath. Es mi deseo que partáis pasado mañana, así que os recomiendo que vayáis preparando vuestras cosas. Cuando nuestra madre despierte, le informaré de mi decisión también —formuló Wesley, serio.

A Gabriel la sola idea de que le estuvieran encomendando un negocio lo emocionaba tanto que pasaba por alto el tono de mando de Wesley. También se le olvidó preguntarle si pensaba reunirse con ellos en Londres.

Wesley y Dexter se miraron. La treta había funcionado sin sobresaltos.

Gabriel se marcharía a Londres sin tanto circo.

.

.

La duquesa viuda recibió la noticia con estoicismo. A ella le hubiera encantado poder quedarse más tiempo. Hardwick Hall era un hogar que amaba porque le recordaba a Reginald, pero, aunque rogase, nunca obtendría el permiso de su hijo, el duque.

Es como si ese muchacho terco nunca la perdonara a ella y a su difunto padre de que hubieran dilapidado su herencia y que además lo relegasen a Londres.

Wesley siempre se mantuvo a cierta distancia de ella. Y la duquesa comprendía su culpa en eso, ella había mimado mucho a sus otros hijos y él siempre se sintió diferente.

Interiormente estaba muy orgullosa del éxito de su hijo y los logros que había conseguido, a base de mucho trabajo y el hecho que se hubiera sacrificado en otro continente para obtenerlo.

Por eso, la duquesa no se sentía con autoridad de poder pedirle a su hijo que reconsidere la idea. Wesley se cerró en banda y se mostró claro con qué debían marcharse.

Tampoco ayudó a la duquesa el hecho de que Gabriel apoyara la idea de su hermano mayor. Se sentía muy entusiasmado del supuesto voto de confianza que éste le había dado.

Con respecto a Jane, ésta no opinó y se limitó a supervisar que cargaran sus baúles. Era imposible saber si estaba a gusto con la noticia de que sería enviada a Londres a completar su temporada.

—Me reuniré con vosotros en unos días. Tengo negocios que acabar aquí y en Bath —refirió Wesley, sin levantar la mirada de unos documentos que analizaba.

La mujer meneó la cabeza.

—Se hará como desees, hijo. Pero quiero que sepas que me hubiera gustado permanecer una temporada aquí. Hardwick Hall es nuestro hogar y en estos años no lo hemos disfrutado como se debe.

Wesley no la miró, estaba muy ocupado escribiendo.

El que sí hizo algo fue Dexter, mirando a su cuñada como si lamentara su malestar, pero también se sentía atado de manos para abogar a favor de la duquesa viuda. La decisión de mandar a Gabriel era algo que Wesley le había confiado ayer, luego de haber pensado que hacer para alejarlo de la vecina.

—Madre, seria egoísta de nuestra parte privar a Jane de una temporada adecuada para ella. Convengamos que Hardwick Hall es nuestro hogar, pero en Derbyshire no hay pretendientes adecuados para una joven de su posición —aclaró Wesley.

Al final con eso quedó zanjada la apresurada marcha de la duquesa viuda, el vizconde de Burnes y su hermana.

Se marcharon a Londres en una de las lujosas calesas con el emblema de la casa de Suffolk, que era la que usualmente utilizaba el duque.

No hubo tiempo para despedidas, salvo una misiva que la duquesa viuda le envió a Marjorie.

Esa pobre muchacha estaba ilusionada con Gabriel, pero con esto, la mujer comprendía que los probables sentimientos de Gabriel eran volubles, si se animaba a abandonar a la joven antes de concretar absolutamente nada. El vizconde de Burnes ni siquiera recordó avisarle de su marcha, por eso la duquesa tomó esa misión para ella.

.
.
.

. El barón Ludlow estaba bebiendo su té en su despacho, mirando por las ventanas. Vio la inmensa calesa saliendo de Hardwick Hall y comprendió, por la cantidad de baúles, que los ocupantes se estaban marchando.

El hombre frunció la boca. Uno de sus peores temores se estaba cumpliendo y acabó de comprobarlo cuando el lacayo le informó que traía una carta para la señorita Marjorie de parte de la duquesa viuda.

El barón siempre intuyó y supo que su hija nunca tendría cabida en una familia de tan recio abolengo y posición. Marjorie no tendría más remedio que curar su corazón roto y sus ansias encontrándose algún pasatiempo.

Si tanto solo su esposa siguiera viva. Ella hubiera estado aquí para aconsejar a su solitaria hija. Se planteó invitar a Aubrey, la amiga de Marjorie a que pasara una temporada en Ludlow House.

Agradecía que su querida hija estuviera descansando, durmiendo una siesta. Siempre estaba cansada, porque se despertaba temprano para hacer esos malditos dulces para esa gente que no la merecía.

Aunque como el padre amoroso, no sabía cuándo negarle algo. Y el solo hecho de prohibirle algo a su amada hija, le retorcía el corazón.

.

.

.

Wesley observó la calesa marchar desde la ventana de la biblioteca.

Sus fríos ojos siguieron la sombra de la misma hasta que se perdió en el horizonte.

Habia ordenado que le trajeran café, para beberlo mientras discutía con su tío Dexter. Estaba convencido de haber hecho lo que correspondía que hiciera como hermano mayor, celoso de su linaje, alejando a su hermano de una mujer inadecuada.

Dexter estaba sentado, bebiendo el café amargo, como le gustaba tomarlo. Costumbre que también él adoptó en su exilio en Estados Unidos, así como su sobrino. Wesley le había contado poco antes acerca de su curioso encuentro con la señorita Ludlow el día anterior, quien al parecer tenía la singular costumbre de venir a amasar pasteles muy temprano en las cocinas de Hardwick Hall. Y que la joven estaba convencida de que era un secretario privado del duque de Suffolk. La muchacha creía que el duque era Dexter.

Esto había hecho reír a Dexter, imaginándose la orgullosa cara de su sobrino y la desazón que le había producido aquella confusión. Sin embargo, Dexter tenía una idea.

—Sobrino, nada te garantiza que la chiquilla no vaya a Londres a ponerse frente a los ojos de Gabriel. Tu madre la aprecia y hasta le ofrecería hospedaje en la casa de St. James.

—Algo se nos ocurrirá para mantenerla aquí. Incluso podremos romper los contratos de arrendamiento que su padre mantiene conmigo. Se verá corto de ingresos locales y no podrá permitirse enviar a su hija a Londres a una visita recreativa —aseveró Wesley con impasibilidad, sin apartar los ojos del ventanal y sin dejar de beber el café.

Dexter dejó la taza sobre el escritorio.

—He pensado que podrías sacarle provecho a la broma pesada de Gabriel.

— ¿A qué te refieres? —preguntó Wesley, volteándose a mirar a su tío.

—La muchacha te cree el secretario del duque. Un simple escribiente. Es una muchacha inocente, fácilmente impresionable como toda provinciana y he pensado que podemos seguir manteniéndola en esa ignorancia.

Wesley se tocó el puente de la nariz.

—Explícate.

—Es cierto que es posible que el deseo de cazar una fortuna es lo que motiva a la muchacha, pero como dije, las provincianas sin madre son jovencitas inocuas y cándidas. Y fáciles de entretener, y es ahí donde entras tú, querido sobrino. Fingirás ser el tal señor Langdon, para crearle un cierto interés amistoso, que haga que ella desee quedarse aquí, anulando cualquier deseo vehemente de marchar a Londres a importunar a Gabriel.

Si Wesley hubiera estado bebiendo café, lo hubiera escupido.

—No voy a comprometer el honor de una muchacha de ese modo y menos con una mentira tan baja.

—Nadie ha dicho que comprometas su honor. Sólo que la entretengas lo suficiente por aquí, ganar su amistad y hacerla desistir de ir a Londres a buscar lo que no debe. La máscara del señor Langdon es perfecta para ese menester. Nadie lo sabrá, porque ocurrirá bajo los seguros techos y jardines de Hardwick Hall. Los criados no hablarán ni delatarán tu identidad si lo ordenas. Además, no estás haciendo nada malo. Como sabes, todos los de afuera, al ver la calesa, te creen rumbo a Londres —explicó Dexter sobre el plan que había pensado.

Wesley se quedó pensando en aquella idea, que al inicio del relato le había parecido patética.

Pero sólo era una mentira piadosa para entretener a la muchachita. Ni siquiera tenía que ser tanto tiempo, sólo lo suficiente para quitarle a la joven la idea de ir tras Gabriel.

La idea no le molestaba en lo absoluto. Todo sería por el buen nombre de su familia.

Y la gran casa de Suffolk merecía este sacrificio de fingirse quien no era, para salvaguardar el abolengo familiar.

—Soy todo oídos. Quiero escuchar más de este plan —le autorizó Wesley

.
.

.

La joven vestida con la cofia que la distinguía como doncella de limpieza de Hardwick Hall, se alejó de la puerta en cuanto oyó un ruido. No quería ser sorprendida por el mayordomo, el señor Harrison de que estaba oyendo tras la puerta de la biblioteca.

Murron era una muchacha que había entrado recientemente al servicio en la gran casa. Lo que tenía de intrigante, lo compensaba en lo fácilmente sobornable que era.

Oír secretos y susurros en la casa del duque de Suffolk había sido una misión que le había encomendado una dama que solía pagarle con suficientes chelines como para comprar su exigua consciencia.

Habia oído la conversación entre el duque y su tío. Y estaba segura que sería algo que aquella dama tan generosa estaría encantada de oír.

Capítulo 5

Wesley siempre fue un joven mesurado y calmado. Las malas experiencias en la vida, como ver el descuido de sus padres y que su prometida lo abandonara por falta de dinero lo volvieron aún más agreste de adulto.

El vivir en América terminó de forjarle el carácter. En ese sitio perdió sutilidad aristocrática y acabó de moldearle el carácter, en uno más calculador y previsor. En Virginia, compró una extensión de tierra con 50 esclavos. Lo hizo con los únicos ahorros que tenía.

Aprendió a montar a caballo a las maneras americanas y aprendió a disparar.

Sí que había tenido alguna que otra aventura con damas dispuestas, pero ninguna que pudiera perdurar en su memoria.

Al año de su primera inversión en Virginia, empezó a ver sus frutos, ya que pudo extender The Shinning, como bautizó a la plantación, hasta un poco más allá de las colinas. De 50 esclavos, pasó a tener 250.

En este último punto en particular, Wesley era una excepción en cuanto a su trato con estas personas cuya libertad y vida le pertenecían.

Él odiaba la esclavitud, pero era la costumbre que estaba arraigada en el viejo sur americano, y era consciente de que esta terrible práctica sería alguna vez objeto de un estallido social.

Así que se propuso que mientras estos esclavos permanecieran bajo su mando, les procuraría una vida digna en la medida de sus posibilidades. Así que, en esos años, Wesley implementó un sistema para ayudarlos.

No podía liberarlos, porque eso daría carta blanca a otros propietarios sureños para cazarlos y esclavizarlos de nuevo. Así que, para paliar la culpa, The Shinning albergaba una villa donde los esclavos y sus familias tenían una casa digna para cada uno.

Nunca se los castigaba ni encadenaba. Y ellos tampoco nunca dieron motivos para ser castigados al estar agradecidos de tener un amo tan bueno.

Con algunos de ellos incluso pudo hacer algo más. Los sacó del país y los embarcó para Europa, y como hombres libres seguían trabajando para él en las empresas que fundó a lo largo de los años, como la naviera, las fábricas o los centros de acopio que tenía en Inglaterra.

Hoy por hoy, y a diez años de haberlo comprado y ensanchado, Wesley no necesitaba a The Shinning. Pero lo conservaba sólo porque era el único modo que tenía para contener a los esclavos que protegía y no ponerlos a merced de otro amo esclavista.

Actualmente Wesley era propietario de una enorme fábrica de pastillas de jabón en Nueva York, una compañía naviera transatlántica, y la administración de numerosas propiedades en toda Inglaterra. Era el hombre más rico de su país natal y uno de los más adinerados de Estados Unidos si se contabilizaban sus bienes allí.

Pero Wesley ya había terminado con América. Había regresado definitivamente a Inglaterra a asentarse. Podía controlar sus negocios del exterior desde la distancia.

Un hombre con semejante prontuario, era difícil imaginarlo en medio del plan que había ideado su tío.

Lo de fingir ser otra persona, para poder entretener a una muchachita, de origen inapropiado, que distraía a su hermano.

Se sentía ridículo de haber aceptado representar el papel de estúpido.

Cierto que lo motivaba el deseo de proteger el abolengo familiar, pero muy en el fondo, también lo movía la curiosidad. Era cierto, que presentándose como el gran duque de Suffolk podía coaccionar y asustar a la muchacha, con la terrible fama que tenía, pero presentándose como otro, de posición más cercana a la de la joven, ella podría actuar con más naturalidad y mostrarse como era. Podría satisfacer así el huroneo que la joven le producía.

Cuando la vio por primera vez, por breves momentos, cuando ella irrumpió para entrar en las cocinas, había quedado algo alelado. Era una joven muy bonita y natural, de semblante diferente a las elegantes mujeres que él conocía.

Muy diferente por ejemplo a su ex prometida, Angélica Eliot.

Eso le desconcertaba y molestaba. Quería saber más de ella. Le trastocaba tener este tipo de interés. Justamente para sofocar ese curioseo es que había aceptado el plan de su tío.

Un plan poco noble, pero habían convenido que guardarían el honor y el decoro de la muchacha.

—Incluso puede que hasta le consigamos un marido en el proceso —aseveró Dexter, cuando hablaban de esto.

La idea era presentarse como un amigo potencial y granjearse su amistad lo suficiente, como para hacerla desistir de correr tras Gabriel en Londres.

Wesley, un hombre hecho y derecho de treinta años, temido y respetado y poseedor del título nobiliario más antiguo del país estaba a punto de representar una comedia.

Decidió ponerlo en práctica al día siguiente, porque además debía asegurarse de que la muchacha lo siguiera creyendo un simple escribiente.

Hacerlo no le significó ningún cambio en sus costumbres de despertarse temprano, llevar una taza de café amargo y traer sus instrumentos de dibujo y diseño, para intentar hacer un trazo.

Este pasatiempo lo tenía desde la época que estudiaba en Eton, y que fue perfeccionando de modo autodidacta en esos años. Las casas de esclavos de la villa en The Shinning y el mejoramiento de la casa patronal había sido obra suya. Las construcciones se hicieron en base a sus diseños.

En estos días se encontraba abocado en diseñar una casa de verano para Jane. Tenía la intención de obsequiarle una propiedad en Bath que sería exclusivamente para ella. Como un modo de compensación de no ser el hermano mayor tierno que podría esperarse, aunque él sabía que su hermana lo adoraba, pese a sus silencios y su carácter introvertido.

Así que aprovechó en sacar sus instrumentos de dibujo en el hall trasero, mismo sitio donde había estado aquella vez cuando sorprendió a Marjorie irrumpir en la propiedad.

Realmente no podía concentrarse mucho, por pensar en la posibilidad de que aquella muchacha podía venir en cualquier momento, si tenía en cuenta el informe del señor Harrison de que gustaba venir a esas horas a hacer esos famosos pasteles.

Punto en contra para él mismo, ya que a Wesley le gustaban esos dulces.

.

.

.

Marjorie se despertó muy temprano, como todos los días, desde que Gabriel y su familia estaban en Hardwick Hall, llevada por el deseo de preparar esos dulces, y que tuvieran oportunidad de servirse en la mesa de desayuno de su amado. Por eso hacía este sacrificio, que sería muy mal visto, así que su pequeño secreto solo lo conocían en su casa y los criados antiguos de Hardwick Hall.

Nancy le ayudó a ponerse un vestido liviano y fresco, y la joven prometió regresar en una hora, para antes de que su padre despertara. Cogió una cesta con manzanas frescas y enfiló rumbo a Hardwick Hall. Las frutas fueron un regalo de un acopiador de su padre y la joven ideó que podía aprovechar las manzanas en una nueva receta que había pensado.

Pasteles de manzana. Seria delicioso con el té matinal.

Pero nada más al empujar la verja y adentrarse a la propiedad, volvió a caer en una sorpresa inesperada.

Ese alto caballero, ese tal señor Langdon estaba ocupado escribiendo o dibujando en el hall trasero.

Marjorie se sorprendió. Ciertamente el encuentro breve con aquel caballero el otro día la había impresionado. No recordaba haber tratado alguna vez con alguien de esa prestancia y estatura, que la hacía sentir tan pequeña.

No podía negar que le producía curiosidad e interés. No sabía cómo sentirse con aquello.

Tragó saliva y se acercó al hombre que parecía muy ocupado con sus lápices.

—Buenos días, señor

El hombre levantó la mirada y Marjorie temió por un momento por su inoportuna aparición. Ya el otro día la había mirado de forma vituperante.

Fue allí que Marjorie pudo notar que el caballero tenía los ojos azules más grandes que haya visto. Tenía un aspecto severo, y Marjorie tuvo miedo por unos segundos.

Pero se recuperó cuando el caballero pareció aliviar su semblante.

—Buenos días, señorita Ludlow

Marjorie le hizo una reverencia con la cabeza e iba a seguir su camino, cuando la voz del sujeto volvió a detenerle.

—Creo que el otro día no me pude presentar adecuadamente. Y me disculpo por ello, soy el señor Langdon, secretario del duque. No quise ser grosero esa vez.

A Marjorie esta declaración la cogió por sorpresa.

—Temo que habrá sido una reacción natural por mi presencia intempestiva. Me he tomado la libertad de venir, gracias al permiso de la madre del duque. Quien se disculpa soy yo, señor Langdon.

El hombre relajó su semblante.

— ¿Amigos, entonces?, señorita Ludlow

Marjorie no pudo evitar sonreír.

—Siempre y cuando me llame Marjorie, no es necesario que me llame por el apellido ¿puedo preguntarle a usted su nombre de pila, señor Langdon?

—Wesley —dijo él sin pensar, pero al notar el desconcierto de ella —. Así es, tengo el mismo nombre de pila del señor duque.

—Que interesante casualidad, señor Wesley. Imagino que el duque jamás olvidará su nombre —adujo la joven

—Y yo tampoco el suyo.

Marjorie ya tenía que adentrarse a las cocinas si quería terminar a tiempo las recetas que planeaba, pero al ver a ese joven señor tan dispuesto, se animó a preguntarle:

— ¿Tendré el honor de volver a verlo más tarde, señor Wesley?, estoy pensando en regresar más tarde a tomar el té con el vizconde de Burnes

El rostro de él se descompuso un poco.

—Temo tener que informarle que los señores, incluido el duque y el vizconde se marcharon ayer de tarde para Londres ¿no estaba usted enterada?

Eso sí le cayó como jarra de agua fría a Marjorie. ¿Gabriel se había ido y no le avisó?

Aunque luego recordó que vio algunas cartas sin abrir sobre la mesa. Probablemente allí se le avisaba de tal acontecimiento. No sabía si sentirse estúpida o lerda por haber venido a hacer pasteles para un hombre que se había marchado lejos. No tenía sentido meterse a esa cocina sino estaba el hombre a quien iba dirigida esas atenciones.

Pese a cualquier cosa, Marjorie era una muchacha que no podía disimular sus emociones.

Wesley se percató de ello y fiel a la premisa que se había autoimpuesto de intentar ganarse el interés amistoso de la joven, que era la causal de todo el circo que estaba haciendo, se acercó a la joven enseguida.

—Por supuesto, usted sigue siendo libre de venir cuando desee. La duquesa ha sido clara con respecto a eso, y puedo garantizar que el señor duque también la respalda ¿puedo invitarle a quedarse para el desayuno?

Es lo único que pensó Wesley. No había nadie en la casa, salvo su tío Dexter, quien estaba al tanto de todo. Y como Marjorie creía que él era el duque y que se había ido con su familia, Wesley podía poner al tanto a su tío de que se escondiera, que le mandarían el desayuno en su habitación.

—Señor Wesley, usted es muy amable, pero mi padre siempre me espera para el desayuno. —refirió la joven, incapaz de controlar sus pobres nervios —. Lo mejor es que me regrese. Que tenga un buen día, señor Wesley.

—Adiós señorita Marjorie —se despidió Wesley al verla marchar de prisa.

Tan pronto como Marjorie desapareció tras la verja, Wesley se percató de que había dejado olvidada la cesta de manzanas rojas brillantes.

La aparición fue fugaz, pero Wesley se quedó varios minutos más mirando la verja, luego de que la joven desapareciera tras ella.

Tenía claro que debía poner en orden algunas cosas con los criados si pensaba mantener la mentira.

.

.

.

Marjorie llegó a su casa, haciendo un esfuerzo por mantener la compostura. Pero no lloró. Increíblemente no se sintió movida a hacerlo, pero no estaba contenta con la marcha de Gabriel.

Lo primero que hizo fue buscar las cartas sin leer que estaban sobre la mesa y corroboró lo que el señor Wesley le había dicho. Que la familia se marchó a Londres.

Marjorie acarició la carta y suspiró.

Su mente enseguida se volvió a concentrar en ese extraño y amable señor Langdon, a quien ella le había tenido miedo el otro día, pero que ahora se presentó, expresando amabilidad y el deseo de ser su amigo. Además, no podía explicarse, pero aquel hombre le tenía un aire muy familiar.

Dejó las cartas sobre la mesa y en eso se topó con Nancy, que venía a decirle que su padre ya estaba en el comedor para desayunar y que la esperaba.

—Temía que no hubieras vuelto ya. Imagino que ya sabes que la familia de Hardwick Hall se marchó ayer de tarde.

—Si, en efecto. Por eso no me quedé a preparar las recetas que tenía planeada —reveló Marjorie y fue allí que decidió preguntar —. ¿Conocía usted al secretario del señor duque?

Nancy entornó los ojos.

—No, y probablemente no lo conoceré jamás. Esa casa es muy grande y el señor duque, tengo entendido, siempre está viajando por las regiones, es natural que tenga un secretario. Pero no lo conozco —respondió Nancy, sin dar mucha importancia.

Marjorie suspiró y siguió a su vieja institutriz.

—Cielos, olvidé la cesta con las manzanas —se dijo a sí misma en voz baja.

Tendría que ir más tarde a recuperarlas.

.

.

.

El señor Harrison tuvo que hacer acopio de todo su disimulo luego de oír lo que su amo, el gran duque de Suffolk le estaba mandando.

Que, en caso de verlo a él, acompañado de la señorita Ludlow, debían tratarlo como el señor Wesley Langdon. Que en ningún caso debían revelar a la joven acerca de su verdadera identidad y que debían tomar los recaudos para ello.

Ya sea absteniendo a los otros criados que hablasen con la muchacha o que disimulasen lo suficiente.

El viejo mayordomo se moría de ganas de preguntar a su amo, el motivo de esta charada, pero esto le valdría un apercibimiento a no meterse a donde no le llamaban.

Además, los ricos tenían extraños pasatiempos, y quizá el señor duque lo trajo de su expedición americana. De todos modos, le temía y respetaba demasiado como para burlarse de esto.

El mayordomo fue el encargado de poner de sobre aviso a los criados de primera línea y más antiguos, que tenían más posibilidades de conversar con la escurridiza señorita Ludlow.

Solo les había dicho que era un juego entre ellos y que tenían prohibido esparcir el rumor de que duque de Suffolk seguía en la propiedad.

Todos tomaron la orden como el propio señor Harrison. No tenían interés en saber más, después de todo lo único que les importaba era conservar sus empleos bien pagados.

Lo que hiciera el duque no era de su incumbencia.

Aunque si hubo alguien que tomó la información con pinza.

Murron, la doncella de limpieza interior. La que el otro día, ya había interceptado la conversación entre el duque y su tío. Para ella si cobró sentido la orden, porque condecía con el secreto plan que ella había oído entre los señores de la casa.

Iba a tener que hacer un esfuerzo dejando brillantes las copas de plata, para que el señor Harrison le diera permiso para salir un día.

La información que tenía era demasiado valiosa para mandarla por carta.

Quería ir en persona a presentarse ante la aquella dama que, con gusto, le pagaría por este dato.

Ya sonreía de pensar en los chelines que conseguiría por ser buena intrigando y espiando.

Capítulo 6

Diez años atrás había sido la debutante más hermosa de aquella temporada.

¿Cómo no serlo?

Piel blanca y cremosa. Ojos negros como la noche, unas facciones intensas y bien contorneadas. Una figura esbelta y unas maneras delicadas de caminar y desenvolverse.

En ese tiempo, todavía se llamaba Angélica Eliot, y era la segunda hija de un baronet rural, que se había mudado a Londres, en búsqueda de un pretendiente como toda joven casadera. Lo que tenía en belleza, lo poseía de intrigante e inteligente.

Apenas debutó en los salones, un joven e inexperto Wesley se fijó en ella, imposible no hacerlo. Era demasiado bella, como un pecado abierto. A Angélica también le impresionó aquel joven alto y hermoso, hijo de un gran duque, y le devolvió sus atenciones. Al poco ya estaban comprometidos, como era natural.

Los padres del novio no pusieron ninguna objeción pese a la severa distinción en el abolengo, porque los duques de Suffolk no eran snobs. Angélica se había sentido deslumbrada hacia ese joven tan apuesto, que además era heredero del título nobiliario más antiguo del país.

El único defecto que tenía es que, según las malas lenguas, la familia estaba arruinada. No tenían dinero y estaban hipotecados hasta el cuello, pero Angélica aceptó la propuesta matrimonial de Wesley.

Estaba enamorada de él y eso fue suficiente para derribar sus prejuicios y su ambición natural. Ella tampoco tenía una dote que aportar, salvo su belleza.

Wesley la había querido mucho y Angélica ya soñaba con el día en que se convertiría en la señora de Hardwick Hall.

Pero el amor no fue suficiente, porque Angélica tenía ambiciones. Su belleza atrajo la atención de un hombre, que no era atractivo como Wesley ni tenía el mismo rango que su prometido.

Pero que tenía dinero. No sólo promesas, como las que Wesley le había dado.

El conde Marcus de Berry quizá no tenía la posición aristocrática de los Suffolk, y además detentaba como quince años más que Angélica, pero poseía dinero para mostrar y atraer como moscas a las cazafortunas. El problema es que ninguna de ellas era tan bella e inteligente como Angélica, quien supo manipular la atracción que el conde le empezó a tener.

El magnetismo de la joven hizo caer al conde, quien un día ya no pudo resistirse a la joven, y le propuso matrimonio. El único inconveniente es que Angélica ya estaba prometida a alguien.

Pero Angélica lo solucionó de inmediato, cortando el compromiso con Wesley siendo franca con él. La muchacha tampoco quería que esto fuera causal de alguna batida a duelo, ya que Wesley podía agraviarse y desafiar al conde.

Así que Angélica le pidió al conde marcharse a Escocia para contraer matrimonio en Gretna Green y quedarse en ese país por una larga temporada, y ponerse a salvo de alguna represalia por parte de su ex prometido.

Interiormente Angélica no deseaba que nada le ocurriera a Wesley y los resultados de los duelos podían ser tan incongruentes.

Se quedaron en Escocia, y a los tres meses su padre le escribió diciéndole que el escándalo de su boda, así como el agraviado prometido ya no estaban. Que el hijo del duque de Suffolk había tomado un barco a América y que no se sabía nada de él. Que nuevos escándalos habían copado la primera plana de la sociedad londinense, y que podía sentirse libre de regresar.

Angélica y su marido volvieron a Londres solo el tiempo suficiente para juntar algunas pertenencias y marcharse a Bristol, donde estaba la casa del conde.

Angélica apreciaba a Marcus, porque no era un mal hombre. Pero no lo amaba.

Ella nunca olvidó a su primer prometido, ese joven que le había jurado tantas cosas y que ahora estaba desaparecido en pos del sueño americano.

Con el tiempo fue recibiendo noticias impactantes, como la muerte del que iba a ser su suegro, el duque Reginald y finalmente que el propio Wesley no vino a sus funerales, erigiéndose desde la distancia en el nuevo Duque de Suffolk.

A lo largo de los años fue oyendo más información contundente, como la fortuna que estaba amasando el duque en Estados Unidos.

Justamente por ello y su carácter reservado, el nombre del duque generaba un inmenso respeto en el país, pese a residir en otro continente.

El corazón de Angélica se sazonaba de emoción cada vez que oía noticias de su ex prometido. Y se sentía una estúpida por haber roto su compromiso. Solo debió haberlo esperado un poco más. ¿Pero quién iba a pensar que iba a convertirse en un hombre tan rico? Cuando corrió la noticia de una venida del duque a visitar a sus familiares, casi tres años después de la muerte de su padre, Angélica tuvo el primer impulso de correr a verlo, pero su marido se lo impidió.

Después de todo ¿Qué tenía que ir a buscar allí?

No se le había perdido nada en ese sitio, como bien le recordó su esposo. El conde podía ser un hombre tranquilo, pero tenía ojos y sabía que su mujer enrojecía de un modo especial cuando oía hablar del duque de Suffolk.

Luego de eso, oyó que el duque regresó a Estados Unidos donde estaba fundando un imperio, que poco a poco también iba invirtiendo en Inglaterra. Angélica, pese a la distancia y a su propio esposo, nunca le perdió la pista.

Pero hace un año, el conde de Berry murió, y Angélica quedó viuda. No es que lamentase mucho la muerte de ese hombre que era demasiado viejo para ella.

Lo que lamentó es que la herencia del conde, que no era mucha pasó a manos de un sobrino de su marido que la detestaba. Como ella no había tenido hijos, los bienes pasaron a ese hombre que no tardó en pedirle amablemente que saliera de la casa, pero a pesar de todo, la condesa viuda tenía asegurada una pensión.

Ese dinero no le alcanzaría para mudarse a Londres e intentar cazar otro esposo, así que Angélica empezó a buscar un sitio adecuado en el campo, para vivir sin tanto gasto. Mientras la mujer se debatía entre Bath y Derbyshire, llegó a ella la noticia de que el duque de Suffolk había regresado a instalarse definitivamente a Inglaterra. Lo interesante es que no volvió con mujer e hijos.

Movida por un poderoso impulso, eso la hizo decidir alquilar una propiedad en Derbyshire, distante a menos de diez kilómetros de Hardwick Hall. No sabía si el duque se instalaría en Londres o allí, pero Angélica discernía que, en algún momento, el duque tendría que venir al palacete de campo.

Angélica había aprendido a jugar sus cartas. En el último baile que organizó la duquesa viuda no consiguió ser invitada. Habia enviado su tarjeta a la duquesa viuda, su intención era ser recibida y disculparse ante aquella mujer, que iba a ser su suegra, apelando la bondad de ella.

Pero su tarjeta no llegó a la destinataria. Eso hizo que empezara a forjar otros planes, fue de ese modo que contactó y sobornó a Murron, una doncella de limpieza de Hardwick Hall.

No esperaba que los resultados le llegaran tan pronto.

Murron le informó que la tarjeta de visita que había enviado fue interceptada por el señor de Tallis, el tío del duque. Pero la siguiente cosa que le informó fue alarmante.

Que el duque envió a su familia a Londres en pleno, y que él quedó en la residencia, envuelto en un juego con una de las jóvenes vecinas, hija de un baronet.

Aparentemente la muchacha era objeto de atracción para el atolondrado hermano del duque, y entonces, para disuadirla, el duque pensaba asumir una identidad falsa, para conseguir que la joven no fuera a Londres a buscar a su hermano.

También que Derbyshire debía creerlo en otro sitio, no dentro de Hardwick Hall.

Angélica quedó de piedra ante aquella valiosa revelación y aún estaba procesando como utilizar a su favor aquella poderosa información.

Algo que tenía claro y de la cual era fiel creyente es que el actual duque de Suffolk podría aun no haberla superado. No tenía mujer ni hijos. Habia rehuido del matrimonio y eso significaba que el duque estaba cerrado.

Eso hizo creer a Angélica de que quizá Wesley no la había olvidado. Los recuerdos de su compromiso roto quizá aún lo agobiaban.

Angélica se esforzaba en pensar en el modo de volver a acercarse a él. Evidentemente su tío, el gran filtro del duque no la dejaría cruzar jamás. Así que la mujer tenía que ingeniarse de cómo hacerlo.

Pero Angélica era una mujer de recursos, muchos recursos. Poseía información valiosa. También estaba el duro tema del dinero. Su sobrino político le daba una pensión que cada vez se reducía más y que fuera uno de los motivos por el cual no podía permitirse alquilar una casa en Londres.

Así que tenía que gerenciarse otros ingresos de forma más abyecta y perversa. La de proveer muchachas para que sirvan de cortesanas a algunos señores. Lo bueno de vivir en el campo, es que podía captar a las muchachas en este sitio, antes de enviarlas a los hombres que pagaron por ellas. Esta vil comisión es la que le generaba los verdaderos ingresos de la cual vivía.

Pero tenía claro que no deseaba ser considerada una madame. Así que lo justo era poder hallar un nuevo marido que pudiere ocuparse de sus necesidades.

No necesitaba buscar, porque ella ya sabía lo que quería.

El duque Wesley de Suffolk, su ex prometido, que aún seguía libre.

Lo primero era averiguar todo sobre aquella extraña mujercita, que era objeto de la comedia representada por Wesley. Lo segundo, deshacerse de ella.

No podía dejar que una joven debutante estuviera bailoteando abiertamente frente a los ojos del duque. Pese a cualquier cosa, éste era un hombre y no era de piedra.

Lo segundo, lograr infiltrarse y conseguir cruzarse con él. Que Wesley volviera a verla. Ella era consciente de su belleza y la principal arma que poseía.

Angélica empezó a maquinar un plan.

Un plan para volver a seducir al duque de Suffolk.

Ese hombre tenía que volver a ser de ella.

.

.

.

Wesley escribió la misiva, por consejo de su tío Dexter.

La idea era mandar una nota a la casa del barón Ludlow, dirigida a la señorita de la casa.

—La única forma de granjearte la amistad de esta muchacha, es dar el primer paso, querido sobrino. A este tipo de niñas les gusta las misivas.

Así que Wesley le escribió:

Señorita Marjorie de Ludlow.

Perdone el atrevimiento que me hace escribirle, sin tener la autorización de su padre. En su visita matutina a Hardwick Hall no pude evitar notar que ha olvidado usted la cesta con manzanas.

He decidido mandárselo de vuelta, porque presumo que los necesitará.

También quería aprovechar, para extenderle una comisión que me dio la duquesa viuda, de enseñarle la biblioteca principal de la casa.

Esperando su respuesta.

Señor Langdon.

Wesley se sintió algo ridículo al hacer esto, pero estaba decidido a distraer a esa joven que no fuera tras su hermano. El viaje a Bath de su tío Dexter ya estaba decidido, así que luego del desayuno, los criados estaban en pleno transporte de los baúles del conde de Tallis al carruaje.

Dexter iba para encargarse del cierre de ciertos negocios en nombre de su sobrino, que estaba muy interesado en varias propiedades.

—No comprendo porque la invitación a ver la biblioteca ¿no podía ocurrírsenos algo mejor? —preguntó Wesley, frunciendo el ceño.

—Es que es un modo de estudiar el carácter de la joven, no la conoces y no sabes lo que la entretiene. Si le gusta que le enseñes la biblioteca, entonces sabrás a qué atenerte, y por si no le gusta, también. Tampoco puedes ir a enseñarle un gallinero ¿no, sobrino?

Wesley iba a bufar, algo molesto. Probablemente a su tío, era el único a quien le toleraba ese tipo de comentarios, pero además era su cómplice en el pequeño circo que estaban armando.

Y todo por culpa de la lujuria de su estúpido hermano.

Finalmente, Dexter se marchó rumbo a Bath a cumplir la comisión de su sobrino.

Wesley quedó solo en Hardwick Hall.

Y ciertamente se sentía un poco imbécil de sentirse un poco impaciente de recibir la respuesta de la señorita Ludlow. ¿Tan inquieto estaba de poder iniciar su representación y estudiar el carácter de la muchacha?

¿O es que realmente tenía interés de verla?

Esto último no podía ser, sólo la había visto dos veces en la zona del hall, cuando ella se escabullía para entrar a la casa.

Quizá debería procurarse alguna actividad, mirando sus cuadernos de contabilidad y negocios para distraerse un poco.

Nunca había sido un hombre ocioso y no empezaría ahora.

.

.

.

Marjorie estaba decaída.

El desayuno y el almuerzo transcurrieron sin interés para ella. Su padre lo notó e inmediatamente supo que era por causa de la marcha de los vecinos.

Marjorie era una muchacha naturalmente alegre y soñadora y este semblante cabizbajo no la definía en modo alguno.

El barón estaba preparado para recibir algún pedido de visita a Londres y sabía que probablemente no podría negarse. Su hija había crecido sin una madre afectuosa y él se sentía perdido y apenado.

Una vez llegó a pensar si la solución no era la de marcharse junto a Henry a Estados Unidos, pero desechaba de inmediato la idea.

No podía hacerle eso a Marjorie.

.

.

.

Estaba pensando en ir a practicar algo en la cocina, cuando Nancy le trajo una carta dirigida a ella.

¿Será alguna rezagada misiva de Gabriel?

—También me dicen que venía acompañada de la cesta de manzanas que tenías esta mañana.

Marjorie cogió la carta con avidez ante la mirada inquisitiva de Nancy, quien se marchó meneando la cabeza y rogando que su pupila no volviera a meterse en líos.

Cuando supo que venía con la cesta, Marjorie se percató de que no podía ser alguna misiva perdida de Gabriel. Y munida de una extraña emoción se puso a leer la nota.

Era del señor Langdon, quien amablemente le devolvía la cesta olvidada y la invitaba a la biblioteca de Hardwick Hall.

Marjorie sonrió. Nunca había entrado a ese lugar y el señor Langdon era muy cortes con ella.

No podía dejar pasar esta invitación.

Inmediatamente cogió papel y pluma para enviarle su respuesta.

No entendía porque tenía esta rapidez impulsiva de aceptar aquella propuesta. El señor Langdon era un extraño, que sólo había visto dos veces en su vida.

Se preguntaba si este deseo tenía que ver con que los ojos azules del señor Langdon le recordaban un poco los de Gabriel.

Pero debía de reconocer que la mirada de aquel hombre era más profunda e intensa.

Luego de mandar la nota, se adentró en la habitación a buscar un vestido de verano adecuado.

Pese a ser una simple invitación para ver la maravillosa y famosa biblioteca del duque, tampoco pensaba llevar una cofia.

Las dos veces que había visto al señor Langdon, éste estaba impecablemente vestido.

Y ella no quería desentonar.

Capítulo 7

Sólo horas antes estaba triste por la marcha intempestiva de Gabriel y ahora estaba nerviosa por encontrarse con otro hombre.

Marjorie tenía lo suficiente de sentido común para temer estar siendo veleidosa.

No estaba segura que si lo que la emocionaba era que al fin conocería la misteriosa y famosa biblioteca del duque de Suffolk o que fuera una invitación del misterioso señor Langdon.

Cuando Marjorie cruzó el portal, junto al árbol, no le sorprendió ver al señor Langdon esperándola en el mismo sitio donde había estado dibujando el otro día.

—Buenas tardes, señorita Ludlow

—Señor Langdon —ella hizo una reverencia con la cabeza, antes de acercarse al caballero que la esperaba —. Gracias por la invitación, no podía rechazarla siendo que usted se encargó de devolver mis manzanas.

Él sonrió y le hizo un gesto que lo siguiese.

—Intuí que la noticia de la marcha de los dueños de casa podría haberle afectado, además esas manzanas podrían arruinarse. Se me ocurrió que, como compensación, podría enseñarle la biblioteca del duque.

—Imagino que usted debe estar muy compenetrado con ella, siendo el escribiente del duque.

Wesley asintió.

No era la primera vez que Marjorie entraba al interior de aquella casa, pero nunca terminaría de sorprenderse de la misma.

Los salones y pasillos delataban el esmero con la cual el señor Harrison y el ejército de criados mantenían el orden y limpieza del lugar. Por supuesto, esto era atendiendo el gusto exquisito y severo del duque, de quien se decía era muy estricto.

Cuando finalmente él abrió la puerta de la biblioteca, Marjorie se maravilló y no esperó la invitación de Wesley para adentrarse y pasear por el lugar.

La biblioteca pasó de generación en generación, pero fue el actual duque quien lo modernizó, ampliando los volúmenes y quien había mandado elaborar nuevos estantes. Eran necesarias las escaleras para bajar libros. En estos casos, podía contratarse a un bibliotecario, pero como Hardwick Hall llevaba poco tiempo abierta, nunca se contempló esa posibilidad, además de que al duque no le gustaría tener extraños cerca hurgando sus lecturas.

— ¡Dios santo!, señor Langdon, no voy a mentirle y decirle que nunca quise conocer este lugar —replicó la muchacha con los ojos en alto paseando por el impresionante sitio y admirándolo todo.

Wesley, quien observaba embelesado a la joven, sin poder evitarlo ya que tenía que reconocer que era una muchacha muy bonita se apresuró en responder.

— ¿Nunca antes lo había visitado? ¿el señor vizconde de Burnes nunca se lo enseñó? —preguntó él, y mascullando un poco los dientes al hacer esa última pregunta.

Pero Marjorie no notó aquello.

—Nunca me ha invitado y tampoco vendría a aventurarme sola. El duque podría mandarme a la guillotina si me atreviera.

Él enarcó una ceja.

— ¿Tan severo le parece el duque?

Ella cogió uno de los libros que estaba en un estante bajo.

—Creo que usted podría responder sobre eso. No tuve oportunidad de coincidir con él, pero es bien conocido que es muy intransigente.

Wesley iba a replicar algo, pero en eso ella lanza una exclamación al encontrar el tomo de un libro que parecía interesarle de sobremanera.

— ¡Es el libro de recetas de la duquesa!

Marjorie tomó aquel libro con cariño. Le recordaba que éste más el impulso de su difunta madre lo que había motivado su cariño a la elaboración de pasteles y dulces.

—La duquesa es una mujer increíble. Ella me ha dicho que nunca ha amasado ni batido nada, pero fue perfectamente capaz de crear estas recetas y ordenar que el servicio los elaborara. Creo que su receta de guisantes confitados no tiene igual y es muy famoso en Derbyshire —Marjorie pasó las paginas, acariciando el papel, como si la misma le trajera muchos recuerdos.

Wesley lo notó.

— ¿Le ocurre algo, señorita Marjorie?

Marjorie pareció despertar y cerró el libro. Estaba pensando en su madre.

—Supongo que son los recuerdos y la nostalgia, señor Langdon —dijo la joven, volviendo a colocar el libro en su lugar y queriendo pasar la conversación añadió —. ¿Por qué no acompañó al duque a Londres, señor Langdon?

Wesley le refirió la respuesta que ya tenía pensada.

—Me han encomendado la administración de Hardwick Hall, señorita Marjorie.

Marjorie asintió y siguió recorriendo la mirada por la estancia, hasta que algo volvió a llamar la atención de la joven.

Sacó el volumen.

—No puedo creer que el señor duque tenga un tomo con notas del señor William Wilberforce. Son copias del proyecto de ley abolicionista que él promovió ante el parlamento.

Aquella referencia sorprendió a Wesley. Nunca antes había conocido a una mujer que pudiere hablar sobre aquello.

— ¿Conoce usted el movimiento liderado por el señor Wilberforce?

Marjorie se entusiasmó ante la pregunta. Claro que lo conocía. Nancy la había alentado a leer sobre eso y por tanto estaba empapada de información.

—Por supuesto, el señor Wilberforce ha sido el artífice de la abolición de la esclavitud aquí y en las colonias británicas. ¡Fue un gran hombre! —expresó la joven, con abierta admiración.

— ¿Y porque le sorprende encontrar algo así en la biblioteca del duque? —Wesley no pudo evitar preguntar esto, ya que vio la incredulidad en los ojos de la muchacha.

— ¿Es que no sería extraño?, el duque tiene plantaciones en Virginia y todos saben que tiene cientos de esclavos. Sé que, en América, la abolición de esclavos aún no ha llegado ¿pero porque el duque no libera a esos pobres hombres?, mi hermano Henry trabaja en una de sus fincas, y aunque él no me contado mucho, sé que tiene esclavizados a cientos.

Wesley estuvo a perder la compostura ante el inesperado ataque de la muchacha, pero luego intentó calmarse, porque se supone que él no era el atacado, sino el duque que era otra persona.

—Por supuesto que las cosas no son así de sencillas. ¿Su hermano es detallista cuando le escribe sobre los esclavos que mantiene el duque?

—No, pero no va decirme que es difícil creer que el duque no pueda poner en practica la liberación de esclavos.

—El duque no los libera, por la sencilla razón de que, si lo hace, estos hombres pueden volver a ser cazados por otros propietarios. El duque responde por la integridad física de sus hombres, pero no podría decir lo mismo si ellos pasaren a ser propiedad de otros señores. Creo que la siguiente vez podría preguntárselo a su hermano Henry, es un hombre sincero y supongo que ha embellecido mucho del horror que se vive allá para no asustarla —aseveró él.

Marjorie quiso replicar con alguna respuesta inflamada de idealismo, pero prefirió preguntar otra cosa.

— ¿Conoce usted a Henry? —la muchacha no podía evitar emocionarse al preguntar eso. Hace años que no lo veía y siempre sentía que sus cartas eran insuficientes. Añoraba mucho a su hermano.

—Claro, en mi calidad de secretario del duque he estado en Virginia y en varias otras ciudades de ese país. Conozco a su hermano, es el administrador de The Shinning.

Marjorie se sintió fortalecida al oír de su hermano y dejó el libro que había iniciado la discusión sobre la mesa.

—Extraño mucho a mi hermano ¿tiene usted hermanos, señor Langdon?

—Si, pero viven muy lejos de aquí —adujo él

Marjorie tenía una curiosidad que deseaba satisfacer, así que se lo planteó de la forma más diplomática que pudo.

—¿Y la señora Langdon también lo acompaña en sus viajes?

Wesley enarcó una ceja.

—No existe señora tal.

—Oh

Marjorie no supo explicarse porque aquella corta respuesta le causaba cierto alivio.

La visita guiada a la biblioteca ya había acabado y hasta Marjorie entendía que se extendió demasiado.

Pero la compañía del señor Wesley le era muy refrescante, tanto que no había recordado en toda la tarde que debía de haber estado triste por el desplante de Gabriel.

Era un hombre serio, pero justo. Eso podía deducirlo.

Era un hombre amable y tenía diez años más que ella. Era un caballero que había vivido y visto más de lo que ella podría conocer. Era alto y tenía una postura que Marjorie no podía evitar admirar.

Se sentía pequeña ante un hombre de este calibre. Y además no temía defender lo que pensaba ante el discurso abolicionista de ella. Aunque eso la molestó un poco, no le gustó que él pensara que era una niña velando por cosas de adultos y que sutilmente le refiriera que Henry debería de informarla mejor.

Pero es lo que pensaba, era una muchacha que no había salido nunca de Derbyshire, salvo el último verano para su corta estancia en Londres. Además, estuvo muy ocupada velando por Gabriel y no había prestado atención a nada.

Decidió que quería volver a ver al señor Langdon. El señor Wesley como le pidió él que la llamara.

No estaba segura como tomaría su padre que se volviera amiga de un administrador y simple escribiente. A Marjorie no le importaban esas cosas, pero era consciente que la hija de un baronet estaba muy por encima de eso.

Decidió que por el momento no le diría a su padre que tenía un nuevo amigo. Porque pensaba potenciar su amistad con el señor Wesley.

A falta de Aubrey, la única amiga que tenía, la agradable conversación de ese caballero la distraía. Como que por ejemplo no había pensado en la horrible pena que le causó la marcha de Gabriel, y que éste ni siquiera le hubiera dejado alguna misiva. De no ser por la duquesa, ella no hubiera sabido nada.

Marjorie se estaba encaminando con Wesley hacia la puerta trasera, que era la que conectaba con la zona que conducía al portal que conectaba con la casa Ludlow, cuando él le habló.

— ¿Disfrutó la muestra, señorita Marjorie?

—Ha sido muy refrescante, señor Wesley, he quedado sorprendida por los libros que almacena el señor duque. No esperaba encontrar textos abolicionistas en el catálogo de un gran señor que sigue practicando la esclavitud, aunque fuera en una ex colonia británica —pero como Wesley pareció incomodo, Marjorie se apresuró en añadir—. Pero me alegra saber que usted es más flexible, al exponer los motivos por las cuales no se libera a esos esclavos. Es usted muy gentil, señor.

—Es que creo firmemente que se debe estar en los pies del duque para entender, así como vivir esta situación en carne propia, para que una dama como usted comprenda que el asunto no es tan sencillo —Wesley alegó esto con cierta dureza disfrazada.

Igual la molestia no podía durarle demasiado, cuando Marjorie desplegó una de esas interesantes sonrisas que la hacían tan irresistible.

—Lo que me dice usted me intriga, créame que escribiré a Henry para ver si es posible que me narre sobre sus impresiones. Él no me ocultaría eso si yo se lo preguntase.

Wesley la acompañó hasta donde estaba el enorme árbol, a pocos metros estaba el portal. Tampoco quería arriesgarse a que algún rezagado criado del padre de Marjorie lo reconociera.

—Me han dicho que este portal se ha abierto porque a usted le gusta practicar en las modernas cocinas de Hardwick Hall, siéntase libre de venir cuando quiera.

Marjorie cambió su semblante. No le agradaba pensar en Gabriel en ese momento.

—No estoy segura de que tenga ánimos, además eran dirigidos al vizconde de Burnes.

—Señorita Marjorie, él ya no es su único amigo —adujo Wesley.

— Si es así, entonces veré que puedo hacer como compensación por mostrarme la gran biblioteca.

Finalmente, la joven acabó haciéndole una reverencia con la cabeza que fue respondida por él como despedida.

Mientras se marchaba, Marjorie no dejaba de pensar que había pasado una estimulante tarde con aquel hombre tan gentil.

Aunque, por decoro no podía decirle abiertamente que sería un placer para ella hacerle algunos pasteles.

.

.

.

Wesley se dejó caer en el sillón de su enorme despacho.

Habia pasado parte de la tarde conversando con aquella señorita tan extraña.

Extraña, porque nunca antes había visto a una jovencita de su edad, tan resolutiva y con ideas tan firmes.

Lo otro que le pesaba era el tener que comportarse políticamente cortés y condescendiente con alguien tan inferior a él.

Y todo por causa del estúpido teatro que decidió representar. Tal vez no hubiera hecho caso al tío Dexter, pero tampoco podía arriesgarse que su atolondrado hermano echara por la borda su futuro, comprometiéndose con una mujer de posición social insignificante y además de una familia arruinada.

Él más que nadie conocía los estados financieros de Lord Ludlow.

Ya que una de sus compañías era la encargada de arrendarle al barón unas extensiones de tierra, que éste se encargaba de subarrendar. Uno formalizado por el viejo duque y que, a Wesley, en honor a los negocios nunca le agradaron, pero que mantuvo por un viejo escrúpulo a su padre y la palabra que le pudo haber dado al barón.

También porque fue él, quien le dio trabajo a Henry Ludlow en Estados Unidos. No tenía quejas de ese hombre, pero las remesas que éste enviaba era el único sustento de su padre y de su hermana, ante el fracaso de los negocios de los Ludlow.

Así que en ningún modo podía considerarse a Marjorie Ludlow un buen partido para el hermano de un gran duque.

Pero fuera de eso, le parecía la muchacha más fresca y bonita que hubiera visto en los últimos años. No la conocía lo suficiente para inferir sobre la bondad en sus intenciones con Gabriel, pero oyéndola hablar hoy en el paseo por la biblioteca distaba de ser una de esas debutantes superficiales. Al menos estaba preparada e informada.

Wesley no sabía si eso era atrayente o peligroso.

Pero el hecho que conociera a William Wilberforce, al movimiento abolicionista de la esclavitud y que tuviera una opinión sobre eso, le resultó muy atractivo.

Sabía que tenía que seguir con su plan original de entretener a la jovencita, y que no fuera a Londres tras su hermano, pero fuera de eso, tenía que admitirse que tenía muchos deseos de volver a ver a esa atrevida joven.

.

.

.

Angus de Mercy dejó sus tarjetas de visita al mayordomo. Era la primera vez que venía a la casa alquilada en Derbyshire de la bella condesa viuda de Berry, Angélica y es lo que llamaba la etiqueta, a pesar de que ella y él eran viejos conocidos y mantenían negocios juntos.

Angélica estaba en su habitación, arreglándose para la cena, cuando recibió la tarjeta.

Angus, el conde de Mercy, un hombre taciturno, sombrío y lúgubre. Probablemente Angélica lo hubiera cazado como marido al quedarse viuda, porque Angus era un hombre viudo, rico y bien parecido.

Pero Angélica sabía que a ese hombre no se lo cazaba y tampoco se dejaría dominar por nadie. Además, le aterraba ese aire tétrico del conde. Además, Angélica conocía la perversa distracción favorita de ese hombre, ya que ella se los proveía.

Le gustaban las muchachas muy jóvenes y virginales. Tenía un fetiche especial en desflorar jovencitas. Angélica le había llegado a proporcionar como tres chiquillas, hijas de pobre granjeros de la zona, que aceptaron venderse a cambio de algunas monedas para su familia.

Por supuesto, Angélica se quedaba con el resto, porque Angus pagaba generosamente.

Antes de esto, las transacciones se realizaban en la casa del conde.

Angélica se estremeció un poco.

¿Qué podría haber impulsado a ese hombre siniestro a visitarla en su casa?

¿Es que tenía tanto apetito?

Angélica acabó de vestirse y bajó al salón, donde Angus la esperaba. Ya le habían servido té.

—Milord —Angélica bajó la cabeza como reverencia, saludando al sujeto

El hombre la imitó y Angélica se sentó.

— ¿A que debo el honor de su visita, señor conde?, no esperaba que usted viniera alguna vez a mi humilde morada.

—Condesa, tal vez perseguía una invitación a cenar con usted —arribó él

Angélica enarcó una ceja.

— ¿En verdad?, claro que está usted invitado, señor conde

Angus fijó su mirada fría en la mujer.

—Sólo así tendré tiempo, de hablarle de una necesidad que tengo.

—Podría empezar a ser más específico ahora, milord

Angus pareció pensarlo unos segundos.

—Hace unas semanas asistí a un baile organizado en Hardwick Hall y conocí allí a una jovencita adorable. Usted conoce mis inclinaciones.

—Por supuesto, señor conde. Siga, por favor, usted sabe que siempre encontraré el modo de hacer algo por sus necesidades.

—La muchacha no es del mismo calibre de lo que me suele proporcionar usted. He averiguado que es la hija de barón Ludlow, ese hombre sin fortuna ni influencias. Me gusta esa joven, y no quisiera que, por ejemplo, ese ridículo hermano del duque de Suffolk la consiga. Usted sabe que yo quiero ser el primero —aseveró Angus, con una mirada pérfida.

Los ojos de Angélica se iluminaron ante la petición.

—Por supuesto, puedo asegurarle que la referida joven no está prometida con ese joven ni con nadie. Usted sabe que siempre estoy informada de lo que ocurre en Derbyshire.

Angus asintió.

—Sabía yo que usted tendría la respuesta. ¿Cree que podrá conseguir a esa joven para mí?

Angélica ya estaba maquinando mentalmente mil cosas.

—Por supuesto que, para darle una respuesta, deme usted tiempo para estudiar a la joven. Al ser de un escaño más alto de las jóvenes que suelo proporcionarle a usted, hay cierto nivel de dificultad.

—Sabe usted que seré generoso —expuso él.

Angélica sonrió, y se levantó.

—Claro, milord. Usted sabe que puede confiarme esta tarea ¿pasamos al comedor?

Angus la siguió.

Mientras eso ocurría, Angélica y su veloz mente ya iban dibujando escenas diversas de cómo hacer que esa Marjorie Ludlow cayera en el saco de Angus.

Iba a tener que pagarle un poco más fuerte a Murron para que le trajese más información.

Le divertía pensar que además de ganar un buen dinero, iba a quitar a esa muchachita de frente de los ojos del duque de Suffolk.

Ya sabía que su ex prometido se estaba prestando a un juego para alejarla de su hermano, pero Angélica conocía el poder que podían tener las mujeres hermosas.

Y Marjorie era una.

Capítulo 8

El clima de la tarde estaba templado, pero aun así Marjorie no comprendía porque el señor Langdon prefería el salón.

Habia pasado una semana desde la excursión en la biblioteca, y el amable secretario del duque de Suffolk se había portado amigable y cortés con ella esos días.

Ese día le mandado una misiva para tomar algo de té y degustar una bebida muy típica americana: el café.

Marjorie se había apresurado en hornear algo en la cocina de su casa y llevó algunos panecillos para acompañar. También se aseguró que su padre no se diera cuenta.

Aunque el señor Langdon era un hombre íntegro y amable, no estaba bien visto que él no amagase en presentarse en la casa de los Ludlow e informar acerca de su amistad.

Marjorie temía que a su padre no le gustase, en vista a la condición social del señor Langdon.

Aun así, ella aceptó la invitación y con ayuda de Nancy se preparó. La institutriz no le dijo nada, salvo que no se metiera en problemas.

Además de la estimulante compañía del señor Langdon, ella podría aprovechar de ver si no había llegado carta desde Londres a Hardwick Hall. Alguna nota de Gabriel.

Cuando hicieron pasar a Marjorie, la mesa de té ya estaba servida y él estaba muy ocupado dibujando en la enorme mesa del lugar. Muy concentrado.

—Señorita Marjorie, pase usted. Déjeme terminar algo aquí y la acompaño.

La muchacha sonrió, mientras el señor Harrison le servía el café y acomodaba los panecillos que ella misma había traído en la bandeja.

—Quiero que usted sea el primero en probar esta receta de panecillos de jengibre. He pasado varios días calculando las medidas, y teniendo en cuenta que usted me dijo que bebía café amargo, sin terrones de azúcar.

—Lo del café amargo es una costumbre americana. Pero usted puede probarlo con miel o con terrones de azúcar para endulzarla —refirió él, al fin abandonando su trabajo para sentarse junto a la joven.

Marjorie probó un poco, y aunque el gusto le pareció extraño, luego tuvo que aceptar que era una fantástica bebida.

—Cielos, señor Langdon, con esto ya me ha dado ganas de visitar Estados Unidos. Mi padre nunca me dejaría ir, pero me consuela saber que, si voy, tendré a mi hermano cerca.

—Su hermano es un buen hombre. El duque lo aprecia mucho —refirió él

Marjorie sonrió ante el recuerdo fraternal de su querido Henry. Habia pasado varias semanas de su última carta. Recientemente Marjorie le había escrito, sin nombrar al señor Langdon para preguntarle acerca de las condiciones en la que vivían los esclavos de The Shinning. Por supuesto a Henry Ludlow la carta le habría parecido rarísima, y proviniendo de alguien que nunca vio la plantación. Marjorie le había puesto que era mera curiosidad, porque últimamente estaba leyendo muchos textos abolicionistas y le gustaría saber el parecer de alguien que vivía la esclavitud de cerca en un país que aun la practicaba.

—He seguido su consejo y le he escrito a mi hermano. Créame que todavía estoy indecisa con respecto a las razones que el duque aduce para evitar la liberación de esclavos.

Wesley frunció un poco la boca. No esperaba tener esa conversación tan pronto de vuelta.

—Espero que las respuestas de su hermano la satisfagan. Dígame ¿y su padre está en la casa?

—Mi padre esta fuera, ha tenido un problema con un arrendatario. No he sabido más, pero ha estado de mal humor, porque entiendo que ese terrateniente ha perdido una cosecha importante —replicó Marjorie

—Espero que sus asuntos no sean graves —aseveró él, aunque internamente pensaba que ojalá esos problemas no tengan que ver con las tierras que la casa Suffolk le arrendaba al barón. Ese pobre hombre no tenía fama de buen proyectista.

Marjorie acabó con la taza de café y decidió preguntar algo.

— ¿Y no han llegado cartas de Londres?

—No ha llegado nada —adujo él, procurando disimular que estaba analizando el rostro de la joven.

Marjorie se levantó y empezó a pasear por la habitación. Wesley creyó que lo hizo para que él no notara su gesto de frustración.

Era cierto que a Marjorie le contrariaba y hasta desilusionaba que Gabriel no hubiera tenido el mínimo gesto con ella. Pero increíblemente a lo que podía creerse, la joven no estaba tan molesta.

En eso sus ojos se posaron en las hojas de dibujo que reposaban sobre la mesa junto con las plumillas y los pinceles.

Era un bosquejo muy detallado del diseño de una casa señorial.

Marjorie quedó deslumbrada por los impecables trazos. Había visto al señor Langdon dibujando en varias ocasiones, pero nunca se había detenido a observar su trabajo.

Era el trabajo de un arquitecto profesional. Que hombre tan talentoso.

—Increíble, señor Langdon, este diseño es perfecto ¿ha estudiado usted sobre el particular?

—No, es algo que se me dio bien en Estados Unidos. Supongo que lo fui mejorando con los años.

— ¿Puedo preguntar para donde es este diseño? Es una casa preciosa —observó ella

Wesley sonrió al recordar a su hermana pequeña.

—Es para la señorita Jane.

Sin duda una respuesta que Marjorie no esperaba.

Además, la forma en la que él recordó a la jovencita. Los gestos que hizo al evocarla.

Marjorie casi tuvo un traspiés y palideció un poco, pero intentó disimular.

Miró por la ventana e inventó algo para poder irse.

—Creo que debo volver a casa. Mi padre llegará pronto y preguntará por mí en la cena.

Wesley apenas tuvo tiempo de despedirse porque Marjorie salió disparada del lugar.

No quería que el hombre viera su pálido semblante.

Mientras se marchaba, no podía dejar de pensar en el modo tan dulce y cariñoso en la que el señor Langdon aludió a la señorita Jane.

No era un simple recordatorio, era traer a la memoria a una persona querida.

Además ¿Por qué el señor Langdon, en medio de sus ocupaciones, estaría tan consagrado en diseñar algo para esa muchacha?

El diseño de una vivienda era muy íntimo y personal. Además, Marjorie notaba que el señor Langdon ejecutaba la tarea con sumo placer.

Cuando Marjorie entró a su habitación, no había saludado ni siquiera a Nancy con quien se cruzó en la entrada, sino que se arrojó directamente a su cama.

Era un hecho. El señor Langdon estaba enamorado de la señorita Jane, la hermana menor de su jefe.

Solo el amor podía impulsar a un hombre a actuar de este modo.

Marjorie se llevó las manos a la boca ante aquel descubrimiento.

En cualquier persona, aquella revelación podría sonar divertida, pero a Marjorie no le pareció tal cosa.

No entendía porque, pero el saber aquello le molestaba. Desde que le preguntó al señor Langdon sobre la existencia de alguna señora, y él le hubiera dicho que no existía, lo imaginaba solo.

Pero era evidente que estaba así, porque estaba esperando a alguien.

Y esa alguien era la señorita Jane.

La mente romántica y febril de Marjorie empezó a maquinar mil circunstancias.

¿Qué pasaría si la familia de Jane supiese de esto?

Imaginaba a la duquesa viuda y a Gabriel con mucha transigencia, pero sus opiniones no tenían peso frente al patriarca de la familia: el duque de Suffolk.

Dos fuertes sentimientos vinieron a apoderarse de Marjorie. Por un lado, una fuerte compasión hacia el pobre señor Langdon por su amor prohibido y por el otro, un singular recelo.

Cuanto más pensaba en los sentimientos del señor Langdon mas se exasperaba. Es como si no pudiera tolerarlo. ¿Cómo era eso posible?

Hace muy poco tiempo que conocía a ese amable señor ¿Por qué tenía estas ideas y este apretón en el pecho?

No le gustó tener este descubrimiento sobre su amigo.

No le agradaba saber que él tuviera afectos tan caros por una mujer. Se sintió muy estúpida por tener estas egocéntricas y sensibleras ideas.

Fue allí que tuvo un parón y se incorporó violentamente.

¿Era posible que se sintiera atraída al señor Langdon?

Solo eso justificaría este arranque de celos.

También explicaría las razones por las cuales no se había estado echando a llorar por los rincones por el abandono de Gabriel.

¿Es que es posible esto?

.

.

.

Wesley quedó solo, sumido en sus pensamientos. Ni siquiera notó que los criados habían pasado junto a él, limpiando y ordenando.

Wesley no estaba pensando en negocios, como siempre. Y debería, atendiendo que sólo esa mañana había recibido carta de su tío Dexter avisándole que cerró transacciones satisfactorias en Bath.

Estaba pensando en la muchacha de nuevo.

Esa Marjorie Ludlow podía ser irritante y molestosa con sus ideas típicas idealistas de señorita criada entre algodones.

Pero por el otro era tan adorable con ese credo suyo de no tenerle miedo al trabajo manual, como mostraba con su afición a cocinar, tan impropio de una dama.

Sumado a eso, era muy dulce y amable. ¿A qué hombre no le agradaban las mujeres tiernas?

Y además era bonita, con esa graciosidad de una casi adolescente.

El duque de Suffolk era consciente de la inconveniencia de sus pensamientos.

La idea de todo esto era distraer a la muchacha de sus intentos de conquistar a su hermano, y helo aquí, enumerando las virtudes que había descubierto en ella.

Todavía no podía vislumbrar en ella los supuestos apetitos de cazafortunas que se le endilgaban.

Era desconcertante.

Era una pena que su familia fuera tan inferior.

Wesley se sacudió la cabeza, y se levantó para seguir trabajando en la mesa de dibujo.

Intentaría concentrarse en eso, mientras esperaba que el señor Harrison le avisara que la cena ya estaba lista.

.

.

.

La mañana siguiente, Marjorie desayunó con su padre. Estaba muy callada. El barón no tuvo tiempo de notarlo, por estar muy ocupado en sus problemas.

Solo Nancy notó que la niña estaba retraída y reservada.

Es que Marjorie había pasado toda la noche, pensando en sus circunstancias con ese misterioso señor Langdon. Y de cómo le dolía saberlo con el alma y el corazón ocupado.

No tenía nada en contra de Jane, probablemente si no fuera tan discreta y comedida, hubieran podido forjar algún tipo de amistad.

Se odiaba por ser tan romántica y novelesca. No sabía si lo suyo hacia el señor Langdon era atracción sensiblera hacia un hombre que había viajado y visto otros continentes o algo más.

Igual era consciente de que ayer se portó muy grosera e impertinente al abandonar el té del señor Langdon de forma tan intempestiva.

Debía ir a disculparse.

Así que luego de que su padre se marchara, subió a su habitación, hizo que le trajeran uno de sus vestidos de verano amarillo bien planchados, se puso un sombrero a tono y preparó una cesta con lo que quedó de los panes de jengibre y que aún se conservaban en la cocina.

Sería su forma de disculparse con el señor Langdon.

.

.

.

. Wesley estaba desayunando en el salón principal, cuando el señor Harrison vino a avisarle que la señorita Ludlow había llegado.

Eso sí era extraño, porque desde que empezaron a tratar, ella nunca antes se había anunciado.

Como era de esperarse, ella preguntó por el señor Langdon y el viejo mayordomo, quien estaba al tanto del cambio de nombres, la dejó en el salón, mientras iba a buscar al duque.

El viejo mayordomo meneaba la cabeza ante eso. No podía entender porque un gran señor recurría a un juego de niños. Pero tampoco era su problema y nadie le había invitado a meterse.

Cuando Wesley fue al salón, Marjorie no había tomado asiento. Tenía entre sus manos una cesta. Lucia algo nerviosa. Le hizo una reverencia como saludo al hombre que entraba.

—Señorita Marjorie

—Señor Langdon

Nunca antes la había visto con esa forma inquieta.

— ¿Quiere sentarse, señorita Ludlow?

Ella meneó la cabeza y le pasó la cesta.

—Esto es una disculpa, por haber dejado el té ayer de modo tan repentino. Usted no se merecía esa descortesía.

Él sonrió. Notó que las manos de Marjorie seguían temblando.

Ella giró hacia la ventana.

—La señorita Jane es una señorita muy bien educada y amable. Siempre me sentiré culpable por no haber forjado más amistad con ella.

Wesley se extrañó ante aquella declaración. ¿Qué tenía que ver su hermana pequeña con el nerviosismo de Marjorie?

—Es una señorita como usted —agregó él.

Marjorie seguía mirando por el ventanal.

—La familia Suffolk siempre ha tenido mi respeto y admiración. Usted puede considerarme atrevida por irrumpir en su casa. Gabriel ha sido un amigo de infancia y la duquesa viuda cuidó de mi cuando perdí a mi madre. Lo mismo, el duque ha ayudado a mi hermano a establecerse en Virginia. No puedo evitar apreciarlos y sentirme especialmente unida a ellos —en ese momento Marjorie se giró para ver a Wesley —. Siempre me he sentido parte de esa familia, sin serlo. Siempre observaba las fiestas que el difunto duque organizaba y disfruto estar con la duquesa. Es por eso que no puedo evitar portarme atrevida con usted y preguntarle algo.

—Usted sabe que puede preguntarme sin reservas —autorizó él, curioso del discurso de la joven. Y no podía evitarlo, incluso conmovido.

Marjorie parecía debatirse internamente.

Finalmente preguntó.

— ¿Estoy en lo correcto al decir que usted se alegraría muchísimo al saber cerca a la señorita Jane?, por ejemplo, si viniera aquí.

Wesley arqueó una ceja.

¿Qué pregunta era esa?

—No entiendo la finalidad de su pregunta, pero sí, la señorita Jane es alguien muy afable y merece mi respeto —adujo él.

— ¿Y sabe usted si ella corresponde sus sentimientos?

Eso fue suficiente para que Wesley comprendiera. Pudo atar cabos.

Marjorie aparentemente creía que él tenía sentimientos hacia Jane.

Claro que los tenia, era su hermana pequeña. Aunque Marjorie no sabía sobre esa relación filial.

—Señorita Marjorie —infirió e intentó acercarse a la joven, que parecía muy nerviosa, intentando buscar las palabras adecuadas.

—Es que yo le he tomado aprecio, señor Langdon. Y tengo la suficiente edad para distinguir cuando algo no corresponde. Yo he pasado años pensando en mis sueños románticos hacia el vizconde de Burnes, aunque sé que posiblemente no sea la más apta para él, por razones de fortuna y abolengo. No quisiera que usted pase por ese mismo dilema. Por eso no lo aliento a algún imposible a usted, si es verdad que ha cimentado pensamientos con respecto a la señorita Jane…

Marjorie pareció liberarse al soltar lo que quería decir.

Wesley no pudo evitar echarse a reír ante semejante replica que desnudaba sus sospechas.

Marjorie se mosqueó ante la risa de él.

— ¿Se burla usted de mí, señor Langdon?

Finalmente, él se calmó y dejó de reír.

—No le haría nunca a usted tal desaire. La considero mi amiga y justamente por eso le aclaro que no existe en mi algún sentimiento inconveniente hacia la hermana de mi amo.

—Pero el diseño que está haciendo para ella…

Él meneó la cabeza.

—Aprecio a la señorita Jane como una hermana pequeña. Nunca mis ojos podrían ir más allá de lo permitido —aclaró él, pero atendiendo la oportunidad de oro que tenia de ajustar un detalle con Marjorie, añadió —. Soy consciente de mi posición social y nunca alentaría o buscaría situaciones con personas fuera de mi alcance.

Marjorie no sabía si sentirse culpable o estúpida. O Aliviada.

Habia venido a atacar y reclamar a un hombre, haciéndole sentir culpable sobre su posición en base a una suposición tonta.

Pero se sentía aminorada al saber que él no guardaba sentimientos inadecuados hacia una mujer prohibida. Aunque probablemente se sentiría igual de atenuada, sea cual sea la posición de la dama.

— ¡Dios! ¿en que estaba pensando? —exclamó la joven, sentándose —. Pensaba que usted estaba enamorado de la señorita Jane.

—Por supuesto que no. Aunque me alegra que se haya preocupado usted por eso. Es usted una auténtica amiga, señorita Marjorie.

La joven se limitó a sonreír. Habia pasado una mala noche por nada.

Wesley la invitó a quedarse a tomar un té y ella aceptó.

Después de todo, había traído una cesta de panes de jengibre para convidar y podían compartir.

Aunque algo si tuvo Marjorie en claro al marcharse, acabado el té.

El señor Langdon le atraía más de lo debido.

Y eso que solo poco antes ella había dado un discurso acerca de la incorrección de fijarse en personas de clase social tan diferente.

Capítulo 9

Wesley probó una de las galletas de jengibre que habían quedado.

Habia cenado muy poco, porque no tenía tanto apetito, pero no pudo evitar querer unos de esos panecillos.

Eran deliciosos. Ni los panes de maíz de Virginia podían igualarse a éstas. Era obvio que eran preparados por manos angelicales.

Marjorie, era una muchacha singular y sorprendente.

Le daba ternura que ella lo imaginase enamorado de la hermana de su amo y que hubiera venido con intención de ponerlo de sobre aviso y protegerlo atendiendo la inconveniencia de esa relación improbable.

Lo más notorio es que Marjorie Ludlow se daba cuenta de lo inviable de las relaciones entre personas de diferente posición social. Le llamó la atención que por primera vez hablase abiertamente sobre sus intenciones con Gabriel.

Tenía que reconocer que era una muchacha sensata, a diferencia de cuando empezó a tratar con ella, que le parecía alguien demasiado romántico y desprovista de mesura.

La boca de Wesley se curvó al pensar en la inferioridad de su rango.

Marjorie Ludlow era hija de un barón rural de escasa o nula fortuna, pero también era la hija de una plebeya del más bajo nivel.

La madre de la señorita Ludlow fue una cocinera con quien el barón se fugó en su momento, protagonizando tamaño escandalo familiar y social.

No dudaba que la difunta baronesa fue una buena mujer, pero eso no restaba su baja cuna.

Pero, aunque Wesley procurase desviar sus pensamientos hacia esos pormenores, no podía evitar pensar en Marjorie Ludlow como la muchacha más bella que había visto nunca.

.
.
.

Angélica de Berry era una mujer muy astuta.

Habia reflexionado largo y tendido ante la insólita petición del conde Angus.

Indudablemente era un enfermo sexual, pero a ella eso no le importaba mientras le reportare algún beneficio.

Se había puesto en plan de analizar cuidadosamente sus opciones y decidió que la petición de su cliente era viable. Ella podía lograr conseguir a esa joven para el conde.

Marjorie no tenía antecedentes de ser ligera de cascos, pero Angélica creía ser capaz de manipular la situación lo suficiente para torcerla favorable a su deseo.

Así que para poner en marcha su plan, iba a hacer uso de su reputación de honorable condesa viuda y generar una visita a la casa Ludlow, hogar de Marjorie.

No sería difícil ser recibida en estas condiciones.

No era extraño que una mujer como ella acostumbre visitar a muchachas en condiciones de orfandad de madre como la que tenía Marjorie.

Así que Angélica se preparó, ordenó alistar su carruaje y partir hacia esa zona. De paso la intrigante condesa tendría oportunidad de vislumbrar desde lejos, la que hubiera sido su casa: Hardwick Hall.

No sería difícil ganarse al padre y menos a Marjorie, porque Angélica era portadora de exquisitos modales, además que cuando se proponía algo, lo cumplía.

Y tenía toda la intención de granjearse la amistad de esa gente.

Todo para sus oscuros propósitos.

Cuando llegó a la zona de Derbyshire, que no distaba 10 kilómetros de la residencia alquilada de Angélica, lo primero que hizo fue voltear su cabeza y admirar los picos arquitectónicos de la poderosa Hardwick Hall, que se erigía junto a la casi humilde casa Ludlow.

La mujer fruncía la boca casa vez que recordaba aquello. Ella hubiera sido ama y señora de ese lugar, si tan solo hubiera esperado un poco a Wesley. Y no solo eso, iba a ser la mujer más rica de Inglaterra.

Los ojos de Angélica se crisparon un poco al imaginar cual hubiera sido su futuro con el actual duque de Suffolk. Probablemente ya sería madre de algunos hijos orgullosos. Viviría de organizar y presidir veladas como duquesa de Suffolk.

Tendría casas en toda Inglaterra.

En cambio, ahora vivía en una casa alquilada en el campo. Su matrimonio con el conde de Berry no le reportó mucho. El hombre tenía dinero, pero mucho lo dilapidó con los años. Además, fue un hombre muy austero.

Angélica tenía confianza en que sus habilidades y su belleza fueran suficientes para reconquistar al duque. No había encontrado la forma de franquear distancia y lograr que él la viera de vuelta.

Por eso tenía la misión de engatusar a Marjorie por dos motivos: por el dinero que le pagaría el conde Angus por proveerle una virgen de cierto status social y por el otro, sustraerla del rango de visión del duque de Suffolk, que según los informes de Murron, estaba inmerso en un extraño plan con la joven.

Cuando presentó sus tarjetas de visita en la entrada de la casa Ludlow, afortunadamente tanto el barón como su hija se encontraban en la misma.

—La condesa viuda de Berry, Angélica.

El barón Ludlow se sorprendió con aquella tarjeta. Hace años que no recibía visitas de ningún noble, aunque él tampoco las buscaba.

—Milady —saludó él, haciendo una reverencia con la cabeza—. Haced el honor de pasar al salón, ordenaré que traigan té

Angélica asintió, y el criado tomó sus guantes y su abrigo, para seguir al barón.

—Milady, es un placer conoceros, aunque desconozco el motivo de vuestra visita.

Cuando llegaron al salón, y Angélica se sentó, fue que se explayó.

—Barón Ludlow, el motivo de esta visita es que, llevo tiempo en esta comarca, pero me he enterado que tenéis una hija adorable, recientemente presentada en sociedad en Londres. Es sabido el hecho que la señorita Ludlow no tiene una madre o una amiga experimentada cercana. He venido a ofrecerle mi amistad y mi protección a vuestra hija.

El barón quedó algo atónito ante esta referencia. Era cierto que su hija era huérfana de madre, pero hasta el momento se habían arreglado muy bien y el hombre siempre había dejado crecer a su pequeña a su libre albedrío.

Pero lo cierto es que la escasez de muchachas, no la hacía tener muchas amigas, con excepción de la señorita Aubrey que ahora estaba ausente acompañando a sus padres en un viaje.

Nancy fue su institutriz y en el presente, se desempeñaba como acompañante de Marjorie.

Así que el barón no tomaba mal la atención que querría prestarle una dama como ésta.

La conocía un poco, de nombre. Recordaba que hace como diez años atrás fue prometida de su vecino, el actual duque de Suffolk. Al final había terminado casada con otro respetable caballero, el conde de Berry.

Ya viuda se afincó en Derbyshire, en la zona del pueblo.

—Milady, será para nosotros un honor el que ofrezcáis vuestra amistad a mi querida hija. La haré llamar —el barón hizo un gesto al lacayo a que llamase a Marjorie y que también fuera a por las cocinas a apresurar el té.

.

.

.

Cuando Nancy fue a por Marjorie, la muchacha estaba ocupada leyendo en su habitación el libro que el señor Langdon le había prestado de la biblioteca del duque: la del señor Wilber-force, la del famoso abolicionista. Le había tomado mucho gusto al tema, aun esperaba la respuesta que su hermano Henry tenia para darle. Así que tener este libro era maravilloso para ella.

Así que se mosqueó un poco cuando le avisaron que debía bajar al saloncito. Que había venido una dama a visitarla.

Tuvo que atar las cintas de su vestido, pero se aseguró de guardar el libro. No quería que se estropeara o ensuciara. Imaginaba que el señor Langdon hacia tamaño esfuerzo por prestarle algo así y que el duque se enfadaría al saber que un libro de su cara biblioteca se había deteriorado.

Cuando al fin entró al saloncito, hizo una reverencia a la dama que estaba sentada, pero al levantar los ojos se percató que era la mujer más bella que hubiera visto nunca.

—Milady, esta es mi hija, Marjorie —la presentó su padre —. Hija, ella es la condesa viuda de Berry, ha hecho un honor a nuestra casa, haciéndonos una visita.

Marjorie repitió la reverencia con la cabeza.

—Será mejor que os deje a solas y podáis conversar libremente —aseveró el barón

Angélica observó que el hombre se marchaba, para sonreír afablemente.

—Marjorie, querida, eres más bonita de lo que me han dicho. Por favor, ruego que os sentéis a mi lado.

—Milady, es usted muy amable —respondió la muchacha, algo nerviosa porque nunca nadie le había dicho tales cosas. Además, que la presencia y prestancia de Angélica eran imponentes.

Ninguna noble, salvo la duquesa viuda de Suffolk se había preocupado antes por ella.

La mujer le sonreía muy afablemente.

—Me han dicho cosas interesantes sobre usted, señorita Marjorie. La fama de su belleza ha corrido como hilo de pólvora por Londres. Ahora entiendo porque su padre insiste en resguardarla aquí en Derbyshire.

Marjorie no entendió la lisonjera. Era cierto que tenía fama de bien parecida, pero nunca antes oyó que nadie se refiriera a ella en términos de ser una belleza esplendorosa. Su estadía en Londres había sido demasiado corta.

Pero agradecía el intento de amabilidad de la condesa viuda.

—Agradezco sus palabras, Milady. ¿Puedo preguntar dónde vive usted?

—Mi casa está a 10 kilómetros de aquí, en el norte del pueblo. Con mi esposo viví en Bristol hasta su muerte.

— ¿Tiene hijos, condesa?

—No, el Señor no me ha otorgado esa gracia en ese matrimonio. Pero uno nunca sabe que nos depara el futuro ¿no lo cree así, señorita Marjorie?

Marjorie asintió levemente. Lo que decía aquella extraña era totalmente cierto, nadie sabía lo que dispensaba el futuro. Ella misma, llevaba años tras una dulce ilusión sobre Gabriel, y ahora llevaba semanas sin recordarlo con vehemencia.

Estaba más pendiente del señor Langdon.

— ¿Señorita Marjorie, está usted bien?

La voz de la condesa la volvió a traer a la realidad. Se había distraído de nuevo.

—Perdone, condesa. Debe ser el clima templado que me tiene algo tonta ¿decía usted?

—Quería expresarle mi admiración a usted y a su padre. Las circunstancias deben ser difíciles al no existir una señora Ludlow que vele por usted. Ha sido valiente usted, querida, permítame que le exprese mi afecto y quiero que cuente conmigo para lo que desee. Por eso he venido aquí, a ofrecerle mi amistad y mi consejo para cuando precise el apoyo de una amiga mayor y más experimentada.

—Se lo agradezco, condesa. Confieso que las cosas aquí han sido algo solitarias y calladas. Su compañía y consejo serán bien recibidos —adujo Marjorie.

—Es una usted una muchacha sensata y prudente. Por eso es que decidí venir aquí a presentarme con su padre, no hay otras familias nobles cerca, salvo por supuesto la del duque de Suffolk, pero ellos están algo lejos de nosotros querida. La nobleza rural debe apoyarse una a otra, querida Marjorie.

—En eso tiene razón, condesa. Mi padre ha estado muy solo desde que mi hermano se marchó a América. He sido presentada en sociedad, pero como ve, no hay mucha oportunidad aquí en Derbyshire.

—Eso le iba a decir —acotó Angélica —. Por favor, no me llame condesa, me llamo Angélica y mis amigos han de llamarme por mi nombre. Lo que decía usted sobre la falta de oportunidades aquí en Derbyshire, no hay veladas ni bailes suficientes, pero déjeme decirle, que cuando las haya, tómese la confianza de pedirme lo que desee, cintas, hebillas y vestidos, querida.

Marjorie se entusiasmó. Le gustaba mucho la moda, pero era algo que no podía disfrutar en forma, porque además de la falta de dinero, también estaban las faltas de oportunidades para lucir esas prendas.

Además, la condesa Angélica lucia tan amable y confiable.

Marjorie se sintió arropada.

Angélica sonrió y se levantó, como ademan para marcharse.

—El té ha sido delicioso. Tenga usted la libertad de visitarme a mi residencia cuando quiera, querida.

Marjorie se dio cuenta que esta era su oportunidad de retribuir los gestos amables de su nueva amiga.

—Por favor, quédese a cenar. Para nosotros será un honor tenerla en nuestra mesa.

La condesa de Berry tomó una mano de Marjorie.

—Tomaré la invitación con agrado, querida Marjorie.

—Además tendrá oportunidad de probar unos panes de ruibarbo que he preparado como postre.

La condesa viuda hizo una reverencia con la cabeza aceptando el pequeño agasajo.

Marjorie se puso feliz. Hace mucho tiempo que eran sólo dos personas en la cena.

Su nueva amiga Angélica de Berry, era una dama noble y refinada. Amable y bella.

Tendría tantas cosas que aprender de ella y se entusiasmaba ante la idea de tener la amistad de una mujer como ésa.

.

Cuando Marjorie se marchó un momento a avisar a las cocinas y a su padre, que tendrían una invitada a cenar, Angélica quedó sola en el saloncito.

Aprovechó para sonreír de forma maquiavélica. Un brillo infernal destiló por sus ojos.

Despreciaba como a nada a esta empobrecida nobleza rural como los Ludlow, y había decidido fingirse una buena samaritana, para ganarse la confianza de Marjorie.

Habia estudiado lo que se sabía de esa familia. El hecho de que la chiquilla no tuviera madre ni nadie de peso del sexo femenino para aconsejarla fue crucial para que Angélica decidiere usar esta estratagema de manipulación.

Este tejemaneje seria transcendental para atar lo hilos que conducirían a Marjorie a brazos del conde Angus, ese sombrío sujeto que se había obsesionado con la joven.

También le serviría a Angélica, para estar más cerca de su objetivo final: el duque de Suffolk, Wesley. Ese hombre debía volver a ser suyo.

Capítulo 10

Unos días después de la primera visita de Angélica a la casa Ludlow, al fin llegó la ansiada correspondencia de Henry.

Llegaron dos cartas. Una para el barón y otra para su hermana Marjorie.

Henry Ludlow había decidido hacerlo así, porque la epístola que le dirigió a su hermana menor estaba escrita en términos de regañina.

Marjorie leyó la misma, al principio con una sonrisa en la cara, que luego se le borró a medida que iba leyéndola.

En síntesis, Henry le daba a entender que ella era una niña mimada, criada entre algodones, que nunca sabría lo que es vivir en un continente diferente con reglas distintas. La situación de los esclavos, propiedad de su señoría, el gran duque de Suffolk no eran incumbencia de ella, que, si el señor deseaba matar a esos hombres, sólo bastaba un gesto suyo para que se haga. También le recomendaba a Marjorie no meter sus narices en asuntos que no le concernían.

Era la primera vez que Marjorie recibía letras tan ásperas y duras por parte de su bien amado hermano. Llegó a echar un par de lágrimas que se limpió enseguida.

Henry nunca se expresaba en esos términos con ella. Debía estar bien exasperado para hacerlo.

Lo que quería decir que la situación de esclavitud en Virginia era realmente cruda. El señor Langdon probablemente también le había mentido, intentando adornar a su amo como alguien benévolo e indulgente con aquellos seres humanos cautivos y tiranizados.

En un desplante, Marjorie arrojó la carta al suelo y el único modo que encontró para aplacar su irritación fue ir a por la persona que tenía más a mano y que la había engañado.

Se colocó el sombrero y salió directamente hacia la zona que comunicaba su casa con Hardwick Hall. Sabía dónde encontrar a ese hombre y no pensaba obstruirse los reclamos que tenía dentro.

No entró por la puerta principal, donde Harrison podría anunciarle, sino que entró por las cocinas para dirigirse hacia el salón de té, ya que estaba segura que el señor Langdon estaría tomando su acostumbrado café amargo.

Se cruzó con varios criados, sorprendidos. Que no la detuvieron, precisamente porque el duque los había instruido que permitieran a la joven entrar cuando quisiera.

Marjorie abrió repentinamente las puertas del salón y su mirada se encontró con la de Wesley, quien se levantó al verla.

—Señor Langdon

—Señorita Marjorie, no sabía que venía

La muchacha se puso a caminar por la habitación.

— ¿Le ocurre algo, señorita Marjorie?

— ¿Qué si me ocurre algo?, ¿quiere saberlo?¡pues bien!, por primera vez en mi vida recibo un regaño de mi hermano por haberle preguntado sobre la situación de la esclavitud en Virginia. Incluso me recordó acerca de la extensión de los derechos de su amo sobre esos pobres seres humanos. Lo que quiere decir que su discurso, señor Langdon es mentira. ¿Por qué protege a su señor?, siempre intuimos que el duque era un hombre sin corazón, a menudo mi padre lo recordaba así, mire que no volver ni para el funeral de su padre dice mucho de él. La pregunta aquí, señor Langdon ¿Por qué me mintió? Podría haberme dicho la verdad, además el malvado aquí es él, no usted, ya que sólo sigue órdenes.

Wesley parpadeó confuso unos segundos ante el inesperado ataque.

—Pero si yo no le he mentido ¿quiere quedarse a tomar el té o quizá café? —invitó él —. Hablemos de ello.

Marjorie meneó la cabeza.

—Almorzaré con mi padre —mintió. El barón Ludlow estaría fuera y Marjorie comería con Nancy —. Debo irme, no puedo quedarme a tomar el té con nadie.

116

Pero los ojos de Marjorie destilaban enfado y el deseo de reclamo. Si se quedaba más tiempo, probablemente echaría lágrimas y no quería que el señor Langdon la viera llorar.

No quería que la viera débil. Y menos por alguna mentira que ese hombre le hubiera dicho, aunque sea por salvar la figura de su amo. Es que se había formado una imagen impoluta e impecable del señor Langdon, que le dolía imaginarlo como mentiroso.

Ella había estado pensando hace muchos días en la perfecta figura que tenía aquel escribiente: excelente jinete, alto, fuerte, inteligente, hábil en dibujo y diseño. Talentoso administrador.

Por eso la incordiaba sobremanera creerlo un cuentista.

Se marchó antes de que el señor Langdon pudiera detenerla.

Necesitaba refugiarse en casa.

.

.

.

Wesley había quedado desconcertado luego de la intempestiva irrupción y marcha de Marjorie en el salón de té.

Tuvo el primer impulso de seguirla, pero tuvo el mejor tino de quedarse a reflexionar sobre lo ocurrido. Ni siquiera llamó a Harrison a regañarlo por no haberle avisado sobre la venida de la joven.

Wesley era alguien de mundo y rápido de ideas. No en vano había sobrevivido en Virginia logrando sobresalir del resto. El reclamo de una niña era algo fácil de resolver para él.

Por las palabras que dedujo de Marjorie, era evidente que Henry Ludlow le respondió. Quizá el muchacho, exaltado había decidido que estos asuntos no eran temas donde Marjorie debía de andar metiendo sus narices, así que cortó de una, aquel hilo conductor de conversación.

Igualmente, el tono hizo que Marjorie se enfadara, creyendo mentira lo que él le había dicho.

Estaba enfadada con él.

Era evidente que la opinión y la información que él pudiera ofrecerle eran importantes para ella.

Eso le hizo sentir ciertamente culpable, porque desde el comienzo tenía una gran mentira sobre su cabeza: él no era quien decía ser.

Pero lo otro era cierto. Él no le había mentido sobre las ideas abolicionistas que tenía y cuyos ideales intentaba mantener aun en la explotada Virginia. Que las razones para mantener ese sitio, eran más para proteger a esos esclavos, que para procurarse fortuna que ya no le hacía falta. También le apenaba la opinión que Marjorie tenía de la figura del duque de Suffolk.

Un juicio de que era un hombre duro, distante e intransigente.

Decidió que quería enseñarle algo a ella. Solo así volvería a creer en él.

Cogió papel y pluma para escribirle una carta. Que Harrison se lo llevara bajo máxima discreción, de entregárselo solo a ella.

.

.

.

Marjorie estaba leyendo algo en su habitación. O al menos intentando leer cuando Nancy tocó su puerta y le trajo una carta que dejó sobre la mesa.

—El señor Harrison es un hombre respetable, sólo por eso te traje esta carta, aunque no tenga remitente ¿puedo preguntar si esta nota es del vizconde de Burnes?, lo creía en Londres aun —expuso Nancy, con ojo critico

Marjorie enrojeció, porque entendió de inmediato que aquella carta debía ser del señor Langdon, se apresuró a levantarse a coger la carta, antes que la curiosidad de Nancy fuera más.

La vieja ex institutriz suspiró. Para ella, Marjorie no tenía remedio, aparentemente seguía manteniendo esas ilusiones románticas con respecto a ese muchacho. Así que se marchó cerrando la puerta.

Marjorie se quedó con la carta en las manos. Se había sentido pésimo luego de haberle dicho todas esas cosas al señor Langdon, pero es que en serio estaba molesta.

Abrió la carta.

Estimada señorita Marjorie.

Quisiera poder aclarar un punto con usted y que vea que no he mentido.

Podría sonar un atrevimiento, pero me gustaría a invitarla a un sitio mañana, donde comprobaremos mi punto. Tendríamos que salir temprano para poder regresar al horario de la cena.

La calesa del señor duque nos acercará.

Sr. Langdon

No hacía falta mucho para que Marjorie decidiera que sí quería ir. Nada en el mundo la hubiera detenido. El único obstáculo era poder labrarse una excusa ante su padre, porque ya no eran simples visitas a la casa de adjunto.

Era evidente que el señor Langdon quería enseñarle algo que no estaba cerca y ella estaba más que dispuesta a oírle. Se había sentido algo ridícula por haberle hecho un desplante y quería, casi desesperadamente poder hablar con él.

Casi agradecía que él hubiera dado el primer paso.

Tenía que ir con el señor Langdon a esa visita. Lo importante y crucial en ese momento era la de procurar una fachada, y en eso se le ocurrió que su nueva amiga, la condesa podría ayudarla.

Le escribiría una carta pidiéndole que la cubriera, para decirle a su padre que mañana planeaba pasar el día en casa de la condesa de Berry. Envió un emisario velozmente con orden de esperar respuesta.

La condesa Angélica de Berry respondió favorablemente y le mencionó en su respuesta que la ayudaría ante su padre, y adjuntó a esa carta, una misiva falsa de una supuesta invitación, para que Marjorie se lo enseñe a su padre.

Marjorie comprendía que no había modo alguno de conseguir un permiso.

El señor Langdon podría ser un hombre honorable y bueno, pero tenía una posición social muy baja en comparación a la suya. Su padre, pese a ser un noble rural pobre con antecedentes de haber huido en su juventud con una plebeya, nunca consentiría que su hija se encontrara con un hombre de este modo.

Marjorie se dedicó a preparar el ajuar para el día siguiente. No recordaba la última vez que había deseado verse tan bien como ahora.

Eligió el vestido blanco y un sombrero a tono.

Acarició soñadoramente la tela.

Todo lo estaba haciendo por su señor Langdon.

Aunque en ese punto, Marjorie enrojeció. ¿Desde cuándo era su señor Langdon?

Ya quería que acabara el día y comenzara el otro, ése que pasaría con él.

.

.

.

Otra persona que cenó fabulosamente feliz fue Angélica de Berry, quien estaba cosechando los primeros frutos de su manipulación con Marjorie. La chiquilla confiaba en ella. Tanto como para pedirle fachada para que ella se encontrase con alguien.

Angélica aceptó de inmediato, porque el asunto le favorecía. Así mismo la carta donde Marjorie le pedía ayuda para crear la celada para engañar al barón Ludlow, la condesa viuda lo guardó cuidadosamente. Aquella misiva le seria de mucha ayuda en sus planes.

Lo único que le molestaba es no tener certeza es de donde iba realmente Marjorie. Murron no le dio información sobre eso, porque no lo había podido descubrir. No creía que la falsa figura creada por el duque de Suffolk, el supuesto señor Langdon se prestara a eso.

Pero había descubierto el carácter excesivamente romántico y dulzón de la muchacha. Quizá estaba en plan de repartir comida para pobres o algo por el estilo.

Como sea, no importaba, porque esta última acción de la joven, y por, sobre todo, aquella carta serviría a Angélica para sus oscuros cometidos.

Apenas el barón Ludlow salió al pueblo a hacer unos negocios, Marjorie cogió su sombrero luego de haberse preparado cuidadosamente y emprendió la marcha a Hardwick Hall por el portal.

Apenas lo traspasó, notó que una de las enormes calesas del ducado de Suffolk ya estaba presta y lista para salir.

El señor Langdon no le había mentido respecto a eso.

Apenas cruzó el hall, el caballero ya la esperaba. Se hicieron ambos una reverencia como saludo. Wesley le pasó una mano para ayudarla a subir al carruaje.

Hicieron los primeros minutos de viaje en silencio, Marjorie estaba muy nerviosa.

— ¿Dónde iremos, señor Langdon?

—Quiero que compruebe usted que no he mentido. La llevaré a Villa Edgerton, que está en el pueblo de Erewash, distante a como 20 kilómetros de aquí ¿lo conoce usted?

—Nunca he ido a Erewash, pero en Derbyshire todos saben que es un pueblo de granjeros muy reputado —admitió Marjorie, recordando dichos de su padre.

Marjorie quería decirle más cosas, pero no se atrevía. Todavía estaba avergonzada de haber sido tan dura con el señor Langdon.

Afortunadamente el caballero comprendió eso y no la atosigó con preguntas o algo más. Es como si estuviera esperando llegar para enseñarle eso que refutaría su punto.

Marjorie aprovechó para estudiar aún más el rostro y el aspecto del señor Langdon, quien viajaba sentado enfrente de ella.

Su piel tenia atisbos de haberse tostado un poco. Era evidente que vivir en Virginia le había traído eso como consecuencia. Tenía los ojos azules muy grandes y muy oscuros.

Tenía unas facciones profundas y masculinas. Dentro de tanta rotunda masculinidad, había cierta delicadeza, como las que portaban los aristócratas como Gabriel.

Gabriel, a quien por cierto ya no recordaba. ¿Qué estaría haciendo ese hombre?

Aunque tampoco le importaba. Él no había valorado su amistad y ni siquiera le escribió siquiera alguna carta de recuerdos. Así que a Marjorie eso le había curado de espanto. Se sintió sorprendida de que el asunto no le interesaba del mismo modo, como si le importaba su situación con el señor Langdon.

Marjorie ni siquiera disfrutó los paisajes, camino a Villa Edgerton, porque estaba sumida y concentrada en estudiar el rostro de su señor Langdon.

.
.

.

Wesley se alivió en parte cuando llegaron a la prometida Villa Edgerton, el viaje no duraba más de hora y media, pero el paraje podría ser incómodo para una dama.

El alivio que sintió Wesley tenía que ver con que pasó todo el viaje, casi silencioso y contemplando con detalle el rostro de Marjorie, y había sido un suplicio.

Marjorie siempre le pareció bonita, pero no dejaba de impresionarle cuando unía aquel detalle físico con la dulzura y tenacidad de su carácter, lo que la hacían extremadamente atractiva a sus ojos.

Marjorie era una muchacha tierna, dulce, extremadamente romántica, impulsiva pero inteligente y justa, como bien había demostrado al sacar sus garras al defender sus ideas.

Alguien así no podría ser culpable de ser una cazafortunas ¿o se estaría equivocando de juicios de valor? Como ya ocurrió en el pasado con su antigua prometida, Angélica.

Cuando la calesa al fin entró a Villa Edgerton, que se anunciaba con un enorme cartel de entrada en los grandes portones abiertos, Marjorie sacó la cabeza para mirar.

Eran plantaciones perfectamente ordenadas y cuidadas. En el fondo podían verse casas familiares, podía deducirse eso por los jardincitos individuales.

Wesley habló.

—Villa Edgerton es propiedad del duque de Suffolk, compró estas tierras por su ubicación estratégica y también para acoger familias que aceptaron venir a otro continente y comenzar de nuevo —ante la mirada interrogante de Marjorie se apresuró a añadir —. Aquí viven diez familias de ex esclavos que aceptaron el ofrecimiento del duque. No es fácil para ellos dejar su país y sus raíces, pero al venir aquí, ellos tienen oportunidad de forjar una nueva vida. El duque le alquila a un precio nominal estas tierras, que ellos arriendan. Ellos jamás aceptarían regalos, por eso lo del arriendo. Mantienen estas granjas y abastecen a toda la región con sus productos. Son diez familias, que equivalen a cincuenta personas. Al duque le gustaría que fueran más, pero no es tan fácil convencer a estas personas sobre esta posibilidad.

Marjorie observaba con sorpresa aquello, mientras veía los paisajes de los valles productivos con el carruaje que aún se movía de forma más lenta para que ella pudiere apreciar el panorama.

—Señorita Marjorie, la esclavitud es una institución duramente arraigada en ese país. El duque los protege como puede, y sacó a estas familias en secreto. No puede liberar al resto que no desea venir, porque si lo hace, otros propietarios los cazaran. Su hermano Henry es uno de los encargados de ayudar a protegerlos, y no quería que usted sufriera con el peso de su secreto.

A Marjorie empezaron a temblarle las manos.

—No se aflija, señorita Marjorie. No es su culpa que tenga mal concepto del duque, supongo que se lo merece —aseveró Wesley cabizbajo

— ¡No!, la verdad no me importa el duque. Me interesaba más lo que me decía usted.

Wesley giró la cabeza, sorprendido ante aquella revelación.

—Si quiere podemos bajar a una de las casas y puede conversar con algunos de los arrendatarios.

Eso por ejemplo fue una estrategia, porque el duque ya había hablado previamente con Mammy, la esposa de uno de sus primeros arrendatarios, de que vendría una señorita y que, por favor, cuidasen de no dirigirse a él como el duque de Suffolk.

Mammy, una vieja sureña, que vino a Villa Edgerton con su familia hace dos años le tenía una idolatría a su ex patrón y salvador. Así que respetó plenamente aquello, cuando vio llegar la calesa, y de ella bajó el duque con una dama joven. También instruyó a sus bulliciosos hijos que tuvieran en cuenta aquel detalle de no llamarlo con su título.

Para Mammy, que como todos al inicio tuvo una imagen de que su patrón era un aristócrata distante e imperturbable, pronto tuvo a colación la verdadera imagen que se escondía debajo: un hombre justo, firme y muy noble.

Los esclavos que él nunca trató como tal, lo idolatraban y se dejarían matar por él si fuera necesario. Mammy y su familia fueron los primeros en aceptar ser embarcados a Inglaterra, y el duque les colocó en esta encantadora población, donde primero los vieron con recelo por su color de piel, pero bajo el manto de respeto de la casa de Suffolk y el trabajo honrado de estos inmigrantes, se ganaron un espacio.

La sureña preparó un refrigerio que compartió con sus visitantes.

Era comida de su país de origen. Platos típicos de Virginia.

Pan de maíz, tortas de guisantes, manzana frita, y otros manjares que Marjorie nunca antes había visto. Y por supuesto, café.

Wesley disfrutó verla compartir alegremente con esas personas. Podía notar que Marjorie reía genuinamente y se divertía con los chiquillos de Mammy.

La buena sureña le obsequió una cesta repleta de frutas recién recolectadas, al saber que la joven era afín a la pastelería. Marjorie prometió hacerle llegar una de sus creaciones.

Ya casi al final de la tarde, luego de haber recorrido gran parte de Villa Edgerton y disfrutar la hospitalidad de Mammy, Wesley refirió que ya debían regresar.

Marjorie se despidió con cierto pesar de sus excelentes anfitriones y subió a la calesa de la mano que le ofrecía el señor Langdon.

.

.

.

El viaje de regreso a casa fue casi igual de silencioso que el de ida. Y ya no porque Marjorie se sintiera recelosa del señor Langdon.

Es que se sentía profundamente emocionada por el día que había pasado. Esa confianza que le fuera otorgada le conmovía. Además, que con esto comprobaba que el señor Langdon nunca le mintió.

Se sentía internamente feliz de haber comprobado que él no era un alcahuete al servicio de su amo.

Esto también ayudó a mejorar la percepción que poseía del gran y misterioso duque de Suffolk.

Alzaba la mirada y se encontraba con los profundos ojos del señor Langdon.

—Tengo que agradecerle esta experiencia. Y disculparme también por haberlo ofendido ayer, usted no se lo merecía —refirió la joven.

Él asintió con la cabeza, y nunca apartó la mirada de ella.

Marjorie quería alejar sus ojos de él, pero no podía evitarlo. Incluso se daba cuenta que quería más, al ver las manos del señor Langdon, que parecían temblar ligeramente.

Necesitaba tomar esa mano y sentir si emanaba esa calidez que Marjorie percibía desde la distancia. Incluso quería ser aún más atrevida y palpar si la piel de su mejilla era tan suave y firme como aparentaba.

Marjorie se estremecía al verse asaltada por estos deseos, que nunca antes había sentido por un hombre.

Las ilusiones románticas con Gabriel nunca fueron más allá de una imagen. Nunca concibió estos detalles con él. Y eso que creía amarlo y que hubiera soñado con casarse con él.

Todo eso le pareció tan propio de una niña que no sabía nada del mundo.

Ahora tenía en su frente a un hombre de verdad. Si, prohibitivo, pero real.

Pero a su vez todo parecía una quimera, porque él no podría ser para ella. Un escribiente nunca sería apropiado para la hija de un baronet.

Habían acordado que la calesa quedara dentro de Hardwick Hall y de allí, Marjorie fuera a su casa por el pequeño portal, porque no podía bajarse frente a su casa desde el carruaje, porque su padre se daría cuenta que ese coche no era de la condesa viuda de Berry.

Así que Wesley bajó primero y como todo caballero, le dio la mano para ayudarla a bajar.

Marjorie se volvió a sobrecoger al sentir esa mano, aunque estuviese cubierta por el guante.

Miró los ojos del señor Langdon. Su señor Langdon. Su querido señor Langdon. Ya no podía evitarlo. Al diablo todo.

Prácticamente se arrojó lentamente desde el coche a él, colocando sus brazos alrededor del cuello de Wesley para coger esos labios con su boca, por sed y profunda curiosidad.

Pese al arrebato, todo fue hecho con mucha calma y en cámara lenta. Él correspondió el beso, ínterin la ayudaba a bajar de la calesa, sin soltar esos labios suaves, y posando una mano en la cintura de la muchacha.

Marjorie nunca antes había besado a nadie en su vida. Era su primer beso, pero la ganaban los deseos de explorar más y más esos labios cálidos, pero en un momento la superó la cordura, soltó el cuello de él cortando el contacto, y se marchó de forma rauda sin mirar atrás.

Cogió las puntillas de su vestido, para evitar tropezar en su huida. No quería que él la siguiera tampoco y afortunadamente él se había quedado estático.

Marjorie estuvo en pocos segundos en su casa, arrojó el sombrero en la entrada, apenas saludó a su padre que leía algo en el salón. Tampoco oyó a Nancy que decía algo.

Todo el resto parecía haber desaparecido para ella. Nada importaba. Solo la sensación de los labios del señor Langdon que aun subsistían en su boca.

Ese tacto y ese calor.

La muchacha entró a su habitación, llevó una mano a la cara, palpándose la boca.

Sus manos tiritaban y su pecho se sentía agitado.

¿Qué es lo había hecho?

¿Qué pensaría ahora el señor Langdon de ella?

Capítulo 11

¿Por qué el beso de una chiquilla lo había perturbado de esa forma?

Wesley se estaba quitando las botas, sentado en la cama. Se suponía que él era el hombre adulto experimentado, pero el toque de una casi niña lo había desarmado.

Además, aquello no estaba bien. Él estaba jugando a distraer a la joven y fingía otra persona para alejarla de su hermano.

Y estaba cayendo arrebatado por los encantos de esa muchacha. Y eso estaba mal.

Tenía que reconocer que Marjorie no era lo que él había creído. Habia sido un prejuicioso, pero, de todos modos, ella no era conveniente para Gabriel.

Pero ella lo besó. Se dejó llevar por sus impulsos y Wesley había sentido el torpe y cálido contacto de la joven como un bálsamo. Si era por él, también se hubiera dejado llevar por los instintos y la hubiera impulsado a seguir con el beso, pero sería él quien llevara la batuta, enseñándole a esa niña como besar.

Nervioso, Wesley arrojó sus botas en la esquina de la habitación y procedió a quitarse la ropa.

No sabía si sentirse avergonzado o estremecido.

Tenía treinta años, una posición sólida y temida. Una reputación fría e intransigente. Desde el inicio había cometido un error dejándose guiar por la idea de su tío Dexter.

Pero todo era por salvar a Gabriel de un matrimonio desventajoso y de una mujer de familia arruinada.

Le enfurecía no tener una respuesta a las emociones que lo embargaban. No era un crío para tener estos miramientos estúpidos.

Y todo porque se había admitido que Marjorie era demasiado bonita para su propio bien.

Al gran duque de Suffolk le costó conciliar el sueño esa noche.

Y todo por culpa del impulso que había tenido una chiquilla diez años menor, de atreverse a besarlo.

.

.

.

El señor Harrison era un hombre imperturbable. Habia servido dos generaciones en casa de Suffolk, primero con el duque Reginald y ahora con el hijo.

Escasas eran las veces que comentaba las decisiones de su amo con otros miembros del servicio. Con quien, si tenía la confianza suficiente para hacerlo era con la señora Gallens, la jefa de cocina de Hardwick Hall.

Habia visto la escena aquella en la cual la joven señorita Ludlow se había arrojado a besar a su amo y lo turbado que éste quedó.

—Hace mucho que no le veía así de afectado, señora Gallens

La mujer estaba preparando un bocadillo nocturno para el mayordomo. Todos los demás criados ya estaban dormidos, incluida esa Murron, esa doncella impertinente.

—Todo este asunto del cambio de nombres siempre me ha parecido extraño. Igual siempre creí que el favorito de la señorita Ludlow era el amo Gabriel, ya cuando venía a preparar dulces en las cocinas, no dejaba de hablar de él —mencionó la mujer, sirviendo té en las tazas.

—Yo tampoco entiendo el juego de mi señor. Tampoco entiendo a esa muchacha. Pero algo si tenemos claro ambos, ya que conocemos a nuestro amo, que, pese a toda la fachada de hombre duro e intolerante, siempre ha sido justo. Que sea orgulloso no es un defecto, porque todo lo que posee lo ha conseguido con sus méritos —aseveró el mayordomo.

—Por cierto, me he enterado de algo muy particular.

—Dígalo, señora Gallens.

—He sabido que en el pueblo se ha alcanzado a alquilar la que fuera la casa del coronel Strauss ¿adivine quién?

—No tengo sus poderes de adivinación, señora Gallens.

—Nada menos que la condesa viuda de Berry, señor Harrison.

El señor Harrison enarcó una ceja. Por supuesto que sabía quién era esa dama, fue la única prometida oficial que había tenido su amo. Claro, era más joven en aquel tiempo y aun no ostentaba el título de duque. Recordaba aquel noviazgo que jamás llegó a matrimonio, porque la joven novia prefirió marcharse con otro.

El señor Harrison nunca lo decía en voz alta, pero estaba seguro que uno de los motivos que llevó a su amo a marcharse a Estados Unidos y trabajar duro para labrarse una impresionante fortuna fue aquel abandono.

La joven en cuestión lo había dejado, porque en aquel tiempo la casa de Suffolk estaba arruinada, con muchas deudas. Y el duque Reginald no daba muestras de mejoría en su dirección financiera.

—Creo que mejor nos guardamos esa información para nosotros, señora Gallens. Además, no es algo que a nuestro amo le ha de interesar —concluyó el señor Harrison, bebiendo su té

.

.

.

Marjorie se levantó al día siguiente un poco más temprano de lo habitual. En eso Nancy vino a avisarle que un criado de Hardwick Hall trajo una cesta cargada de fruta que, según el hombre, ella dejó olvidada.

Marjorie recordó que debía tratarse del regalo de Mammy. Lo olvidó por completo y más porque tuvo que huir luego de haber besado descaradamente al señor Langdon.

La joven aun enrojecía de vergüenza por lo que había hecho. Pero no estaba arrepentida, eso ya tenía decidido. No podía retractarse por algo que genuinamente deseaba. Moría por saber la opinión del señor Langdon. ¿Estaría molesto? ¿ya no volvería a ser su amigo?

Siempre podría recurrir y decir que se había equivocado para tratar de salvar el momento, pero era evidente que ella buscó la situación, arrojando los brazos al cuello de ese hombre.

Decidió que quería tomar un poco de aire fresco antes de desayunar con su padre e intentar inventarse lo que pudiera porque el barón le preguntaría sobre su día con la condesa viuda.

Sus pasos sigilosos no fueron oídos por la señora Nancy, quien conversaba con el ama de llaves.

—Me lo ha contado mi sobrina, que tiene un enamorado trabajando como lacayo en casa de St James del duque. Que una señorita, hija de un marques ya ha cenado como tres veces en esa casa como invitada del joven.

— ¿Pero estas segura que se refería al vizconde de Burnes?

—Señora Nancy, le digo que el prometido de mi sobrina ha sido bastante locuaz en una carta diciendo que quizá pronto se gane una gratificación paga, que es el premio que suelen ganar los criados cada vez que hay una boda en la familia que los emplea. Pronto habrá una vizcondesa de Burnes, estoy segura.

Marjorie tuvo que irse para que no la vieran, pero sí que había oído suficiente.

Si había un rumor tal, es porque algo tendría de cierto. Que Gabriel estuviera a punto de comprometerse con alguien.

Marjorie caminó hacia el comedor, donde su padre ya estaba leyendo el periódico.

Gabriel se iba a comprometer.

Gabriel se iba a comprometer.

Más y más lo pensaba, esperando el efecto devastador en ella, pero tal cosa no ocurría.

Como si fuera cualquier otra noticia rutinaria.

Fue en ese preciso momento en que Marjorie se dio cuenta que en realidad no le importaba. Si se lo hubieran dicho meses antes, el asunto probablemente sería diferente, y ahora estaría sufriendo.

Incluso sentía un vacío por no sentir lo que se suponía debía. Gabriel era el ideal con el que siempre había soñado. La base sobre la cual cimentó un profundo romanticismo.

Cuando saludó a su padre, Marjorie estaba absolutamente tranquila.

Respondió las dos preguntas de su padre sobre su visita el día anterior con la condesa viuda.

El barón estaba demasiado ocupado como para estar atento a los detalles que Marjorie podría contar de su supuesta visita.

Al final del desayuno, en lo único que Marjorie podía pensar, no era sobre sobre aquel supuesto rumor sobre Gabriel, sino si sería adecuado que ella fuera hoy a Hardwick Hall.

Lo único que su corazón deseaba saber, eran los pensamientos del señor Langdon hacia ella.

Acabado el desayuno, le pidió a su padre permiso para usar el carruaje para ir con Nancy al pueblo a buscar cintas y hebillas. El barón accedió algo extrañado, porque Marjorie no era del tipo de niñas que estuviere pendiente de esos adornos.

Marjorie tuvo que decirle a Nancy para salir enseguida, para estar de vuelta antes del mediodía.

.
.
.

Wesley estuvo atento desde los ventanales de su despacho de cualquier movimiento que viniere de la casa Ludlow.

Vio salir al barón un poco más temprano, acompañado de un hombre con aspecto de ser su administrador.

Habia desayunado su café amargo habitual con algunos pasteles que Marjorie había mandado ayer y que aun sobraban. No había más frescos, porque el señor Harrison le confirmó que la señorita Ludlow no mandó nuevos ni tampoco vino a hacer usufructo de las cocinas.

Harrison también le informó que la cesta de frutas ya le fue devuelta.

Wesley estaba ansioso de que ella saliera, e incluso de que traspasara el portal.

Reía al recordar cómo se había enfadado al saber de qué su madre la hizo construir para facilitar las venidas a la pobre vecina huérfana.

Ahora estaba agradecido de que existiera. Y esperaba que ella lo cruzara en cualquier momento.

Seguía molesto consigo mismo por tener estas sensaciones.

Finalmente, su paciencia dio frutos, cuando divisó a la joven salir a la entrada de su casa, acompañada de su ex institutriz. Por el aspecto que tenían, con sombrillas para protegerse del sol, era evidente que saldrían hoy.

Eso lo acabó de corroborar cuando vio a ambas mujeres subir al carruaje de los Ludlow.

Wesley, quien observaba atentamente, decidió que no iba a quedarse.

Tocó la campanilla para que Harrison viniera.

— ¿Tenemos algún carruaje de los viejos?, quiero salir, pero no en alguna de las calesas nuevas. Quiero pasar desapercibido.

—Tenemos una que quedó de un arrendatario —se apresuró a informar éste, extrañado de tamaña pregunta.

—Ordena que lo preparen de inmediato. Voy a estar en el vestíbulo en menos de cinco minutos, quiero que sigamos algo —ordenó el duque.

El mayordomo se apresuró en cumplir la orden de su señoría, aunque no dejaba de parecerle singular.

.

.

.

Marjorie y Nancy bajaron frente a la tienda del señor Ashburn. Famoso por tener las novedades en artículos para damas de moda.

Uno podía encontrar de los más variados y caros objetos en el lugar traídos desde otras ciudades y otros importados de Francia.

También se exhibían otros de menor precio que eran confeccionados por la familia del propietario. Justamente esos eran los preferidos de Marjorie, quien siempre que podía se surtía de sombreros y cintas de esa sección.

La tienda estaba llena de clientas. Muchas de ellas juntando su ajuar de debut para Londres.

Marjorie saludó a todas. La mayoría respondió educadamente, porque la hija del barón Ludlow les parecía una muchacha agraciada y bondadosa, pese a la falta de recursos. Pero había quien no respondió a sus saludos, por el desprecio que les generaba el origen de su difunta madre.

Marjorie pasaba de esas cosas, porque ya había oído suficiente de eso en toda su vida, así que decidió pasearse por la tienda ignorando los comentarios desagradables.

Nancy miraba aprehensivamente por todas partes, porque temía que los rumores acerca del vizconde de Burnes y su escarceo amoroso con una dama que probablemente terminaría en compromiso, hubieran llegado por allí. Desconocía que Marjorie ya conocía del cotilleo.

Nancy creía que la noticia del rumor podría deprimir a Marjorie.

Mientras Marjorie cogía un sombrero azul y palpaba la calidad de una, se le acercó Abby, la hija del ferretero que también estaba haciendo compras, a saludarla.

Abby era prima de su amiga Aubrey.

—Hay un rumor de que señor Williams va a organizar un baile. Es por eso que este sitio esta atestado y ni siquiera han repartido las invitaciones.

Marjorie sonrió.

—Enhorabuena nos hemos puesto a hacer compras. ¿Qué llevarás tú, Abby?

—Sólo unas cintas. Aubrey prometió traerme de regalo un vestido y un sombrero. De ser cierto lo del baile del señor Williams, usaré esas —refirió Abby mostrando las cintas que tenía en la mano.

—Es cierto, Aubrey llegará en par de días, así que podremos ir al baile juntas.

— ¿Crees que seremos invitadas, Marjorie?

—El señor Williams nos conoce y es amable con nuestras familias, así que creo que deberíamos pensar en lo que llevaremos puesto, querida Abby

— ¡Pero claro que todas seréis invitadas al baile, siempre y cuando no mantengáis amistad con Prissy Hunt! —la voz de Sarah, una de las muchachas que estaban de compras por la tienda, las interrumpió.

— Pero ¿qué dices, Sarah? —preguntó Marjorie, algo molesta porque conocía de vista a Prissy Hunt.

Era una de las hijas del banquero del pueblo.

— ¿Es que no supisteis que Prissy huyó con un hombre, hará dos semanas, supuestamente para huir a Gretna Green en Escocia y casarse con su captor?

Marjorie y Abby quedaron de piedra ante aquella noticia.

—Pues Prissy retornó ayer a casa, y no vino casada con nadie. Regresó totalmente arruinada y con su reputación hecha añicos. Sus padres la están preparando para mandarla de religiosa. No saben quién ha sido el hombre que la deshonró, ya que ella se dejó. Es una verdadera pena, porque así nadie desposará a sus hermanas y sus padres han sido excluidos de todo evento.

Abby se llevó las manos a la boca y a tenor como se iban reuniendo más jóvenes alrededor de ellas a oír y comentar aquella horrible noticia, es que era cierta.

Marjorie se unía en el horror del relato. A la mayoría de las jóvenes allí presentes les divertía que la reputación de una joven dama como Prissy se haya estropeado de este modo y más al ser hija de un rico banquero, acreedor de muchos en Derbyshire.

Pero Marjorie si sentía auténtica consternación de lo ocurrido ante la pérdida de la reputación de una jovencita, que a ojos de ella siempre había sido muy tímida y tierna. Le costaba creer que hubiera huido con alguien de ese modo.

Según las narraciones, Prissy desapareció una noche, enviando una nota a su familia, cuando ya estaba de camino a Escocia. Ahora la muchacha había regresado, pero no contrajo matrimonio con nadie, que era algo que esperaban, como último recurso de salvaguarda de su honor.

Habia regresado callada y se negó a hablar de los detalles con sus padres y hermanas. Su familia resolvió mandarla a un convento y prohibió que Prissy recibiera visitas, aunque en las presentes circunstancias era difícil que alguien quisiese relacionar con la familia.

—Igual pienso que deberían rastrear al hombre que ocasionó esto —opinó Marjorie

—Nadie sabe quién es y Prissy se negó a identificarlo —informó Sarah, con una sonrisa de lado, como si la información le causara diversión.

Marjorie se sintió incómoda de seguir este hilo de charlas maliciosas, y tomó las dos cintas que eligió para que el señor Ashburn le cobrara y se lo empaquetara. Se despidió de Abby y de las demás jóvenes.

Cuando salió con Nancy al frente del local, Abby salió a su encuentro de nuevo trayendo un par de hebillas porque quería su opinión sobre cuál de ellas le convenía comprar.

Mientras las jóvenes reían eligiendo, Marjorie era ignorante que dos pares de ojos la observaban con detenimiento y diferente anhelo.

Wesley la había seguido y pasaba desapercibido al estar en un coche viejo de tiro. El hombre la observaba desde el otro lado de la calle, donde estaba aparcado. El cochero había bajado a hacer una diligencia, para disimular su permanencia en ese lugar.

Nadie podría saber que el ocupante era nada menos que el duque de Suffolk.

Habia tenido el poderoso impulso de seguir a la joven y observarla cuando ella no supiera que lo hacía.

No podía dejar de pensar en ella y su beso. Y en cuanto le había afectado, sintiéndose ridículo y emocionado en partes iguales. Y ahora estaba como estúpido, valiéndose de una treta para observarla desde el anonimato mientras ella departía con sus amigas.

Todavía no tenía la respuesta de qué hacer con las peligrosas sensaciones que Marjorie le producía.

.
.
.

El otro par de ojos que la observaba con disimulado apetito eran del conde Angus. Fingía fumar una pipa mientras estaba recostado frente a la barbería que colindaba con la tienda femenina del señor Ashburn.

Le gustaba observar con sus ojos felinos a su próxima presa.

Era consciente de que Marjorie no iba a ser tan fácil de obtener. Por eso es que había requerido los servicios de la condesa viuda de Berry.

El reciente rapto de Prissy Hunt había sido obra suya. Al ser la hija de un banquero, se sintió deslumbrada ante la atención que le daba un aristócrata como él.

Él era un depredador sexual con fetiche hacia las mujeres vírgenes y jóvenes, y convenció a Prissy de huir con él, con la finalidad de desflorarla. En realidad, jamás fueron a Escocia, sino que el conde la tuvo oculta en su casa, satisfaciendo sus bajos instintos. La carta que se mandó a los Hunt era falsa, escrita por él.

Cuando se hartó de la muchacha, la amenazó lo suficiente de que no hablara. Prissy había quedado traumada e impresionada por la experiencia que no dijo palabra alguna, y además la falsa carta ya hizo el efecto esperado por Angus, ya todos en el pueblo creían a Prissy una pequeña coqueta y zorra.

Ese era el modus operandi que tenía Angus con las muchachas de pueblo. Con las hijas de granjeros que Angélica le conseguía era diferente porque pagaba por ellas como cortesanas.

Y por eso se moría de ganas de probar a Marjorie.

Él sería el primer hombre en la vida de esa joven. Como anhelaba serlo en la vida de todas las jovencitas que le atraían.

Capítulo 12

Wesley estaba en su habitación esa mañana, cuando Harrison le avisó que el conde Dexter de Tallis, llegó a Hardwick Hall, regresando luego de haber culminado una serie de encargos de negocios exitosos en Bath.

El duque de Suffolk se sentía literalmente un estúpido.

Luego de haber acechado entre las sombras a Marjorie, regresó a casa aún más aturdido. Temía que ella viniera, así que hizo ensillar su caballo y salió a cabalgar hasta que el sol se ocultó.

Durmió muy mal y esperaba que fuera el día siguiente porque precisaba un consejo de su tío.

Desacertado o no, el conde de Tallis era la única figura paterna que reconocía y respetaba lo suficiente como para aceptar consejos suyos.

Todo lo que pensó la noche anterior iban desde la vergüenza de sus acciones ya que pensaba que lo mejor sería revelarle a Marjorie sobre su verdadera identidad y la confusión acerca de sus sentimientos hacia ella.

¿Sería una simple atracción?

Hace mucho tiempo que no creía estar enamorado de nadie. Recordaba vagamente a Angélica, su prometida hace diez años. Al final, luego de depositar tantas esperanzas en ella, lo decepcionó, demostrando que ella si era una cazafortunas.

Estaba luchando contra su sentido común y la sapiencia de la inferioridad de rango y posición de la familia de Marjorie Ludlow. Le enfurecía no tener una respuesta o una solución a lo que le atormentaba.

¿Es que acaso no era un hombre que había luchado contra el sol y la contingencia en Virginia, saliendo airoso?

Supo pasar estos diez años sin tener vínculos amorosos con nadie y por ello no podía distinguir entre deseo o amor.

Arrojó su chaqueta sobre la cama. Habia hecho salir a su ayuda de cámara porque quería vestirse solo. Al diablo los modales, se dejaría solo la camisa y los pantalones.

Su tío Dexter lo esperaba, así que salió a recibirlo. Estaría agotado del viaje y seguro tendría mucho que informarle antes de rendir cuenta de los negocios realizados.

.

.

.

Marjorie tenía tantas preguntas. Sin una madre o una figura femenina relevante que pudiese aconsejarla. Pensaba que podía recurrir a la gentil condesa viuda de Berry, esa mujer era un bálsamo de amabilidad.

No podía recurrir a su padre y Aubrey aún no había llegado al pueblo. Cualquier palabra de aliento le podría servir.

Otra cosa que la aquejaba es que el señor Langdon no le diera señales de nada. Siquiera alguna furtiva misiva; no esperaba que viniera a visitarla, porque sería un despropósito que él, un simple escribiente hiciera aquello. A su padre podría no gustarle y los Ludlow ya tenían suficiente de chismorreos sobre el origen de su madre, como para añadir otro ingrediente de escándalo.

Pero, aunque así fuera, Marjorie no querría alejarse de eso.

Habia estado hurgando la mirada hacia Hardwick Hall, pero no lo había visto y Marjorie tampoco se atrevía a ir de la vergüenza.

Fue en medio de sus pesquisas, que notó que una enorme calesa con los colores de la casa de Suffolk llegó al palacete.

Era evidente que el duque regresó.

.

.

.

Dexter de Tallis estaba sentado en el despacho, esperando a Wesley cuando éste apareció.

Y quedó sorprendido de ver a su usualmente impecable sobrino vestido con una camisa arrugada y pantalón.

Estaba de buen humor, porque regresó cargado de grandes noticias del viaje por la región.

— ¿Has despedido a tu ayuda de cámara, sobrino?

—Que hilarante, no estoy de humor…—saludó Wesley, tomando su lugar.

Dexter examinó a Wesley.

—Podemos dejar los negocios para después, además ya estabas al tanto de todas las gestiones con las cartas que mandé antes.

—Las he leído, buen trabajo, tengo que decírtelo —aseveró Wesley, pero no parecía estar atento a la charla, y se levantó hacia el ventanal a mirar algún punto perdido.

Dexter no entendía, pero conocía a Wesley.

— ¿Por qué mejor no hablamos de lo que te molesta?, no estás en condiciones de discutir de negocios en este momento.

Wesley no giró hacia su tío.

—Creo que me he extralimitado con la señorita Ludlow

A Dexter le tomó como cinco segundos comprender lo que Wesley estaba diciendo. Esperaba que le dijera lo que sea, no eso.

— ¿Estamos hablando de la niñata que no quieres para Gabriel?

— ¿Y quién si no?

Dexter entornó los ojos, tratando de entender la información. Él era como el padre de Wesley, quien lo había criado y lo conocía como a la palma de mano.

Decidió ser cauto y pedir más detalles.

— ¿Cómo es que te extralimitaste?

—Creo que ella no se merece este estúpido teatro. Ella no es como pensábamos —giró a mirar a su tío —. Bueno, sigue siendo una mujer de posición de rango muy inferior y de familia arruinada, pero no es una cazafortunas. De hecho, me parece la persona más transparente que he conocido.

—Aguarda ¿quieres confesarle lo que has hecho? ¿tú sabes que eres el duque de Suffolk?, el hombre más respetado y serio que se conozca. ¿Cómo sabes que ella no esparcirá esto?

—No lo hará, la conozco. No es ese tipo de mujer

Dexter aún no alcanzaba a descifrar del todo los motivos verdaderos de Wesley. Era cierto que él le aconsejó hacer este juego, pero tampoco quería que su sobrino se volviera motivo de cotilleo por fingir ser quien no era en un juego a las escondidas con una niña.

—Tengo que preguntarte esto, sólo así entenderé tus motivos ¿te gusta esa muchacha?

—Si —se sinceró el duque de Suffolk

Dexter decidió ir más allá.

— ¿La amas?

Pero Wesley ya no respondió, dejando la pregunta en el aire y tocando la campanilla para llamar a Harrison y ordenarle que le trajera café amargo.

Dexter cruzó los brazos.

—Igual te dejaré un consejo, que intuyo es lo que buscas. Puedes cortar esto, marchándote a Londres y desaparecer. Ella olvidará al señor Langdon en unos meses. Y lo otro, es encontrarte con ella, tener una conversación seria y exponerle la verdad. Dices que no se burlará y no va a exponerte. Sólo sacando de ti lo que tienes dentro, podrás librarte de ella.

Mientras Dexter decía eso, la puerta se abrió, con Harrison y una doncella que traía las bandejas.

—Milord, han llegado estas invitaciones al baile del señor Williams. Una para usted y otra para el señor de Tallis.

Harrison dejó las tarjetas sobre la mesa del despacho y apresurando a la muchacha que servía el té, salieron enseguida.

Dexter tomó las tarjetas y las leyó.

— ¿Desde cuando lees invitaciones?

Dexter rió de lado.

—Porque creo que esa es tu oportunidad. El baile de Williams será de máscaras. Toma mi invitación y ocupa mi sitio, que nadie verá tu cara. Tú lo que quieres es una oportunidad de hablar con esa joven; pues aquí lo tienes. En un sitio neutral.

—Será una forma dramática de revelar mi identidad —observó Wesley

—Pues no lo hagas, aún. Tu ni siquiera sabes lo que sientes por ella. Será tu oportunidad de disiparlo. Comprender que sientes por ella, antes de hacer algo irreparable —exhortó Dexter

Wesley tomó las invitaciones y las miró.

Quizá su tío tenía razón.

.

.

.

Murron tuvo que hacer inventar mil cosas para que la señora Gallens le diera permiso de salir. Tuvo que recrear una historia falsa acerca de una carta perdida a su madre.

La buena señora Gallens le tuvo mucha lástima y le dio permiso de usar una de las carretas que estaban en el galpón. Pero le dijo a uno de los criados, Fern que condujera para volverla a traer.

Por supuesto que el verdadero cometido de Murron era otro. Y era la de informar a Angélica, la mujer que la estaba sobornando, por cualquier tipo de información que viniera de la casa del duque.

No esperaba tener otros ojos que pudieran descubrirla, así que Murron tuvo que hacer uso de sus encantos para engatusar a Fern y que no dijera nada, acerca de su verdadero destino.

Fern era un muchacho joven e ignorante, que trabajaba como mozo de cuadras en Hardwick Hall. Fácilmente influenciable ante la belleza de una doncella como Murron, decidió no contar a la señora Gallens sobre el sitio donde había venido a traer a Murron, y mentir diciendo que vinieron a la oficina postal.

Murron le trajo la información a Angélica. Que aparentemente el duque, con un disfraz se encontraría con la señorita Ludlow en una fiesta próxima.

La criada infiel no llegó a oír o entender la parte en la cual el duque y su tío conversaban acerca de los posibles sentimientos que existían, así que aquella parte no le fue transmitida a Angélica.

La condesa viuda de Berry cogió la invitación al baile del señor Williams que le llegó más temprano y al cual no tenía intención alguna de ir, pero ahora con esta nueva información las cosas cambiaban radicalmente.

Tendría que ir, no solo para que el asunto de Marjorie con Angus no se le fuera de las manos, sino para vigilar a Wesley y prestar atención a sus acciones con respecto a esa molesta muchacha.

.

.

.

Marjorie odiaba tocar el pianoforte. Pero cuando estaba ansiosa o enfadada, acostumbraba a ejecutar todo el cuadernillo de música.

Era un modo de relajar sus tensiones. Aunque en realidad ella solo tenía una: el señor Langdon.

Ya iban a hacer dos días y no había rastro de él, desde el beso que ella le robó.

Sabía que el señor Langdon no podía venir a su casa, porque sería poco cortés y a su padre no le gustaría que alguien de la posición del señor Langdon viniera a verla sin motivo.

A Marjorie, esas reglas de decoro le importaban bien poco, siendo que ella misma acostumbraba a irrumpir en las cocinas de un gran duque sin ser invitada.

Pero entre allanar una cocina e ingresar por una puerta principal existía un trecho muy grande.

Se levantó, con semblante de pésimo humor de la butaca que tenía frente al piano e iba dirigirse hacia las cocinas, para intentar alguna receta espontánea.

No tenía idea de que otra cosa hacer para espantar el tedio y el anhelo que la embargaba.

Negaba con la cabeza de solo pensar que el señor Langdon se podría haber enfadado con ella. Peor aún, considerarla una mesalina por atreverse a besarlo.

Pero cuando iba a empujar la puerta que estaba al final del pasillo, y que conducía a las cocinas, una mano furtiva se coló de algún lado, tapándole la boca y otra le sostuvo, impulsándola a entrar en una de las habitaciones que servían para los huéspedes.

La joven hubiera querido gritar, pero se contuvo cuando vio que el dueño de esas manos era nada menos que el señor Langdon.

Él soltó el agarre, haciéndole un gesto con el dedo de que no delatara su presencia.

Marjorie casi se desmaya allí mismo de la profunda emoción.

El señor Langdon estaba allí. Su señor Langdon.

El hombre se había escabullido de algún modo y entrado en la casa, esperándola.

Si Marjorie hubiera estado hecha de cera de vela, ya se hubiera derretido. Tenía que ser un sueño.

Pero era real, él estaba allí. Alto, fuerte y protector, capaz de acunarla entre sus brazos y nunca perderla.

Y ese aroma a granos de café que él despedía. Marjorie sabía que era porque lo estuvo bebiendo.

Marjorie se sentía cautivada y hechizada por aquella magnética presencia.

Y por lo profundamente romántico de la situación.

—Señorita Marjorie...no encontré otro modo de poder verla. Descuide, que me aseguré de que no me viera nadie.

A Marjorie le tiritaban los labios de la emoción y de la exaltación.

—Señor Langdon, ha venido usted...

Wesley no pudo contener un impulso. Tomó una mano de la joven y se lo llevó a la boca, besando los suaves nudillos de la muchacha.

Es que había llegado un momento en la cual se sintió embargado de enardecimiento y enternecimiento por encontrar a la joven, que cuarenta y ocho horas antes lo besó, dejándole sin aliento desde entonces. Quería ser descortés y besarla de vuelta, pero se contuvo por su propio bien y el de ella.

El rostro dulce y rosado de Marjorie era una invitación para él, a la ruptura con sus principios de prosapia y alcurnia, propia de un aristócrata de la más casta nobleza. Verla se le hacía aún más difícil resistirse a ella.

Ella le gustaba, como ya se lo admitió a su tío Dexter ¿pero tan sólo era eso?

—El señor Williams organiza un baile la semana entrante ¿me hace el honor de darme su compañía? —y como notó que Marjorie abría mucho sus ojos, se apresuró a añadir —. Por supuesto, es una fiesta con temática de máscaras. Yo tomé la invitación que corresponde al conde de Tallis, así que nadie sabrá mi verdadera identidad, por tener el rostro cubierto ¿me concedería el placer de bailar con usted, sabiendo que su honor no se verá comprometido por hacerlo con un hombre como yo?

Marjorie tuvo que hacer un esfuerzo sobrehumano para no llorar de emoción.

Su corazón latía, peligrosamente rápido

—Claro que sí, señor Langdon

— ¿Por qué nunca me llama por mi nombre?

—Es que para mí siempre será el señor Langdon…mi querido señor Langdon

En ese momento, todo lo demás dejó de existir para él, porque le parecía una ambrosía que ella lo llamara así, pese a que él sabía que era una identidad falsa.

Por eso quería que ella lo llamara por su nombre, su verdadero nombre.

—Wesley, sabe que me llamo así ¿podría llamarme de ese modo? —pidió el hombre

—Wesley… —murmuró la joven.

Y cuando él iba a dar rienda suelta a su tentación de besar esos labios suaves y rosas, oyeron un ruido. El barón Ludlow había llegado y a tenor del sonido, venía con otras personas.

Con mucho pesar, soltó las manos de Marjorie, sin dejar de verla con ojos anhelantes y ansiosos.

—Tengo un encargo que hacer y me ausentaré de Hardwick Hall unos días, pero regresaré para el baile ¿me esperará?

Ella asintió silenciosamente, pero con una sonrisa en los labios, marcada a fuego.

—Debo irme, antes que su padre me descubra. Nos volveremos a ver…

—Lo estaré esperando…

Wesley miró a ambos lados antes de escabullirse y marcharse a toda prisa, antes de que algún criado del barón Ludlow lo viera.

Es que al final no pudo con sus ansias y acabó entrando a la casa de los Ludlow como un indigno ladrón, para verla y proponerle aquello, lo del baile enmascarado.

Y además la hubiera besado si se hubiera dado la oportunidad. El encuentro le supo insuficiente.

Pero ella aceptó lo del baile. Justamente para evitar otra recaída y cometer el grave impulso de colarse a las habitaciones de la joven, como si fuera un chiquillo imberbe, es que decidió marcharse con su tío Dexter un par de días a visitar Bath y supervisar las propiedades que el conde de Tallis compró en su nombre, así como otros negocios.

Así que lo del viaje no era mentira.

Ese baile seria su primera cita con Marjorie. Quizá allí podría descubrir acerca de lo que verdaderamente sentía por ella.

.

.

.

El barón Ludlow vino con un par de terratenientes para cenar. Pero Marjorie no les prestó la menor atención.

A ojos de los invitados, iba a pasar por una muchacha demasiado introvertida, rayando la descortesía.

Pero Marjorie era incapaz de concentrarse.

Es que con el reciente encuentro con el señor Langdon, se dio cuenta de algo.

Estaba enamorada de ese hombre, como nunca antes amó a otro.

Y ahora ya no le importaba las reglas y el maldito decoro.

Capítulo 13

Marjorie recibió a su querida amiga esa mañana, con regocijo.

Aubrey llevaba muchos meses ausente en Derbyshire y Marjorie la extrañó horrores. Tenía tanto que contarle, cosas que no podría por carta.

Aubrey llegó la noche anterior al desarrollo del baile del señor Williams, y fue a la mañana a la casa Ludlow a reencontrarse con su adorada amiga.

La viajera trajo como regalo a Marjorie un par de sombrillas bordadas, para usarlas durante el acuciante verano.

Las amigas quedaron en el saloncito a tomar un refrigerio.

Aubrey estaba ansiosa de estar con Marjorie, pese a estar algo cansada aun del viaje.

—Si vieras lo que le traje a Abby, el vestido que llevará al baile del señor Williams —refirió Aubrey

—Es cierto ¿no quieres prepararte aquí?, así saldremos en el mismo carruaje —propuso Marjorie

—Marjorie, querida. Pero si yo no pienso ir, he ido a varios bailes en Devon que estoy cansada de tanta velada.

Marjorie hizo una mueca.

—Es que contaba con tu presencia…

Pero Aubrey sonreía de lado. En otro tiempo, las amigas no hubieran desaprovechado un baile en el pueblo.

—Es que no te lo he contado todo, mi querida Marjorie. En Devon han pedido mi mano a padre. Voy a casarme, amiga. Es por eso que no deseo ir, porque mi prometido no está en esta ciudad y además ya no tiene sentido que vaya a divertirme sola —confesó Aubrey, aunque al hacerlo, no se translucía emoción alguna,

A Marjorie le tomó varios segundos asimilar la revelación.

Aubrey nunca le refirió acerca de un compromiso en sus cartas. Ya podía sentirse menos culpable de no ser la única con secretos. Así que la abrazó con fuerza y cariño. Aubrey era una muchacha tranquila, que siempre tuvo el único anhelo de casarse con algún hombre que le diera un hogar confortable. El afortunado hombre que pidió su mano era un joven ministro de Dios, que manejaba la parroquia en Devonshire. Se llamaba Ambrose y sólo le bastó ver dos veces a Aubrey, para pedir la mano de la joven a sus padres.

Aubrey aceptó como es natural, porque tampoco podía oponerse, y además no tenía otros prospectos a la vista. Pactaron la boda para finales de la primavera. Este había sido el motivo de la larga ausencia de la mejor amiga de Marjorie.

La muchacha pareció respirar luego de contar sus peripecias y buenas nuevas traídas de Devonshire.

—A la luz de todo esto, yo también quisiera compartir algo contigo —confesó Marjorie, tomando una mano a Aubrey, quien la veía expectante —. Estoy enamorada como nunca creí que podría estar.

Aubrey apretó la mano de Marjorie.

—Siempre has estado ilusionada por Gabriel, el hermano del duque de Suffolk. Eso no es novedoso para mí. Pasamos años haciendo planes para el día que él viniera por ti.

Marjorie meneó la cabeza. Eso descolocó a Aubrey.

—Me refiero a un hombre real. Es fuerte, gallardo e inteligente, y me gusta mucho.

— ¡Por dios, Marjorie! ¿Cómo se llama el hombre que te hace beber los vientos de ese modo?

—Es el señor Langdon y es un secretario del duque de Suffolk —Marjorie titubeó un poco al ver el semblante desencajado de su amiga —. Sé que podría sonar imposible, pero si mi padre una vez siguió los dictados de su corazón, sin importarle las reglas sociales ¿Por qué yo no?

Aubrey abrazó a Marjorie. Podría sermonearle y recordarle su sitio.

Pero el amor podía hacer tonto a cualquiera. El tal señor Langdon podría ser más real y palpable que las ridículas ilusiones amorosas que le albergó por años al vizconde de Burnes.

Así que Aubrey prefirió apoyar los sentimientos de su amiga. Decidió que iría al baile para conocer al hombre del cual Marjorie se había enamorado.

—Nos pondremos muy bonitas esta noche. Yo te voy a ayudar —prometió Aubrey

.

.

.

El señor William era un comerciante. Muy rico, que hizo su fortuna con la construcción de barcos. Cada año organizaba un baile anual, cuyas invitaciones eran las más esperadas de la escasa temporada en Derbyshire.

Siempre procuraba invitar a los aristócratas de la zona, pese que muchos de ellos se mostraban reticentes a mezclarse con un burgués como él.

Este año, ideó un mecanismo especial, para promover que los nobles de la zona vinieran sin temor, porque la velada seria con temática de máscaras y podrían tener el rostro oculto.

Marjorie vino con el mismo vestido blanco de su debut en Londres. Aubrey le hizo un tocado especial con florecillas rosas y tenía un aspecto radiante. Ella y su padre fueron de los primeros en llegar a la velada.

El barón Ludlow se veía incomodo con la máscara negra que tuvieron que improvisar. Pero se daba por satisfecho al ver a su hija tan feliz y radiante.

Aubrey había venido con ellos, convencida por su amiga, y por curiosidad de conocer al hombre que arrebató el corazón de Marjorie.

Las muchachas y el barón entraron con parsimonia, saludando y haciendo reverencias a todos sus conocidos. Sólo luego de entrar, dispusieron de las mascarillas.

Aubrey y Marjorie traían mascaras blancas, adecuadas a su edad y situación.

El salón era enorme y estaba excelentemente dispuesto con arreglos florales. La comida y la bebida era permanentemente servida por numerosos criados que recorrían la estancia trayendo y llevando.

El salón estaba atestado a esas horas.

Marjorie estaba admirando las formas del lugar, cuando una esbelta figura femenina portando un vestido de color verde se le acercó. Tenía una máscara dorada.

Sólo cuando la mujer le habló, Marjorie pudo reconocerla.

—Querida Marjorie, que gusto que hayas venido.

La voz de la bella condesa viuda de Berry era inconfundible. Saludó con una reverencia al barón Ludlow y a Aubrey.

Marjorie le tenía un gran aprecio a esa mujer y sentía que no le había agradecido lo suficiente.

—Milady, el placer es mío de verla por aquí.

—No me quedaré mucho, pero si lo suficiente para saludar a mis allegados —refirió la dama—. ¿Quieres caminar un momento por el salón?

Marjorie asintió y fue a caminar con Angélica, aquella mujer tan agradable que le ofrecía amistad.

Cuando Angélica se cercioró que Sir Ludlow y la otra muchacha ya no lo oían fue que decidió empezar su parlamento, estudiado y planeado.

—Querida, estuve preocupada por ti. Espero que mi corta ayuda del otro día te haya servido.

—Milady, su amabilidad es inmensa conmigo. También quería asegurarle que todo esto no tuvo fines indecorosos, se lo prometo.

—Puedes hablarme con confianza, querida.

—Es un buen hombre y le tengo mucho afecto. Es por eso que me valí de un truco para verlo, ocurre que su rango no es igual al mío, y temo por mi padre. Pero tengo la confianza que podrá solucionarse.

— ¿Lo amas, querida?

—Si, con todo mi corazón —admitió Marjorie, feliz de poder hablar libremente de sus sentimientos.

Angélica tomó una mano de Marjorie.

—Entonces si hay amor no hay problema. No quiero que te pase lo que me ocurrió a mi cuando tenía tu edad.

—Oh, pero ¿qué fue lo que le ocurrió?

Angélica suspiró y se quitó la mascarilla, para que Marjorie viera su afectación. Por supuesto, dicha pose era por pensar que, por apresurarse, perdió al duque de Suffolk que acabó convirtiéndose en un hombre extremadamente rico. No tenía nada que ver con la mentira que estaba a punto de fabularle a Marjorie.

—Estuve prometida con un hombre, a quien yo quise mucho. Al final, resultó que me estaba engañando, nunca quiso prometerse conmigo, solo estaba jugando. Verás, querida…el me despreciaba por ser de un rango menor al suyo. Era un aristócrata desalmado capaz de la peor mentira con tal de mantener su talante de abolengo —Marjorie abrió los ojos horrorizada y apenada —. Tuve la gracia de conocer después al conde de Berry, que se convirtió en mi marido y me rescató del fango donde mi primer prometido me arrojó. He sido afortunada.

Marjorie se llevó las manos a la boca, ante la confidencia.

—Ha sido horrible. Que hombre tan malvado.

—Es por eso, querida, que siempre debes tener los ojos bien abiertos. Pero ahora me he tranquilizado al saber que confías en aquel hombre donde estas depositando tu afecto.

Marjorie sonrió.

—Me gustaría presentárselo. ¿Se quedará?

Angélica no podía hacer eso. Si Wesley venía, la reconocería y la condesa viuda consideraba que aun debía mover unos peones en la tabla de ajedrez. Si el duque reparaba en ella, había peligro que la pequeña mentira que acababa de decir se desbaratase. Así que prefería retirarse temprano y no arruinar sus cuidadosos objetivos.

Así que luego de eso, Angélica se retiró luego de despedirse del barón Ludlow y de abrazar afectuosamente a Marjorie.

Aubrey le respondió con una reverencia, pero al ser más perceptiva que Marjorie, enseguida catalogó a Angélica como una mujer extraña que no le caía bien. De algún modo, la joven amiga de Marjorie sentía aversión por aquella dama tan hermosa, y el mismo no pasaba por alguna potable envidia, sino por algo más que no supo descifrar.

— ¿De dónde conoces a esa mujer? —preguntó Aubrey viendo marchar a la dama

—Es la viuda de un conde que vive en el pueblo. Es una dama muy amable que me ha brindado su amistad y protección —contó Marjorie, y al notar el rostro insatisfecho de Aubrey la abrazó —. Descuida, mi mejor amiga siempre serás tú.

Las jóvenes rieron ante la ocurrencia, pero Aubrey no pudo olvidarse de la mala impresión que le produjo aquella dama de aspecto altivo.

.

.

.

Dexter estaba cenando solo, porque Wesley ataviado con una máscara y portando la invitación que le hubiera correspondido al conde de Tallis marchó a la velada del señor Williams.

Pensaba en su pobre sobrino. Que sufrió desde joven los embates de padres irresponsables y que se hizo cargo de volver a reencauzar la fortuna familiar, haciendo un viaje arriesgado y temerario para alguien de su clase.

La clase aristocrática tenia ideas acerca de la inconveniencia de que un caballero se diera al trabajo, pero Wesley nunca fue así.

Dexter no quería abanderarse aquello, pero mucho del carácter de su querido sobrino era por su influencia.

El conde de Tallis siempre fue un hombre independiente e inteligente, bajo la sombra de un hermano heredero, que era un despilfarrador y un modelo de dispendio.

En el fondo, siempre lo envidió. El duque Reginald siempre fue adorado y querido por todos, pese a sus numerosos errores. Pero lo peor sobrevino cuando posó sus ojos en la única mujer que el conde de Tallis habría querido para él.

Victoria de Montress era la hija menor del duque de Cleveland. Un partido bueno, pero impensable para el titular del ducado de Suffolk. Dexter había comenzado a cortejarla, hasta que la trajo a la casa de St James en Londres a presentarla, aun no como novia, pero si como amiga.

Fue en ese desgraciado encuentro que su hermano Reginald, duque de Suffolk, un calavera y sinvergüenza que a los cuarenta años no sentaba cabeza, vio a la joven.

A su hermano le entró el capricho por la joven Victoria y no tardó en quitársela, y tenían veinte años de diferencia. La muchacha se encandiló por la sonrisa fácil y la fama libertina del duque.

Por eso Dexter le guardaba tanto resentimiento y no encontró mejor manera de vengarse de ellos con el primer hijo de la pareja, haciendo del niño, un calco de él mismo, diferente a su padre.

Por ello es que Wesley creció sin ninguna afinidad a sus padres. Lo positivo es que no contrajo ninguno de sus malos hábitos de derroche, pero lo negativo fue que el muchacho creció sin sentir al duque como su verdadero padre, siempre se apoyó en Dexter como figura paterna.

Dexter nunca se casó. No por mantener algún amor hacia Victoria. Sino porque consideraba que su tiempo para casarse y tener hijos ya había pasado.

Era cierto que cuando empezó a criar a Wesley lo hizo por venganza y animosidad, pero luego eso cambió a un profundo amor fraternal. Ese muchacho era el hijo que nunca tuvo.

Wesley tenía mal carácter y lastimosamente sufrió como él, un desengaño amoroso en su juventud.

Desengaño que lo hizo desconfiado. Por eso a Dexter le agradaba que hubiera hallado a una joven que le gustara tanto, pese a que la forma no era la correcta. No quería que Wesley pasara lo que él y se olvidara del amor, por culpa de una desgraciada experiencia.

Él merecía tener una mujer que lo hiciera feliz, aunque tuviera objeciones por la falta de fortuna y suficiente alcurnia en la dama.

Dexter terminó de dar cuenta de la cena.

Pensaba en como saldría la cita de su sobrino con la jovencita.

.

.

Marjorie tenía su libreta de baile vacía, porque rechazaba la mayoría de las invitaciones. Pero no pudo librarse de la invitación de un joven primo de Aubrey que le insistió tanto.

Igual no se pudo concentrar en su baile, porque estuvo más tiempo vigilante si veía la figura que ella esperaba. Su querido señor Langdon prometió estar.

Ella misma había venido, por la esperanza de una cita. Secreta, pero cita después de todo.

Cuando acabó esa danza, notó que su padre y Aubrey habían salido a bailar. Eso la hizo sonreír, porque imaginaba lo que Aubrey tuvo que decir para que el barón aceptase.

Fue a buscar un poco de ponche porque necesitaba algo frío.

Fue allí que sintió una sombra en la espalda y un aroma a café delicioso.

A Marjorie casi se le cayó el vaso de ponche de las manos. Se giró y allí confirmó lo que sus otros sentidos le alertaron.

Su querido señor Langdon estaban allí. Ataviado con una máscara blanca y un sobrio traje de tres piezas oscuro que le quedaba como un guante.

A Marjorie casi se le cae la quijada al verlo.

—Señorita Marjorie —saludó él

—Señor Langdon —ella hizo una reverencia, pero lo hizo para que él no notara que estaba turbada. Agradecía la máscara porque así no se notaría su sonrojo.

Él le pasó una mano, como señal inequívoca de que la invitaba a una pieza.

Desde el instante que la joven le dio la mano, el mundo dejó de existir alrededor de la joven.

Sólo tenía ojos para el hombre que la llevaba a la pista, haciendo movimientos que se sabía de memoria, porque lo único que le importaba era estar con él.

Él no llevaba guantes y ella podía sentir el tacto de los dedos largos como de pianista de ese hombre.

Su aroma a café americano.

Su apostura gallarda y alta, que hacía que sobresaliera por encima de todos los hombres de la velada.

Marjorie se sentía como hipnotizada y cautivada por todo. Temía tropezar en cualquier momento, pero tenía la seguridad de que él la protegería con sus fuertes y fibrosos brazos.

Sabía que eran fibrosos, porque con el baile, tuvo oportunidad de tocarlos tras la tela del traje.

Ya fue atrevida robándole un beso hace unos días, ya no le importaba serlo un poco más.

La música iba acabando y él le murmuró unas palabras en el oído.

—Espéreme en los jardines

Ella asintió. No iba a poder negarse a lo que de corazón deseaba.

Él se alejó y ella volvió junto a su padre y Aubrey.

El barón Ludlow no se dio cuenta, pero observó algo.

—El conde de Tallis se veía algo diferente. Igual me alegra que haya bailado con Marjorie. La conoce desde niña.

Sólo Aubrey sabía lo que Marjorie lo que ya le contó. Que ese era el mentado señor Langdon, que iba a venir a la fiesta con la invitación del señor de Tallis.

Aubrey no conocía al señor de Tallis así que no podía deducir nada extraño. De todos modos, no se veía la cara del caballero.

Vio el rostro feliz de Marjorie cuando regresaba del baile. Aubrey prefirió guardarse cualquier reserva que podría tener sobre el señor Langdon porque su querida amiga le había pedido que la cubriera frente a su padre.

.

.

Wesley estaba nervioso.

Lo cierto que su situación era inaudita. Estuvo bailando en una fiesta llena de gente, fingiendo ser otro, por seguir la farsa que montó para Marjorie.

Y ahora estaba en esto, porque deseaba probar sus verdaderos sentimientos.

¿La quería o sólo la deseaba?

Estaba bajo el árbol más frondoso del jardín de los Williams, donde se coló a esperar a Marjorie. Una situación comprometedora e incorrecta, pero no podía quedarse dentro del salón, con peligro que alguien, aun con la máscara puesta, pudiere reconocerlo.

De pronto la vio emerger, acercándose lentamente a él.

Wesley no pudo evitar estremecerse un poco.

—Señor Langdon —además el tono de voz con que ella lo llamaba. Suave, dulce, como si quisiera masticar su nombre antes de decirlo.

—Puede llamarme por mi nombre y lo sabe, señorita Marjorie…

Wesley se quitó la máscara y luego posó delicadamente sus manos para quitarle la mascarilla a ella. Estaba ansioso por descubrir su hermoso e inocente rostro.

—Me hizo muy feliz saber que venía usted a este baile —dijo ella, sin dejar de mirarlo con ojos brillantes y ansiosos.

A él le costó un poco sacar un dejo de voz, por estar concentrado estudiando las facciones de Marjorie.

Ella en cambio, estaba demasiado emocionada.

— ¿Cómo estuvieron sus asuntos en Bath? —preguntó ella, para intentar hablar de algo

—Sin inconvenientes —respondió él, aunque no estaba interesado en hablar sobre su viaje de negocios

La joven quiso preguntar otra cosa, pero Wesley ya tuvo claro que era suficiente de palabras sin importancia, así que la besó tomando de sorpresa a la muchacha.

Los labios suaves y recios de él la absorbieron como quiso. El tacto y el calor de esa boca eran patentes, y Marjorie se entregó, además ella no era ninguna experta, porque era el segundo beso de su vida, y él le rodeó los brazos alrededor de la pequeña cintura.

Ella no quiso ser menos y siguió sus instintos, acordonando sus brazos blancos alrededor del cuello de Wesley.

La jovencita estaba eufórica. Todo su cuerpo se agilizaba a un compás desconocido para ella. Una danza incontrolable que hacía que desease más, aunque no supiese que.

Wesley tomó los labios de Marjorie, con terneza inicial, pero luego se dejó llevar por la fiereza de tener entre los brazos a una mujer que le gustaba tanto.

Marjorie no se quejó y se dejó hacer.

Pero él casi no podía contenerse, y bajó de los labios de la joven al cuello.

—Nunca antes había conocido a una mujer como tu...—le susurró él, olvidando la formalidad al hablar, tuteándola como no acostumbraba hacerlo.

—Wesley...—murmuró Marjorie, llamándolo por primera vez con su nombre

Es que el resto del mundo había desaparecido para ambos.

Wesley nunca fue hombre de dejarse llevar por el ímpetu y la vehemencia. Siempre fue capaz de controlar sus actos, pero tener a su merced esa piel tan suave y juvenil, era una invitación a perder el aliento. Recorrió el cuello suave y perfumado de la muchacha con frenesí.

Tanto que no pudo contenerse y empujó suavemente el cuerpo de Marjorie a recostarse por el tronco del árbol, para poder deleitarse mejor.

Volvió a buscar sus labios, enardecido y perdido. Quería y necesitaba más del néctar de la muchacha, y bajó hacia su escote, donde sin preámbulo movió la tela para dejar al descubierto los dos montículos deliciosos de la joven.

Wesley se recreó con la vista por unos tres segundos antes de arrojarse a besarlos también.

El recato, la pudibundez, el miedo y la reserva desaparecieron sin dejar rastro.

Marjorie se dejaba llevar en toda su inexperiencia. Ella estaba segura de amar a ese hombre y lo que estaban haciendo nunca podría estar mal.

El deleite de sentir su cabeza entre sus pechos.

De sentir sus fuertes manos rodeando su cintura.

La boca mojada y expectante. Los botones sensitivos de sus senos estaban húmedos y excitados.

Todo, esperando por él.

Él puso las manos de la joven en alto, arrimados al tronco, para tener un mejor acceso a todo.

Marjorie solo cerraba los ojos, azorada por la excitación a lo desconocido.

Estaba semi desnuda y Wesley estaba decidido que tendría que poseerla allí mismo para calmar la sed que tenia de ese cuerpo glorioso.

Sólo cuando iba a levantarle la falda, un rayo de tacto y cordura lo apremió.

El hombre adulto y experimentado era él. Marjorie era una muchacha de dieciocho años, inocente y tierna, que no merecía perder su doncellez, apoyada a un árbol del jardín de un extraño, donde podían descubrirlos en cualquier momento, creando un gran escándalo.

Sería un auténtico tumulto, porque muchos lo reconocerían y un modo dramático de presentarle su verdadera identidad a Marjorie.

Ella se merecía más. No podía ser un cretino en esto, así que respiró hondo para calmar su acuciamiento y deseo.

Ella abrió los ojos algo asustada, mientras él le acomodaba la ropa y el cabello.

La muchacha pensó que él se había disgustado por algo, pero él le acarició la mejilla y colocó su frente con la de ella.

—Marjorie…mi querida Marjorie, tú te mereces algo más que esto.

Ambos amantes aún seguían agitados y excitados.

Él se aseguró de volverla a besar castamente, posando sus labios en los de ella antes de tomar su mano para volverla a llevar a la fiesta.

—Es mejor que me vaya, antes de volver a intentar algo irreparable contra tu honor, Marjorie

—No quiero que te vayas —pidió ella

—Es lo mejor. Además, alguien podría descubrir que no soy el conde de Tallis.

Contra eso, Marjorie ya no tenía nada que replicar. Se despidieron en el costado de la entrada de forma más recatada, cuando Wesley tomó una mano de ella, para besarla.

Luego él se marchó, Marjorie lo vio subir a su carruaje e irse, sin despedirse de nadie más.

La joven tardó varios minutos en entrar al salón.

Todavía estaba conmocionada y soliviantada por todo lo que había permitido que pase con el señor Langdon.

Mejor dicho, con Wesley.

Con él a su lado, era imposible tener miedo de su padre y de la sociedad.

Sólo a ese hombre quería como marido.

A nadie más.

Capítulo 14

Wesley terminó el desayuno. Estaba callado y taciturno.

Su tío Dexter lo observaba sin intervenir, esperando que sea su sobrino quien hablase.

En eso, una de las criadas trajo una bandeja con pasteles.

Wesley lo miró. Era evidente que Marjorie se preocupó de mandarlos, nadie preparaba los dulces como ella.

Anoche fue para aclararse y regresó más cautivado que nunca por ella. Peor, casi le arrebata la virtud en un acto sin precedentes en él.

Pero es que la deseaba. Y no sólo eso, se sentía atraído hacia ella como un imán.

Toda la noche pensó acerca de eso y tomado una decisión transcendental. Quería a Marjorie para él, al diablo su posición social y su falta de fortuna. Sus otras virtudes como su inteligencia, belleza y ternura opacaban esas deficiencias.

La vida le había robado la ilusión y el desengaño le endureció el corazón, pero ella se los regresaba en bandeja con tanta dulzura.

—Cuando me fui era una niña, y una mujer ocupó su lugar. La mujer más bella que haya visto mis ojos —murmuró para sí.

— ¿Qué dices, sobrino? —increpó Dexter

Wesley negó con la cabeza.

—No es nada ¿Qué novedades hay de Londres?, vi que llegó carta.

El conde de Tallis asintió.

—Que la pequeña Jane ha asistido en varias veladas. Que tu madre ha hecho redecorar el salón con estilo vienés y ¡por cierto!, parece que Gabriel conoció a una muchacha en uno de esos bailes. Que la cosa va muy en serio, que él la ha visitado con frecuencia.

Aquello llamó la atención del duque.

— ¿Quién es?

—Es la hija del marqués de Pembroke. Una debutante.

El marqués de Pembroke era un hombre influyente y rico. Sin duda era un buen partido para el hermano del duque de Suffolk. Aunque en este estadio, Wesley no se creía con la moralidad suficiente para censurar alguna potable aspiración matrimonial de su hermano, siendo que él mismo estaba a los pies de una muchacha que no reunía los requisitos suficientes de nombre y fortuna.

Habia decidido que la amaba y la quería para él, eso estaba claro ¿pero ella?

Si bien, Marjorie correspondió sus besos y sus atenciones, Wesley era consciente de que todo esto comenzó por la enajenación que tenía ella hacia Gabriel.

Le corroía pensar que ella aun guardase sentimientos hacia su hermano. Por primera vez, envidió a Gabriel.

No iba a estar tranquilo hasta saber los alcances actuales de los sentimientos de ella hacia su hermano. A eso se le sumaba el remordimiento por haberle mentido con lo del supuesto señor Langdon. Tenía recelo de que Marjorie se asustara al saber su verdadera identidad.

Pero también suponía que no debería hacerlo. Porque alguien de la talla del duque de Suffolk era quien la amaba.

—Voy a pedir que ensillen mi caballo. Quiero dar una vuelta —anunció Wesley

— ¿Quieres compañía? —preguntó su tío

—No, no es necesario.

Dicho esto, Wesley se levantó y se marchó, dejando a Dexter ciertamente intrigado. Su sobrino aún tenía que comentarle el resultado de su reflexión de anoche.

.

.

.

Apenas hubo acabado el desayuno, Marjorie decidió salir también. Nunca fue alguien que gustara de explorar los alrededores, pero ese día sorprendió a su padre, diciéndole que deseaba caminar.

Cogió una canasta para juntar bayas. Es que era mejor estar fuera de la casa, porque no podía disimular su rostro ruborizado y sus ademanes abochornados.

Tenía pudor por lo ocurrido la noche anterior en los jardines del señor Williams, así que lo más prudente era salir de casa.

Su padre, afortunadamente no se había dado cuenta anoche de su desaparición. Pero Aubrey no le perdió pisada y exigió explicaciones.

Tampoco se animó a confesarle lo que ocurrió en el jardín. Fue un acto indecente e indecoroso, que de haber transcendido hubiera arruinado su reputación.

Marjorie se sonrojaba furiosamente con cada paso que daba. Casi dejó caer la canastilla, y ni siquiera logró juntar alguna baya. Los terrenos que estaba recorriendo eran de la parte trasera de la casa Ludlow que ofrecía un interesante bosquecillo.

La propiedad estaba delimitada con la del duque de Suffolk con una línea perimetral hecha con troncos.

En eso, el ruido del casco de un caballo la sorprendió. Marjorie giró, pensando que podía encontrarse con algún terrateniente de la zona, pero cuando lo hizo, su canastilla cayó al suelo.

El hombre que no dejaba en paz sus pensamientos estaba sobre el caballo y con aspecto sorprendido de encontrarla.

El primer impulso de Marjorie fue la de huir.

Pero se quedó. Dejó la canasta al suelo. Él bajó de la montura y se sacó el sombrero.

Tenía aspecto de haber dormido mal. Como ella.

—Señorita Marjorie

—Señor Langdon

Él parecía titubeante.

—No creí que podría encontrarla por este lugar

—Recoger bayas para mermeladas es divertido —aludió la joven, nerviosa.

Sin embargo, Wesley se decidió y se acercó a ella un poco más, con el sombrero en la mano.

Marjorie estaba allí por una extraordinaria casualidad y no quería desperdiciar la oportunidad de hablar con ella sobre un asunto que a él le preocupaba.

—Llegaron cartas desde Londres. Noticias de la familia del duque.

—Oh, espero que todos estén gozando de buena salud, señor Langdon

Era ridículo, porque sólo ayer se estaban tuteando.

—Noticias como las del vizconde de Burnes, Gabriel que está frecuentando a la hija del marqués de Pembroke —Wesley examinó cuidadosamente la reacción de la joven al mencionar estas palabras intentando dilucidarla —. ¿Su amigo no le ha escrito sobre eso?

Pero Marjorie no tenía aspecto de afectación. Negó con la cabeza.

—Nunca he recibido correos de él. Supongo que se olvidó enseguida de sus amistades provincianas. Londres es una gran ciudad y con mucho ajetreo.

Pero esa no era respuesta que Wesley buscaba o necesitaba.

—Dígame la verdad ¿le afecta la noticia? —preguntó Wesley, con dejo casi implorante. Necesitaba saber aquello.

Ella sonrió para su sorpresa y se sentó sobre una piedra.

—No le negaré que durante muchos años fue mi sueño formar parte de la familia del vizconde de Burnes —esa frase hizo tragar saliva a Wesley. Ella suspiró —. Pero puedo decir ahora con propiedad, que eran sueños infantiles. Siempre apreciaré al vizconde, como el caballero amable que es, pero mis sentimientos no van más allá.

Aquella respuesta fue como un bálsamo para Wesley. Dio unos pasos hacia la joven, y se puso a la altura de la muchacha sentada.

Tomó las manos de la joven, que estaba temblando ante el arrojo del hombre.

—¿Es un permiso, Marjorie?

La mujer ya no pudo evitar el impulso que la llamaba a esa boca anhelante, así que se lanzó a besarlo como suficiente respuesta. Atrás quedaba el miedo y la vergüenza. Ella deseaba a ese hombre.

Él recibió el fiero beso, correspondiéndole como podía y maldiciéndose por no darle más. Sus terminaciones nerviosas estallaron ante el poderoso contacto de la mujer amada.

Ya no podía dejarla ir como ayer. Él no era de piedra, y suficiente ya se había contenido ante la explosiva belleza de la muchacha, que lo tenía obnubilado.

Así que hizo caso a la naturaleza de sus impulsos, y la cargó, sin soltar el beso.

Sólo dejó de besarla, cuando la ayudó a subir al caballo con él detrás. Ella no se percataba donde la llevaba, ocupada con sentir los ardientes besos en su cuello.

Wesley hizo galopar a *Viento Oscuro*, que así se llamaba el caballo hacia lo profundo del bosque, un poco más allá de las tierras de los Suffolk, donde no pasaba nadie.

Un sitio, donde podía tenerla sólo para él.

.

.

.

Era un sitio precioso. Un oasis en medio del bosque profundo. Un pequeño y cristalino lago y ramas frondosas y grandes, capaces de ocultar a dos amantes ansiosos.

Viento Oscuro fue dejado a unos metros, a que pastara tranquilo.

Wesley se quitó la chaqueta y lo puso en el suelo.

No eran necesarias las palabras. Marjorie se sentó sobre ella, ayudada por la cálida mano de él.

Wesley hizo lo mismo. Acarició la mejilla tibia de la muchacha, que cerraba sus ojos y entreabría sus ojos, dando un espectáculo visual delicioso para él.

Ya no se reprimió, el permiso estaba otorgado, así que paseó su mano por el resto del cuello y escote de la joven, que gemía bajito.

Finalmente la recostó al improvisado lecho, para besarla, y poder impregnarse del sabor de esa boca añorada. Ella se dejó, acomodando sus brazos alrededor del cuello de aquel amante que se cernía dominante, que la besaba, acariciaba, y le rozaba el cuerpo, produciéndole movimientos desconocidos y repentinos, como remolino en el centro del vientre y más abajo, incluso.

No compartieron palabra alguna, pero con los ojos, él ya le había pedido que confiara en él.

¿Cómo no hacerlo?

Él era el hombre que ella amaba, y a quien con gusto se entregaría cuando la reclamase.

Mientras le desabotonaba lentamente el vestido, él cubría de besos las partes que iba descubriendo. Una piel blanca, pálida, olorosa y juvenil, aunque temblorosa y virgen.

Aquel conocimiento bastaba para excitarlo hasta el frenesí. Marjorie, tuvo que contener un gritito cuando sintió que él bajaba la cabeza y le succionaba el busto, acariciándole con sus dedos rápidos, las aureolas de color atardecer.

Ella exhaló de placer ante aquel divino y prohibido contacto. Pero eso no fue nada, cuando percibió la atrevida mano de él, bajando al sur de su cuerpo, explorando, buscando y auscultando algún misterio, desconocido hasta para ella.

Marjorie no pudo evitar temblar y gemir.

—Te amo demasiado, Marjorie, como para dejarte ir —susurró él

—Pues no lo hagas —murmuró la muchacha

Él se alzó, hasta encontrar el rostro de ella, frente a frente.

—Marjorie, no habrá vuelta atrás, no estarás arrepentida, ¿verdad?

—Contigo, jamás…

Él sonrió, agradecido. Y aunque estaba loco de deseo de seguir tomando aquel magnifico regalo que ella le estaba ofreciendo, quiso ser claro para que ella estuviera tranquila.

— ¿Aceptarías casarte conmigo, Marjorie?

Ella, casi tuvo de ataque. La vida de toda joven siempre estuvo implícita de deseo de tener este momento mágico, cuando le es pedida la mano en matrimonio.

De niña y poco después, siempre idealizó con que Gabriel le cumpliera ese sueño. El hombre ideal que le ofrecía su mano, pero es ahora cuando se daba cuenta que esas visiones tenían tinte real y poseían el rostro de Wesley.

Claro que le ofrecería su mano y mucho más. Quería casarse con él, pese a toda la oposición que podría encontrar, en especial de su padre y la gente que aún lo juzgaba por huir con una cocinera.

—Sólo podría aceptarte a ti como marido...

Él sonrió y consideró aquella aceptación como suficiente licencia para seguir tomando el camino, que convertiría a Marjorie en una mujer.

Y estaba agradecido y feliz de ser él quien lo hiciera. No es que le excitaba el hecho de que era una fruta prohibida, sino el saber que él también la amaba, y ya no temía aceptarlo.

Tomó sus labios antes de seguir regando besos tiernos por el resto del cuerpo de Marjorie, a quien despojó de todo vestido. Le quitó suavemente las medias.

Ella rió algo avergonzada, cuando lo vio sacarse la camisa y despojarse el pantalón y las botas.

Marjorie nunca había visto a un hombre desnudo y esto fue un descubrimiento. Él la dejó palpar y tocar a su antojo, en la medida que podía calmar su evidente fogosidad.

Toda esta preparación finalmente dio resultado, porque cuando Wesley finalmente se coló entre las piernas blancas de la muchacha para tomarla por primera vez, ella no se quejó.

Quizá se quedó estática en algún momento, pero acabó cediendo ante la pasión y el acaloramiento del momento vivido. De todas formas, cualquier grito o gemido alto de la joven, fue acallado por él con deliciosos besos.

Ella era un ángel y Wesley pensaba que era el hombre más afortunado del mundo.

Cuando todo acabó, él permaneció unos minutos más encima de la joven, hasta que Wesley se movió, consciente del tamaño de su cuerpo frente al pequeño y tierno de Marjorie.

Las marcas rojas de besos ardientes y mordidas más la novedad húmeda entre las piernas de Marjorie eran la evidencia patente de lo ocurrido allí.

Nuevamente no hubo palabras. Él la tomó y la abrazó contra su pecho, acariciando su hermoso cabello en un intervalo de descanso luego de aquel mágico momento.

Ella estaba conmocionada por lo ocurrido. Por la novedad de haber estado entre los brazos del hombre que ella quería.

Él estaba igual, porque nunca antes había hecho el amor con una mujer, con la certeza completa de estar enamorado.

—Juro que me casaré contigo ¿tú lo juras, también? —volvió a insistir él

—Sabes que si —prometió ella, enternecida de la insistencia de él, de querer hacerla su esposa. Lo cual hablaba muy bien de su honor, porque había oído de hombres que huían, tras arruinar la flor de las mujeres.

Aunque Wesley tenía cierta culpabilidad en su insistencia de arrancarle el juramento. Lo estaba haciendo para asegurarse que ella no mudara de opinión, cuando supiera su verdadera identidad. Podía revelárselo ahora, en este lecho en el bosque. Pero no quería asustarla y cortar el instante.

Se le ocurrió una idea.

—En tres días, el duque de Suffolk hará una cena e invitará a los notables del pueblo. Tú serás mi invitada especial. Tendremos el apoyo del duque en lo que propongamos. Quiero hablar con tu padre esa noche, si me lo permites.

—No sabía que el duque gustaba de presidir veladas —reflexionó extrañada la joven —. Bah…eso no importa, entonces ¿él podría apadrinarnos?

—No es que podría, querida. Lo hará, que lo conozco mejor que nadie.

La joven sonrió, acunándose más al pecho de su hombre. Si tenían el patrocinio del hombre más rico del país y uno de los más influyentes, era difícil que su padre le negase la mano de su hija al secretario de ese hombre.

Wesley enterró la cara en el cabello aromático de la muchacha.

Le estaba volviendo a mentir.

—Pero amarla hace que todo merezca la pena —se decía a sí mismo.

Pero no le mentía en el hecho de que iba a casarse a ella y convertirla en la próxima duquesa de Suffolk.

Y ella había jurado que se uniría en matrimonio a él.

Capítulo 15

Angélica frunció la boca luego de recibir la furtiva visita de Murron, su espía pagada en la casa del duque de Suffolk.

Luego de oír la información, despidió a la doncella infiel luego de entregarle unas monedas.

No le gustó lo que oyó, porque era imprecisa. Pero Murron se había escapado para avisarle que vio al duque con la joven Marjorie, cuando venían juntos en un caballo. Que el duque salió por la mañana solo y que ella los vio regresar juntos por la tarde.

Nadie se percató de aquello, salvo ella que estaba haciendo recados y que fiel a su promesa de informar cualquier rareza, vino lo más pronto que pudo.

La condesa viuda de Berry decidió que Angus debía adelantarse a su parte del plan.

La de raptar a Marjorie. Le preocupaba que el duque y ella forjaran alguna amistad o vínculo más profundo, que pudiere obstaculizar su plan de que Angus raptase a Marjorie y que Angélica, haciendo uso de la fatídica carta que una vez la propia Marjorie le envió a la condesa viuda, para que le diera soporte y mintiera sobre su paradero, que sería suficiente prueba de que la señorita Ludlow era una ligera de cascos y una furcia que acostumbraba a engañar a su padre para encontrarse con hombres. Que no debía extrañar que ahora huyera con algún fulano.

Afortunadamente aquella carta no tenía nombres, pero estaba escrita de puño y letra de Marjorie, fácilmente reconocible.

Era la misma carta que Marjorie le envió a Angélica, cuando fue a Villa Edgerton con Wesley.

Angélica se apresuró en escribirle una carta a Angus, para que hiciese su parte del plan.

.

.

La duquesa viuda de Suffolk se disponía a tomar el té con su hija Jane y dos amigas, cuando el eficiente mayordomo de la casa de St James le trajo una carta de Hardwick Hall.

La mujer se asombró al notar que tenía los sellos de su hijo. Wesley jamás le escribía, salvo necesidad. De hecho, era la primera vez que recibía una carta del duque desde que viniese a Londres.

Lo que leyó le sorprendió aún más. Wesley le informaba que el día viernes se realizaría una velada con baile en Hardwick Hall, y que sería presidido por él. Y se disculpaba con ella y sus hermanos por no avisarles con más premura, para que también estuvieran presentes. Lo más enigmático es que el duque le avisaba a su madre que estaba a punto de tomar una decisión transcendental, y que luego precisaría que ella se traslade a Hardwick Hall.

La duquesa viuda miró la carta. Estaba fechada del día anterior. Y haciendo los cálculos suficientes, la fiesta se desarrollaría mañana. Era evidente que jamás podría llegar a tiempo, por eso la disculpa de su hijo.

Iban dos cosas raras, primero el pedido de disculpas, que Wesley nunca fue tan formal con ella y el otro, que estuviera organizando una velada. ¿Dónde se vio eso?

El duque de Suffolk tenía fama de taciturno e inflexible y que odiaba socializar, esos detalles se los dejaba a ella y a sus hermanos. Justamente por eso es que ellos estaban en St James.

¿De qué decisión trascendental podría estar hablando?

¿Acaso pensaba casarse?

La duquesa viuda enarcó una ceja. Eso era improbable. Haciendo revista mental de potables candidatas que residían en Derbyshire. Ninguna podría gustarle a su exigente hijo.

Así que la mujer desechó la idea.

De todos modos, le comentaría este detalle a Gabriel, durante la cena. Seguro que se sorprendería como ella.

Gabriel no estaba tomando el té con ellas hoy. Lo fue a hacer en la casa del marqués de Pembroke, donde fue a visitar a la hija de éste.

Sonrió ante eso. La muchacha era agradable y una potencial candidata. Gabriel le preocupaba, por sus arranques libertinos y juerguistas, pero con la aparición de esta joven, tenía el potencial de cambiar.

Jane estaba asistiendo a muchas fiestas y veladas, convirtiéndose en la sensación de la temporada, a pesar de su introversión. No tardarían en llegarle propuestas matrimoniales adecuadas.

Pero sin duda, quien más le inquietaba era su hijo mayor. Tenía mucha culpa con él, por no haberle prestado debida atención cuando niño y adolescente. Wesley era tan diferente a ella y a su padre, poco apegado a tal nivel que se marchó a otro continente sin mucho miramiento. Ni siquiera volvió al funeral de su padre.

Eso demostraba que tan desapegado estaba de ellos. Pero ella sabía que su hijo era un buen hombre. La única novia oficial que tuvo lo dejó por falta de fortuna y desconocía las relaciones que pudo haber dejado en Estados Unidos.

Esperaba que pudiera fundar una familia con alguna buena mujer que le ayudara a ser más unido con los suyos y menos lejano. Rogaba que la transcendental noticia que mencionaba en su carta se tratase sobre aquello.

.

.

.

Angélica le envió una misiva urgente donde le conminaba a cumplir con su parte: llevarse a Marjorie.

Supo que la joven iba a reunirse en el pueblo con una amiga para hacer compras, siempre según la información que Murron le proporcionó. La infiel criada lo obtuvo cuando fue a coquetear con un mozo de cuadra de Ludlow House. Así que Angélica consideró que era el campo ideal para que Angus se llevase a la muchacha.

Recientemente el escandalo se caldeaba en el ambiente con la huida y regreso de Prissy Hunt, quien protagonizó el tumulto de la temporada con una fuga sonada. El conde Angus sonreía ante ese recuerdo.

Tener a Prissy por primera vez fue delicioso. Engatusó a la muchacha, no fue difícil con ella, porque se deslumbró fácil con el título nobiliario de Angus. La tuvo recluida una semana en su casa de campo, y finalmente la liberó, previa amenaza.

Si revelaba su identidad, Angus mataría a sus padres y sus hermanos. La pobre de Prissy Hunt regresó deshonrada y aterrorizada, porque el conde de Mercy era un ser sombrío y peligroso.

Con Marjorie las cosas serían distintas, tendría que llevársela a la fuerza. Angélica, que para ello pagaba sus servicios, se encargaría de hacer el trabajo de campo, diseminando y distorsionando una versión, ayudada con aquella fatídica carta, que sería suficiente prueba para demostrar que la supuestamente impoluta señorita Ludlow no era más que una furcia, de fácil encantamiento.

Ya luego liberaría a Marjorie, luego de unas semanas, después de haberla disfrutado. Era una muchacha deliciosa, y esperaba con ganas poder tenerla y disfrutar de su flor virginal.

Con respecto a su silencio, las amenazas funcionaban. En caso que él considerara que ella no se callaría, pues la mataría. No le tembló la mano para asesinar de ese modo a criadas o hijas de pobres familias cuando se percató de que no callarían.

Nadie sospechó de él. El conde de Mercy era un sujeto discreto y tétrico. Salvo Angélica y algún que otro sirviente suyo, nadie más conocía su macabra afición.

Así que en prosecución a la carta de Angélica había venido al pueblo a acechar a Marjorie. El maldito problema es que aparentemente todo el mundo en la comarca también salió de compras, porque estaba atestado y era imposible llegar a la joven, que departía con una amiga.

La muchacha debía estar sola e indefensa para que fuera efectivo.

El conde Angus quedó una medio hora husmeando y vigilando. Mucha gente se le acercó a saludarlo y a hablarle, no tuvo más remedio que responderles. Pero con esos hechos, ya había perdido la posición encubierta y de incógnito que pretendía. Bramó furioso y no tuvo más alternativa que marcharse.

Ya tendría que buscar otra forma y lugar.

.
.
.

Marjorie paseaba por la tienda femenina, como si estuviera flotando. Hace una hora, que habían entrado con Aubrey, y apenas escogió un par de cintas. No tenía la cabeza como para elegir otras telas.

De todos modos, la tienda del señor Ashburn estaba colmada de gente, la mayoría, como toda previa a una gran velada en Derbyshire, estaba comprándose detalles para el inesperado evento de la temporada: el baile del duque de Suffolk, que cogió por sorpresa a todos, atendiendo a que la duquesa viuda y sus hijos menores estaban en Londres.

Justamente el escaso margen de tiempo que les otorgó el aviso y las invitaciones, estaban produciendo un verdadero torbellino en el pueblo.

Marjorie pagó sus cintas y salió, acompañada por Aubrey. Las amigas habían venido, no porque les faltasen abalorios para un baile, sino porque querían hablar a solas, lejos de la casa.

Aubrey frunció el ceño, escandalizada cuando Marjorie le confesó lo ocurrido con el señor Langdon.

—He adelantado mi noche de bodas con el señor Langdon.

Aubrey casi se atraganta con su propia saliva ante tamaña confidencia.

—Tengo que hablar con tu señor Langdon ¿es que no sabe que eres una señorita respetable?

—Me pidió matrimonio y he aceptado —contó Marjorie con los ojos brillantes.

Las muchachas iban caminando, rumbo a la casa de los Ludlow. Despidieron al carruaje justamente para tener el trayecto a solas para charlar.

—Marjorie, pero ¿cómo sabes que tu padre cederá? Dijiste que es un escribiente y simple secretario. Estás metida en un enorme lio. No sé qué aconsejarte.

—El señor Langdon prometió que tendríamos el apoyo del duque de Suffolk, lo cual nos servirá de garantía. En la fiesta, a instancias del propio duque, el señor Langdon pedirá mi mano a mi padre.

—Has puesto todas tus esperanzas en un caballero, que es justamente famoso por ser un sujeto inflexible y rígido. Apoyar a un subalterno, es loable de su parte, pero, aunque tengas la bendición del hombre más rico de Inglaterra, temo que tu padre acabe aceptando sólo por presión —observó Aubrey, cautelosa

Marjorie se detuvo y puso una mano en el hombro de su amiga.

—Eres mi mejor amiga y te preocupas por mí. Te amo por eso. Pero ¿podrías solo alegrarte por mí?, cuando te lo presente mañana en el baile ¿serás buena con él?

Aubrey acabó cediendo con una sonrisa.

Igual todavía estaba escandalizada de que Marjorie se hubiera entregado a un hombre sin estar casada y sentía que tenía que reconvenir a ese caballero, por haber arrastrado a su amiga.

Pero en el fondo la envidiaba. Esa pasión, frenesí y ese amor que veía en sus ojos. Era cierto que estaba comprometida, pero Ambrose fue una boda que ella aceptó, porque no tenía otros pretendientes a la vista y estaba exenta de ese entusiasmo que veía en la mirada de Marjorie cuando hablaba de su señor Langdon.

— ¿Cuál es el nombre de pila de tu señor Langdon?

—Wesley...

Aubrey enarcó una ceja.

—Tiene que el mismo nombre de pila que el duque, pues que original. Pero aun así tienen muchos detalles que afinar, como el dónde vivirán e incluso cosas de su familia. Sé que lo quieres y confías en él, pero todavía tiene que ganarse mi confianza —aseveró Aubrey.

Marjorie bajó la cabeza, porque su amiga tenía razón. Pero ella tenía fe en Wesley y en lo que tenían. Era cierto que se conocían de hace poco, pero ella lo sentía más cercano que eso.

Las muchachas volvieron a caminar.

Hubo unos momentos de silencio, hasta que Aubrey al fin preguntó lo que tanta curiosidad le daba.

— ¿No han vuelto a verse?

—No, pero me ha enviado una carta diciéndome que me esperaba, junto con las invitaciones al baile. En Hardwick Hall estarán todos muy ocupados por la fiesta, tampoco quiero ir y toparme con el duque. Además, la velada es mañana, no hay urgencia.

—Tienes que contarme detalles, Marjorie. Tu sabes de que hablo —arremetió finalmente Aubrey.

Marjorie sonrió, pero sus mejillas se colorearon.

—No querrás oír detalles ¡eres una cotilla!

—Al menos dime algo, no me dejes así —insistió Aubrey

—Fue en la orilla del lago, en lo profundo del bosquecito —empezó a narrar Marjorie, ruborizada, pero ya pudo seguir detallando nada. No sólo por la vergüenza, sino porque consideraba aquello muy íntimo y privado de ella y Wesley —. Ya no diré más, salvo que no estoy arrepentida.

Aubrey lo notó y decidió ya no intervenir. Marjorie estaba muy emocionada y confiada.

—No te preocupes, Marjorie. Mejor lleguemos cuanto antes a tu casa, así trabajaremos en los detalles de tu vestido blanco ¿Qué te parece? —aconsejó la prometida de Ambrose

Las dos amigas siguieron su camino, pero conversando de otros temas ya.

.

.

.

—Señor Harrison ¿no ha notado usted algo extraño entre Murron y el mozo de cuadras Fern? —preguntó la apacible señora Gallens, mientras revolvía una sopa.

— ¿A qué se refiere? —cuestionó el mayordomo

—Es que he pillado a esa muchacha escapar varias veces para el pueblo. Cree que no me he dado cuenta, pero sí que lo hice. Además, que Fern es quien la lleva en una de esas carretas viejas.

El mayordomo frunció el ceño.

— ¿Quiere que la haga seguir?

—Usted sabe que los cimientos de esta casa siempre fueron la discreción y la calma. Además, nos debemos al duque —observó la señora Gallens

—Está bien, organizaré que la sigan y nos mantengan informados de sus movimientos —asintió el viejo mayordomo

—También a Fern, ese chico tiene la cabeza en las nubes por esa muchacha.

—Menuda tarea me ha puesto por encima, señora Gallens, que justo estamos con la organización de esta fiesta que ordenó el duque.

La cocinera sonrió.

—El pueblo está sorprendido con esta velada, pero yo no. Yo y usted no somos ciegos, señor Harrison y la señorita Ludlow tiene mucho que ver en la ecuación ¿no le parece?

El mayordomo sonrió.

—Creo que deberíamos callarnos, señora Gallens, que el cotilleo no va con usted.

La cocinera siguió revolviendo la sopa que serviría en la cena como uno de los platos de entrada, que hoy cenaban el duque y su tío a solas.

.

.

.

La noche siguiente, se abrieron las puertas de Hardwick Hall para dar inicio a la velada de la temporada, como ya muchos le llamaron.

La decoración, la música y la organización era impecable.

La comida y la bebida, perfectamente organizada.

Carruajes, calesas y coches de punto iban llegando con invitados, pulcramente vestidos con las mejores galas. Aunque el anfitrión distaba de ser particularmente sociable, nadie quería perderse la ocasión de departir con él y acercarse.

Las madres emocionadas engalanaron a sus hijas casaderas lo mejor posible, con lo último en tendencia de la tienda del señor Ashburn.

El conde de Tallis los recibía en la entrada, por pedido de su sobrino y en representación suya.

Lo mejor de la sociedad de Derbyshire se estaba congregando en el lugar.

Marjorie y su padre llegaron con la familia de Aubrey. La señorita Ludlow había escogido un vestido de sueño blanco, que era su vestido de debut, al que Nancy le agregó algunos detalles ribeteados de color plata y encajes. Se hizo un peinado recogido y Aubrey la maquilló.

Estaba verdaderamente deslumbrante. Y se esmeró, porque se suponía que era su noche de pedida de mano.

Al llegar hizo una reverencia al conde de Tallis, quien la observaba complacido.

—Su Excelencia, agradezco tanto que nos haya invitado a esta velada.

Dexter solo se limitó a hacerle una reverencia y sonreír.

Luego que pasaran, Marjorie mencionó —. El duque de Suffolk no es muy conversador ¿verdad?

— Pero ¿qué dices, hija?, ese no era el duque, es el tío. ¿Acaso no le reconoces?, si bailaste con él en el baile de máscaras del señor William —adujo el barón Ludlow, quien tenía cogida del brazo a Marjorie

Marjorie se sintió algo confundida, pero no le prestó importancia.

Cuando el conde de Tallis ingresó al salón, Marjorie lo examinó con más detalle.

Un hombre alto e imponente. Muchas mujeres en el salón lo observaban y estaban pendientes de sus movimientos.

—Es que es el segundo mejor partido de la fiesta, luego del duque. El conde de Tallis está soltero —refirió Aubrey

— ¿En verdad?, por su aspecto no es un muchacho —observó Marjorie, pero tenía que reconocer que lo gráciles movimientos del conde, le tenían un aire terriblemente familiar.

— ¿Qué pasa, Marjorie? ¿has visto a tu señor Langdon? —preguntó bajito Aubrey, para que el barón no la oyera.

Marjorie meneó la cabeza.

—Supongo que la emoción me hace ver cosas donde no hay. El señor Langdon todavía no está aquí, pero es que también hemos llegado temprano. Supongo que estará aquí junto con el duque, recuerda que es su secretario —adujo la joven, sin dejar de mirar al conde de Tallis.

—Estoy tan deseosa de conocerlo —agregó Aubrey —. ¿Aceptarás bailes en tu carnet o esperarás a tu señor Langdon?

— ¿Tu bailarías primero con alguien más aquí si tu prometido Ambrose estuviera aquí?

Touché.

—Vale, Marjorie. Pero como ese no es mi caso ahora, yo pienso bailar con más gente aquí que no sea tu padre —bromeó Aubrey, aunque en el fondo hablaba muy en serio.

Por eso, cuando el joven hijo de los Vender vino a pedirle una pieza, Aubrey aceptó.

Marjorie sonrió y se soltó del lado de su padre, que fue a conversar con algunos caballeros.

La muchacha se paseó por el inmenso salón, finamente decorado.

Le dio un precioso esquinazo de recuerdos con las fiestas de antaño del duque Reginald, y que ella observaba desde su árbol favorito. Cierto que nunca vio el interior de estas, pero siempre las imaginó con esta opulencia.

La comida que se paseaban en las bandejas de los lacayos eran dignas de admiración.

Notó con una sonrisa que había algunas comidas americanas como tortas de maíz. Le gustaba pensar que quizá Mammy los mandó para la fiesta o quizá la señora Gallens los aprendió a hacer.

En eso y para completar su alegría, encontró apostada frente a la gran escalera del salón a la elegante condesa viuda de Berry, su querida amiga Angélica.

Eso fue suficiente para alegrar a Marjorie, porque entonces ella también seria participe de su pedida de mano. Agradecía mucho a la condesa, porque ella le ayudó cuando tuvo aquella escapada a Villa Edgerton con Wesley, y que fue fundamental para su relación.

La hubiera querido abrazar con fuerza, pero se contentó con hacerle una reverencia como saludo.

—Mi querida condesa, que placer verla por aquí

—Querida, el gusto es mío —saludó Angélica

Obviamente Marjorie no sabía que la condesa viuda ni siquiera había sido invitada expresamente. Si estaba allí, es porque el conde de Mercy la trajo como acompañante. Pero Angus no estaba en el salón en esos momentos. Estaba más ocupado y vigilante en un rincón.

—No sé porque intuyo que tienes grandes noticias, querida Marjorie.

— ¿Tanto se me nota?

—Querida, puedo verlo desde lejos.

—Entonces será un placer para mí presentarle al caballero que me tiene en este estado. Ya le conté en aquella ocasión sobre este hombre. Ha llegado el momento de presentárselo a mi padre. No es una persona de alcurnia ni de posición social interesante, pero es el hombre que me gusta —confesó Marjorie.

Angélica tomó una mano de la muchacha y se la acarició.

—Sabes que cuentas con mi apoyo, querida —observó Angélica, y luego mirando por todas partes preguntó —. ¿Dónde está tu caballero de brillante armadura?

En eso, Marjorie iba a responderle, cuando vio a Wesley asomar por la escalera, sólo, bajando con cierta parsimonia y con un traje oscuro de tres piezas, con un pañuelo anudado al cuello.

Nunca lo había visto tan elegante y Marjorie se quedó boquiabierta unos segundos. Su prometido se veía esplendoroso y sin duda, era el hombre más atractivo de la fiesta.

Pero los pensamientos de Marjorie fueron interrumpidos por la voz sibilina de la condesa que estaba a su lado.

—No sabía que él estaría en esta fiesta.

Marjorie parpadeó confusa.

— ¿Por qué dice eso, condesa?

— ¿Recuerdas cuando te hablé de ese hombre malvado que me rompió el corazón una vez?, pues ese es, el duque de Suffolk. Una persona que no tendría escrúpulos en mentir para lograr sus objetivos. No habría querido decírtelo hasta confirmar su rostro, pero yo he oído un rumor de que él estaba preocupado que su hermano Gabriel se casara contigo y por ello, se puso en plan de conquistarte. Por supuesto, querida Marjorie, yo no dije nada antes, porque no pensé que el duque se atreviera a fingir ser otro para acercarse a ti.

El perverso susurro hizo que a Marjorie se le borrara la sonrisa y se le helara el corazón.

— ¿Ese es el duque de Suffolk? —preguntó la muchacha con voz temblorosa

Angélica asintió.

La mente de Marjorie se volvió un caos, mientras el hombre se acercaba a ella. Terminó de confirmar la sospecha, cuando un lacayo lo anunció en voz alta.

El hombre la miraba fijamente y sonreía.

Marjorie empezó a temblar de horror. ¡Entonces ese sujeto no era su señor Langdon!

Todo fue una farsa, y todo encajaba ahora. Y con la información que Angélica le dio acerca de la estratagema para alejarla de su hermano, todo acabó de concordar.

Todo este tiempo había sido cruelmente engañada.

Capítulo 16

Sorpresa.

Pasmo.

Estupefacción.

Y finalmente una profunda indignación e irritación se apoderaron de Marjorie.

En los primeros segundos, mientras lo veía bajar por las escaleras, y tenía la voz de Angélica que le silbaba acerca de su verdadera identidad, Marjorie estaba incrédula. Pero luego con la voz del lacayo confirmando su nombre, a Marjorie se le cayó el alma al suelo.

Y lo peor es que el susurro de la condesa viuda de Berry rezumaba en sus oídos. Que el duque estaba jugando para alejarla de su hermano, metiéndola en un juego de engaños y mentiras de fábula.

Marjorie ya no quería estar ahí, y no quería encontrarse con ese hombre, que todo este tiempo se fingió quien no era para ganarse su confianza y que se aprovechó de su estúpida inocencia, hurtándole la virtud de forma despiadada, sólo para probar su punto de hombre déspota y *snob*.

Giró y se marchó a toda prisa del lugar. Iba a volver a casa, corriendo y sin mirar atrás.

Lagrimas descontroladas empezaron a caer de su rostro antes que de su consciencia pudiera frenarlas. Se tapó la cara con una mano y huyó.

Todos estaban ocupados con el baile, el gentío y aquel formidable hombre que bajaba por los escalones, como para percatarse de su huida.

Pero cuando iba a empujar el portal para entrar a casa, unas manos enormes le apretaron el cuello y la boca para que no gritara.

No pudo girarse, porque al intentar hacerlo, sintió un profundo y doloroso escozor en la cabeza, que la hizo desmayar.

Le habían dado un golpe en la cabeza.

.

.

.

Wesley la vio correr justo cuando estaba a punto de llegar a ella. Se había estado deleitando con su belleza, mientras bajaba los escalones, sin prestar atención a las otras voces y otras caras. Ella estaba ahí y con la voz del lacayo, supo que ella se daría cuenta de su auténtica identidad, que, de todos modos, era algo que pensaba revelarle.

Al final, el descubrimiento fue un pelín más dramático de lo previsto. Pero como sea, los sentimientos de él eran los mismos y más fuertes incluso, porque su decisión de pedir la mano de ella a su padre iba a ser el plato fuerte de la noche.

La vio mirarlo pasmada con la boca abierta. Y luego huir a toda prisa.

Iba a seguirla en ese preciso instante, pero varios señores se le acercaron a hacerle reverencias y a saludarle. Sería una descortesía total dejarlos con la boca abierta.

Miró hacia un rincón y tanto el barón Ludlow como la amiga de Marjorie seguían en la velada.

No tenía más remedio que quedarse unos minutos más mientras saludaba a todos, pero luego saldría a buscar y traer de vuelta a Marjorie. Esta era la fiesta que él mandó organizar para ella.

.

.

.

. El barón Ludlow daba cuenta de una copa de champagne cuando Aubrey vino junto a él.

—Señor Ludlow ¿no ha visto a Marjorie?, he buscado por el salón.

El barón meneó la cabeza.

—Tal vez tuvo una emergencia, que la he visto salir. Quizá fue un momento a casa a buscar algo. Hay un pequeño portal que une la casa Ludlow con Hardwick Hall —replicó el hombre, tranquilo.

Pero Aubrey no lo veía de ese modo. Marjorie no se había olvidado de nada en su casa, y todo esto se le figuraba muy extraño. Igual decidió pasear por el salón, a ver si se topaba con el tal señor Langdon que Marjorie tanto prodigaba antes de salir en búsqueda de su amiga.

Pero justo cuando Aubrey iba a ponerse a buscar por el salón, la monumental presencia del hombre más elegante de la velada se acercaba a donde estaban ella y el barón Ludlow.

Era nada menos que el propio dueño de casa y anfitrión, el duque de Suffolk.

Al verlo, ambos le hicieron una reverencia.

—Que gusto verlo, milord —saludó el duque

—A usted por la invitación, su excelencia

—Permíteme presentarle a la señorita Aubrey Benwick, que es amiga de mi hija Marjorie —presentó el barón a la muchacha que estaba con él.

El duque hizo un gesto con la cabeza.

A decir verdad, no estaba muy seguro aun que decirles, por eso prefería encontrar a Marjorie primero.

— ¿Sabe usted donde pudo haber ido la señorita Ludlow?

La pregunta descolocó al barón. Que un señor tan importante como ése preguntase por su hija. Por un momento temió que era para alguna regañina por las continuas incursiones de Marjorie por el portal.

—Su excelencia, creo que fue a casa hace un momento.

—Si me disculpáis, volveré más tarde —refirió el duque y se marchó.

Iría a buscar a Marjorie y a traerla. Ya tendrían tiempo de arreglar el problemita de su verdadera identidad. Esta noche lo que deseaba era poder finiquitar su compromiso con ella ante el mundo y principalmente ante su padre.

No le costó mucho atravesar el portal de Marjorie y tocar la puerta.

Quiso reír bajito cuando notó la cara de sorpresa de la señora que le atendió, y que se apresuró en hacerle una reverencia.

—Milord ¿en qué puedo ayudarle? —saludó Nancy, con algo de terror porque conocía al caballero. Era el duque de Suffolk, a quienes todos le tenían un temor reverencial.

— ¿Podría llamar a la señorita Ludlow?

La pregunta descolocó a Nancy.

—Perdonad, milord, pero tengo entendido que la señorita Ludlow está en la velada en Hardwick Hall, con su padre y una amiga de la familia.

— ¿Cómo? ¿es que no regresó aquí? —preguntó él contrariado —. ¿Lo jura, usted?, que soy capaz de entrar y buscarla

Nancy meneó la cabeza, pero igual Wesley no pudo con su genio y sus impulsos, y haciendo a un lado a la estupefacta mujer, entró a la casa.

—! Marjorie! —empezó a llamarla a gritos, recorriendo el salón

Otros criados se levantaron al oír el clamor de voces.

—Milord, os juro que la señorita no ha regresado aquí, por favor os lo pido, no hagáis esto —pidió Nancy, encarecidamente.

Wesley se estaba conteniendo, porque ya estaba perdiendo la paciencia y giró a examinar el rostro de Nancy. No parecía mentir. No creía que estuviera ocultando a Marjorie, porque no estaba allí.

Furioso salió del lugar para seguir buscándola en su propia casa. También podía pasar que Marjorie se hubiera ocultado en Hardwick Hall, así que regresó como vino, ante la asombrada mirada de Nancy y los otros criados.

Como sea, Marjorie no podía hacerle aquello, una pataleta como esa, aunque comprendía que estuviera asustada con la revelación de su identidad.

Es que realmente él hubiera querido decírselo en privado, pero no esperaba que ella estuviera cerca y que oyera el anuncio del lacayo. Eso no lo pudo prever.

Angélica era una dama de recursos y sumamente inteligente. En cuanto notó que el duque bajaba por los escalones, se escabulló para que él no la viera.

De todos modos, Marjorie ya no reparó en ella al oír la información de que todo este tiempo estuvo siendo utilizada y manipulada por un hombre poderoso, con el único fin de alejarla de su hermano, a quien creyó su primer amor platónico.

Angélica se deslizó, suave y veloz como serpiente para esconderse y vislumbrar desde las sombras.

Examinar a gusto y placer al hombre tan atractivo en la que estaba convertido Wesley.

A los veinte, ese chico brillaba, pero ahora en la madurez de los treinta, con ese porte altivo de gran señor, era sencillamente exquisito. Angélica tuvo que contenerse para no quedar con la boca abierta ante semejante visión de hombre.

Y tenía que volver a ser suyo. Así debía jugar bien sus cartas. Marjorie ya había huido como ella y Angus previeron.

Angus tenía que aprovechar para atraparla si la joven estaba sola. En caso de que tal cosa hubiese ocurrido, enviaría a Murron con el recado, y la joven quedó a vigilar en las cercanías y fue la encargada de avisar por sí alguien venía, mientras Angus consumaba su crimen.

Murron se vendió para este acto a cambio de diez monedas de plata.

Una vez que supo que Angus se llevó a Marjorie lejos del lugar, empezó a prepararse mentalmente para su siguiente actuación.

.
.

Wesley bramaba y para no llamar la atención entró por la puerta trasera, que daba a las cocinas. No quería toparse con ningún invitado, pero de todos modos su actitud no resultaría extraña para nadie, siempre fue un misántropo y hosco.

Pero cuando iba hacia la zona de la biblioteca y el despacho, para empezar su búsqueda por ahí, sus ojos percibieron una hermosa figura parada frente a la puerta del despacho.

Por unos segundos, Wesley creyó que sus ojos le jugaban una mala pasada, y estaba teniendo una reacción de un pasado que ya casi no recordaba.

Incluso se sintió transportado, por unos segundos, diez años en el pasado.

Angélica Eliot.

Dueña de una piel y una figura sinuosa, deslumbrante y hermosa. Claro que era ella, que no había cambiado nada.

—Hola, Wesley —saludó la mujer. La voz de mujer que él identificaba tan fácilmente, no en vano, ella tendría que haber sido su mujer de no haberlo abandonado.

—Angélica… ¿qué haces aquí?

—Te has hecho impaciente ¿no?

Él se adelantó unos pasos. No entendía que hacía esta mujer en su casa.

—Para empezar no tengo idea de lo que haces en este lugar ¿Dónde está tu marido?

—Quedé viuda, hará un año —respondió la mujer, sin apartar la mirada

—Pues lo siento por ti, igual eso no responde el que haces en mi casa.

Ella sonrió.

—He venido invitada a este baile, vivo en el pueblo y se extendió una invitación a casi todo Derbyshire. Era natural que viniera —refirió ella, pero enseguida añadió —. No vine aquí con ganas de pelear ni hurgar en el pasado, vine porque deseo ayudarte y ponerte en conocimiento de algo que te atañe.

Él enarcó una ceja.

—No sé qué tienes para decirme que me interese a estas alturas. Si vienes a recordar lo ocurrido hace diez años, no tiene sentido.

—Y juro que no vine a hacerlo —expresó la mujer —. Vine porque la culpa me ataca y tiene que ver con la señorita Ludlow.

Al oír ese nombre, Wesley se tensó.

Angélica aprovechó para arrojar el veneno.

—La señorita Ludlow tenía planes de fuga con un hombre. No conozco su identidad. ¿Te preguntas como sé esto?, soy amiga de su familia y cometí el error de solaparle una salida con ese sujeto. Pensé que las cosas iban en serio, pero resultaría sólo en un escándalo. Vine a alertar a su padre y a ti, pero creo que llegué algo tarde.

Wesley hirvió al oír semejante acusación.

Angélica le extendió la carta autentica de Marjorie y otras, que ella hizo redactar, emulando la letra original de la muchacha. Habia contratado a un escribiente hábil para eso.

Wesley los tomó.

—Ella se veía con un hombre, cuya identidad no conozco. Yo le solapaba eso, creyendo que era un amor serio. Y a la par me confesó que también se veía con otro hombre que vivía en Hardwick Hall, que ella llamaba señor Langdon, alguien a quien catalogó de diversión, porque suponía que era alguien cercano al duque de Suffolk, y podía reportarle algún beneficio. Ella me describió al supuesto señor Langdon. Y ahí supe que eras tú —relató Angélica, fingiendo unas lágrimas.

Wesley miraba las cartas con horror. Era la letra de Marjorie.

Todas dirigidas a Angélica, la honorable condesa viuda de Berry.

Las más letal era esta:

Amiga.

Le agradezco tanto sus atenciones, pero planeo hoy marcharme a Gretna Green o a Irlanda con el hombre del que le he hablado.

El juego con el señor Langdon me ha cansado. Además, es un simple secretario y aunque tenga ascendiente sobre el señor duque, eso no me beneficia a mí. Con la noticia del posible compromiso del hermano del duque, no tiene sentido seguir con esa farsa. Estaré en contacto con usted cuando me haya asentado.

Marjorie Ludlow.

En todas las cartas era lo mismo, que usaba al señor Langdon para acercarse más a Hardwick Hall e intentar comprometer al vizconde de Burnes, Gabriel.

Angélica se echó a llorar. Habia practicado como si fuera una actriz de teatro.

—Yo solo quería ayudar, pero tampoco creía que una muchacha tan joven fuera capaz de esta clase de planes. Por eso vine, porque cuando me percaté que el supuesto señor Langdon eras tú, supe que tenías que saber de esto, antes que se supiera en público y se volviera motivo de burla. ¡Me siento mal por su padre, el pobre barón!

Wesley nunca fue manipulable. En el caso de su tío, siempre oía sus ideas, pero la decisión final siempre fue suya.

Pero aquí las evidencias incriminaban a Marjorie de manera inexorable. Por un momento, hasta quiso creer que todo era un juego de maldad de Angélica, como una actuación de teatro. Pero dentro de todo, la Angélica que él conoció hace diez años era una muchacha con ambiciones, pero no era malvada.

—No debiste cubrir a una mujer con esas inclinaciones infieles —replicó él duramente.

En eso, los pasos de Dexter se hicieron presente y los interrumpieron.

—Sobrino, la fiesta ¿no vas a ir departir con tus invitados? —dijo, mirando extrañado a la mujer que estaba allí. No sabía que había entrado y recordaba las veces que hizo interceptar las cartas dirigidas a su sobrino. Siempre la creyó una mala hierba.

Wesley arrugó las cartas y pasó por lado de su tío.

—Despáchalos en cuanto se pueda. Miente que estoy enfermo o algo. Pero deja al barón Ludlow, temo que hay malas noticias.

— ¿Dónde vas?

—Iré a cambiarme. Probablemente tendremos que salir al galope a buscar a alguien —adujo y luego señalando a Angélica, agregó —. Déjala quedarse, tiene que dar también una explicación.

Dexter asintió. Aunque nada tenía sentido para él.

Ordenaría cerrar la fiesta más temprano, aduciendo una repentina enfermedad del duque.

Eso sí, apenas Wesley desapareció, Dexter ojeó con desconfianza a Angélica.

Algo no andaba bien.

.

.

.

¿Es que nuevamente había sido engañado como un idiota, por una mujer?

Lo peor es que se suponía que él comenzó todo este juego tendiéndole una argucia a Marjorie para alejarla de Gabriel, y resulta que ella también lo utilizaba.

Esas horribles palabras en las cartas la incriminaban ferozmente. Pero Wesley se negaba a creerlo en su corazón. Quería encontrarla y que Marjorie le dijera la verdad doliente en el rostro.

Y que le dijera que todo eso que decía sentir por el señor Langdon siempre fue mentira.

Él lo sintió tan real.

Estar en sus brazos, fue como renacer. Tanta ternura pudo contra toda su hosquedad, misantropía y decepción.

Era capaz de verla, aunque no la tuviera frente a sus ojos, de tanto haber memorizado el color de su piel, el olor de su cabello y la forma de su cara. Podía decir todo sobre ella, aun sin verla.

Y resulta que todo fue una estratagema.

¿Pero es posible que fuera una jugadora de hombres y cazafortunas?

Todo por Gabriel, su propio hermano.

¿Acaso puede fingirse la doncellez?

Wesley estaba seguro de haberla tenido, virgen en aquel inolvidable lecho junto al lago.

Apretaba sus puños mientras se cambiaba de ropa. El señor Harrison, solícito le estaba ayudando a cambiarse porque Wesley no quería verle la cara a su ayuda de cámara.

Estaba furioso, desilusionado, frustrado y con ganas de matar a alguien.

Pero, aun así, pese a tanta traición, no deseaba que el padre de Marjorie se enterara de tantos detalles, sin que ella estuviera aquí para defenderse. Le daría eso, pero debían informar al barón Ludlow de la desaparición de la muchacha.

.

.

.

Hardwick Hall se vació de invitados, ante el pedido de dispensas del conde de Tallis. De todos modos, era algo tarde así que muchos estaban cansados e hicieron pocas conjeturas sobre la repentina enfermedad del dueño de casa.

Sólo quedaron el barón Ludlow y Aubrey que se negó rotundamente a marcharse y que además intuía que Marjorie estaba en problemas.

Dexter y Angélica también estaban en el lugar, hasta que apareció el duque de Suffolk ya con la ropa cambiada y con cara muy seria.

—Milord, me temo que no tenemos noticias agradables —anunció Wesley —. La señorita Ludlow desapareció esta noche y la señora aduce que se ha marchado con una persona —agregó, señalando a Angélica.

— ¿Cómo dice? —refutó Aubrey

El barón miraba alternativamente a Angélica y al duque sin saber que decir.

— Pero ¿cómo pueden referir algo tan grave, excelencia?

Angélica quiso intervenir allí y explayarse en las supuestas cartas, pero Wesley no la dejó. No dejaría que el pobre padre de Marjorie tragase esa información, sin encontrar primero a Marjorie.

—Pongo a su disposición todos los recursos logísticos de Hardwick Hall para traer de vuelta a la señorita Ludlow. Es posible aun interceptarla en los caminos si es que es verdad lo de Gretna Green. Se puede enviar otro grupo a testear los caminos a Irlanda —ofreció el duque, aunque no tenía suficiente valor para mirar a los ojos al barón.

— ¿Qué clase de juego es esto?, yo no creo nada de esto, Marjorie no se fugaría así nada más —acusó Aubrey —. ¿Dónde está el señor Langdon, su secretario?, a él también deberíamos poder interrogarle.

En eso el barón empezó a hiperventilar, y Aubrey corrió a auxiliarle. El barón era como un padre para ella. Dexter también se acercó a ayudar al pobre hombre.

—Mi hijita…esto …no puedo creerlo…

—Tiene que creerlo, barón. Yo también me negué a hacerlo y ahora cargo con la vergüenza de haber ayudado en esta atrocidad —replicó Angélica.

Eso sí que indignó a Aubrey.

— ¡Cállese, arpía!, que la haré tragar sus palabras. Marjorie es una buena muchacha. Nunca haría tal cosa como jugar con hombres y escapar con uno. Esto deber tener una explicación y sólo la tendremos cuando la encontremos.

Esa pasión fervorosa con la que Aubrey defendía a su amiga llamó la atención del duque.

—Basta. Organizaré las cuadrillas de hombres que saldrán a rastrearla en los caminos mencionados —anunció el duque.

—Si quieres, yo me pondré a la cabeza de alguno de ellos —ofreció Dexter, quien observador notaba todo muy extraño.

Probablemente Wesley al verse envuelto en forma tan personal no lo veía claro como él.

—Enviaremos a los mejores hombres, no será necesario —ordenó el duque, observando al barón —. Llama al señor Harrison, que se lleven al barón en una de las habitaciones de huéspedes, mandaremos buscar al médico y es mejor que se quede aquí, mientras localizamos a Marjorie.

Dexter tocó la campanilla para llamar a Harrison y ordenarle aquello.

Wesley lo lamentó por el barón, pero en parte lo aliviaba que el hombre no hubiera entendido la gravedad de las acusaciones contra la reputación de su hija.

El barón ni siquiera pudo leer las cartas que hablaban sobre el escarceo con el supuesto señor Langdon y lo de su deseo de usarlo para acercarse al vizconde de Burnes.

Sólo llegó a escuchar que aparentemente Marjorie había huido con un sujeto, en palabras de Angélica.

El barón no protestó y se dejó hacer. Marjorie era su niña querida y él le había jurado a su madre que la cuidaría siempre. No era posible que un seductor desalmado la hubiera timado.

Finalmente durmió luego de que el médico le recetara unas sales calmantes.

Dexter y Wesley, en tanto despacharon los mejores hombres de cuadrilla, con recordatorio de discreción, de rastrear a Marjorie y su supuesta pareja en los caminos de salida.

Angélica quiso quedarse, pero Wesley se negó a que siguiese en la casa, pero la mujer insistió en permanecer, que finalmente el duque le otorgó una habitación de huéspedes, pero con la condición de que le entregase todas las cartas y se marchara al día siguiente.

Además de ese modo, Wesley creía que podía controlar que la información no se dispersara.

La mujer se los entregó, creyente que, al estar en el lugar, podría seguir manipulando los hechos.

Wesley se incomodaba mucho con la presencia de la mujer, que terminó encerrándose en su despacho. La verdad podría echarla de la casa, pero en este momento, pese a toda la frialdad exterior que aparentaba, era un hombre atormentado. Incluso estaba pensando en hacer ensillar un caballo y galopar para seguir a los rastreadores.

Leía las cartas una y otra vez.

Pese a todos los sentimientos negativos que Marjorie le podía producir, él nunca haría publicas estas malditas cartas. Por eso se aseguró de quitárselas a Angélica.

Le martirizaba pensar que los rastreadores encontraran a Marjorie y a su amante. No quería ni pensarlo. Él no querría seguir viviendo cerca de ella luego de eso. Quizá sería hora de regresar a Estados Unidos y no volver jamás.

Cogió una botella de jerez y se sirvió.

Pensaba beber hasta perder el sentido.

—Marjorie…

Capítulo 17

Aubrey siempre tuvo un talante poderoso y un temperamento de roer. Era más voluntariosa que Marjorie.

En su vida, pocas cosas emocionantes le ocurrieron, tanto que su propio compromiso con aquel hombre de Devonshire, tuvo que aceptarlo por falta de otros prospectos y además es lo que se esperaba de ella. No quería seguir siendo una carga para su padre y además era probable que nunca volviera a recibir otras propuestas.

Pero en este caso, con la desaparición de Marjorie, extraña por donde se le mire, ella no podía ni quería aceptar las tibias explicaciones, nacidas de esa tal condesa viuda de Berry, que Aubrey no acababa de tragarse.

Tal vez el barón Ludlow, un hombre débil y acogotado era fácil de vencer, por causa de la culpa que aun sentía por los orígenes de su difunta mujer, pero Aubrey decidió que era hora de obrar por mano propia, aunque eso implicase desafiar al mismo duque de Suffolk, así que rehusó marcharse, y dejó el carruaje esperando, mismo que el señor Harrison, por orden del duque había alistado.

Cogió su vestido por las puntillas y se adentró, pese a que el señor Harrison intentó detenerla.

— ¡Señorita Benwick!

Pero cuando Aubrey iba a empujar la puerta del despacho del duque, fue el conde de Tallis quien la detuvo.

—No tiene autorización para entrar a importunar al duque. Si está preocupada por la señorita Ludlow, le avisaremos en cuanto la encontremos. Le aconsejo tomar el carruaje y volver a su casa, señorita Benwick.

Aubrey se volvió a mirar a ese hombre, desafiante.

—No quiera tratarme de imbécil, señor conde. Yo no me iré de aquí hasta tener la satisfacción de tener a mi amiga de nuevo.

Y antes que me diga que esta no es mi casa, le recuerdo que fue esa mujer, la tal condesa de Berry que ustedes están alojando esta noche aquí, quien trajo esa patraña.

— ¿Y qué va a hacer?, el duque no es tan contemplativo como yo.

—Voy a exigir ver esas supuestas cartas ¿usted cree que no conozco a mi amiga?, la están difamando y quiero saber por qué —contendió Aubrey, sin animo alguno de claudicar.

Dexter, en cualquier otro caso, hubiera podido contestar y echar a la joven, pero la fortaleza y el temple de esta joven, lo sorprendían.

Era totalmente inoportuno tener este tipo de ideas, con la tragedia que se cernía en la casa, y peor aún, por una muchacha que era como veinticinco años menor que él.

Le parecía una jovencita tenaz y valiente. Tenía un aire de antaño de una juvenil Victoria que tanto le gustó a él en ese pasado ya muerto, pero esta señorita Aubrey Benwick lo tenía más arraigado y fuerte, que se notaba que no se perdería, como se perdió la actual duquesa viuda de Suffolk.

Además, era bonita. Se sintió totalmente fuera de lugar al pensar en eso.

Pero la muchacha tenía razón. Una amiga cercana de la señorita Ludlow quizá podría ayudar en la pesquisa de búsqueda. Y mejor si era en ausencia de Angélica, quien estaba en las habitaciones que le asignaron.

—Sea, pero no tarde demasiado, señorita Benwick —autorizó el conde de Tallis.

Ella no respondió, pero le dirigió una mirada de alivio cuando golpeó la puerta para empujarla antes de que el morador que dijera que podía ingresar.

El conde de Tallis quedó afuera.

Aubrey encontró al duque, sentado en su despacho y tenía media botella vacía sobre la mesa.

— ¿Cómo la dejaron entrar, señorita? Ya debería usted haber vuelto a su casa —exigió saber el duque de mal humor.

Era cierto que aquel hombre inspiraba temor y deferencia, pero Aubrey no pensaba rendirse. Ya había derrotado antes al señor de Tallis.

—Excelencia, he venido a exigir ver las cartas que la condesa le entregó. Marjorie es amiga mía desde que éramos niñas y la conozco, que esta infamia que han puesto sobre su reputación no la puedo aceptar.

Wesley examinó a la insolente muchacha. Era la segunda vez en años, que alguien le demandaba algo.

La primera había sido Marjorie, pero claro, ella lo hizo porque lo creía un simple señor Langdon.

—No me agrada su tono, señorita Benwick.

—No me importa —contraatacó Aubrey y luego de pensarlo dos segundos, decidió arremeter con munición pesada —. ¿Es que no tiene usted algo de vergüenza de sus actos con Marjorie?, ella fue engañada por usted. Le dijo que era un señor Langdon de los arrabales, no sé con qué objetivo. Así que no suponga tener superioridad moral para denegarme mi petición. Yo la conozco más que usted, que además prefirió creer la versión de esa condesa.

Wesley casi se atraganta con el jerez que estaba bebiendo.

— ¿Qué demonios?

Aubrey confirmó de ese modo sus sospechas. El señor Langdon era el duque, pero sólo ahora lo corroboró. Ella tenía grabada la apariencia física del hombre que bailó enmascarado con Marjorie en la velada del señor Williams. Primero creyó que era el señor de Tallis, pero luego lo desechó, porque Marjorie lo describió como un hombre de unos treinta años.

—Excelencia, no voy a ponerme a hurgar en sus motivos. Eso se lo explicará a mi amiga cuando la tengamos de regreso. Yo sólo quiero ver las cartas, por favor.

Wesley, por primera vez no tenía ganas de seguir peleando, así que arrojó las cartas arrugadas hacia Aubrey, quien las cogió para examinarlas.

—Siéntese, señorita Benwick.

.

Le dolía la cabeza como nunca.

Pero poco a poco iba recobrando el sentido, pero algo iba mal, porque sentía las manos atadas por algún respaldo.

Cuando Marjorie finalmente abrió los ojos, pudo comprobar que estaba en una cama enorme con doseles de colores oscuros, que le supo tenebrosa. Hizo una rápida mirada por el sitio y no lo reconoció.

Lo último que recordaba era de haberse marchado enojada al descubrir la identidad verdadera de su querido señor Langdon.

Ese hombre nunca fue su señor Langdon, sino el duque de Suffolk, jugando una sucia distracción sólo para sacarla del foco de interés de su hermano, tal como le dijo la señora condesa.

Los recuerdos vividos de todo ese drama se agolparon en su mente, causándole más dolor que el físico que sentía por el golpe que recibió en la cabeza.

¿Dónde estaba?

¿Por qué tenía las manos amarradas?

Intentó quitárselas. Al menos aún seguía vestida, pero el sitio era completamente desconocido. Decidió gritar.

— ¡Ayuda!

Pero una escabrosa voz la hizo callar.

—Nadie te oirá, muchacha —un hombre alto penetró en la estancia.

Marjorie no necesitó mucho para distinguirlo como un caballero que solía ver en sus visitas en el pueblo. Tenía entendido que era un noble, pero no estaba segura.

La única vez que reparó en él, fue en un paseo con Aubrey, por el pueblo, donde su amiga le comentó que ese hombre era un sujeto bastante atractivo, pero que ese porte oscuro no le ayudaba. Marjorie recordó haber reído con el atrevido comentario de su amiga, y luego olvidó el asunto.

Pero definitivamente era ese mismo sujeto.

— ¿Qué estoy haciendo aquí? ¿Quién es usted? —preguntó Marjorie, mientras veía al sujeto recorrer la habitación.

—Muchas preguntas, Marjorie.

— ¿Cómo se atreve a llamarme por mi nombre de pila?

—Yo te llamaré como quiera, porque me perteneces. Te encuentras acordelada a esta cama, a mi merced ¿Qué te parece que te dice eso?

Marjorie palideció al entender el mensaje. Funestas ideas le vinieron al entender que ese hombre la había secuestrado para una horrible finalidad.

Quería abusar de ella.

Pero Marjorie no pensaba amilanarse. Como no poseía fuerza física, moriría luchando antes de dejar que ese hombre lograse su cometido. Y aunque lo consiguiese, ella no le daría el lujo de un buen rato. Lo iba a provocar y combatir con dialéctica.

Quería llorar, pero no iba a mostrarse débil ante un canalla imbécil.

Además ¿Quién podría salvarla?

El barón Ludlow, su pobre padre no sabría ni por dónde empezar. Su querido hermano Henry estaba tan lejos, e irónicamente trabajando con ese maldito del señor Langdon. No, ese malnacido no era el señor Langdon. Esa figura romántica y adorable solo vivía en su memoria y sus sueños.

Solo se tenía a ella misma, para enfrentarse ante un enfermo, sádico.

—Prefiero morir ¿me oyó? —desafió la joven.

—Es lo que te va a ocurrir, ya sea que no me satisfagas lo suficiente o porque quieras pasarte de lista, así que no fuerces tu destino, Marjorie.

— ¿Cómo fui a parar aquí?, al menos responda eso. Si voy a morir, que no sea en la supina ignorancia —preguntó la joven.

El sujeto pareció pensarlo unos segundos, y se sentó, mirando a Marjorie, con una mirada que la aterrorizaba, pero que ella procuraba fingir que no la sofocaba.

—Tu amiga, la condesa de Berry te vendió ¿satisfecha?, te crees astuta, pero tenías una amiga que estaba preparando el terreno para mí. Te cuento esto, porque me temo, querida Marjorie, que no serás liberada, luego de usarte. Eres demasiado desafiante y retadora. No puedo arriesgarme contigo, como hice con varias.

Marjorie se espantó. Porque de inmediato relacionó esa confesión con las múltiples desapariciones de muchachas en Derbyshire. Algunas, las de más pobre estirpe nunca volvieron, pero otras como Prissy Hunt volvieron anuladas y con la reputación destrozada.

—Es un monstruo…

—Si, tal vez. Pero un monstruo que acabaras deseando. Me gustan las mujeres vírgenes, es mi pasatiempo favorito. Me gusta sentirlas cuando su carne es tan tiesa aún, porque nadie las ha tomado aún. Ese placer es único, Marjorie. Así que te sugiero que te des a la idea —habló Angus, con total tranquilidad.

El hombre hablaba con una serenidad y placidez asombrosa.

—Una bestia como usted no tendrá futuro. Alguna vez lo van a descubrir y la pagará muy caro, ¡se lo juro! —bramó Marjorie, porque sabía que no tenía otra cosa que decir.

El sujeto se levantó y por un momento, la joven temió que fuera a por ella, pero él caminó hacia la puerta.

—Mandaré a alguien que te prepare. No voy a desvirgar a una mujer sudorosa y sucia. Sugiero que no te resistas, porque es a las buenas o a las bofetadas, tu escoges.

Angus salió luego de decir eso.

Luego de que ya se oyeran pasos del horrible hombre, Marjorie ya no pudo evitar llorar en silencio por su macabro destino.

Ya era la noche más horrible de su vida por saber la mentira de quien fuera su más querido señor Langdon, y ahora estaba a merced de una bestia profanadora.

Lloraba por su corazón y sus ilusiones rotas, las que tuvo con aquel sueño llamado Wesley Langdon.

Lloraba por su propio destino inmediato.

Lloraba por aquellas otras víctimas de ese horrendo criminal

Quería limpiarse las lágrimas, pero no podía al tener las manos sujetas. Aunque en medio de todo su horror, podría sonreír al no darle su preciado gusto a este delincuente fetichista de damas vestales.

Ella ya no era virgen, porque hace tres días le dio al hombre que tanto amaba, toda su virtud, aquella que sólo se reservaba al marido, porque se suponía que él debía de convertirse en el suyo.

En cambio, solo estaba jugando con ella, y evidentemente también sacó una satisfacción con aquel circo, orillándola a acostarse con él.

Se apresuró en tragarse los sollozos cuando oyó unos pasos y la puerta volvió a abrirse. Pero no era su captor, la que entró era una mujer de mediana edad de rostro atribulado.

—Mi señora, he venido a ayudarla a darse un baño. El conde me ha ordenado que se ponga usted uno de los vestidos del armario, que hizo confeccionar especialmente.

Marjorie palideció, porque con esas palabras se translucía que Angus estuvo planeado su secuestro hace tiempo, porque hasta ropa le tenía lista.

La mujer con aspecto de criada no se inmutó de nada con el aspecto de la muchacha, es como si estuviera acostumbrada y fuera cómplice de estos crímenes.

Le desató las cuerdas de las manos.

—Ni piense que puede escapar. Tras la puerta está esperando un lacayo de mi señor con órdenes de golpearla en caso de querer huir. Así que, usted misma.

La mujer la cogió fuertemente de un brazo y la llevó hacia una habitación adjunta que resultó ser la del aseo. Pero cuando la criada iba a empezar a desanudarle el corsé, Marjorie la golpeó con un cepillo en la cabeza lo suficientemente fuerte como para que la mujer perdiera el sentido.

Era ahora o nunca.

Marjorie decidió eso en la menor oportunidad. En milésimas de segundos, salió del aseo y regresó a la habitación. No tenía claro que hacer, así que puso su oreja tras la puerta de salida y en efecto oyó una respiración y pasos que parecían vigilar.

Lo que la criada dijo era cierto. Estaban vigilando.

—Piensa, Marjorie…piensa.

Estaba la ventana, así que se arrojó a mirar. Su decepción fue terrible al percatarse que estaba en un primer piso que daba a un jardín.

Quedarse tampoco era una opción. Vendría ese hombre horrible a violarla, y quien sabe que más, por culpa de haber herido a la sirvienta.

Abrió la claraboya, respiró hondo y se arrojó.

.

.

.

—Es idéntica, pero no es la letra de Marjorie —concluyó Aubrey, luego de estudiar las cartas por largos minutos. Ella conocía a su querida amiga, como nadie, y mejor que su propio amante, el señor Langdon o, mejor dicho, el duque de Suffolk.

No era su letra.

No eran sus palabras.

No condecía con la forma de ser de Marjorie.

Ella no era una cazafortunas y una jugadora de hombres.

—Excelencia, no esperemos a las cuadrillas de hombres que mandaron a los caminos, porque vendrán con las manos vacías. Le juro por mi vida y honor que estas cartas no son de Marjorie —pidió Aubrey con ruego.

Wesley miraba hacia la ventana, sin responder.

Pero Aubrey no iba a darse por vencida.

— ¿Usted la ama?

—Eso no le interesa a usted.

— ¡Claro que me importa!

Igual Wesley no tenía animo de seguir replicando o negando lo evidente.

—Con toda mi alma, por eso me duele tanto que quizá me haya equivocado de nuevo —agregó él

—No se ha equivocado, se lo juro. Yo sé que, si encontramos a Marjorie, la buscamos, ella acabará perdonándole en algún momento por su jueguito del señor Langdon; no es una muchacha rencorosa.

Wesley miró a la jovencita y luego a las cartas, parecía que iba a tomar una decisión, cuando la puerta del despacho se abrió intempestivamente.

—Es que ya nadie toca la puerta antes de entrar...—gruñó el duque.

Los que entraron eran su tío Dexter, acompañado del señor Harrison.

Al hacerlo, el conde de Tallis y Aubrey cruzaron brevemente las miradas.

—Wesley, uno de los mozos de cuadras...un tal Fern habló y confesó algo —anunció Dexter

—Excelencia —tomó la palabra el señor Harrison —. Hace días venimos investigando a dos criados, por extrañas escapadas; lo hicimos porque pensaba que robaban cosas de la casa, pero acabamos de interrogar a Fern, el mozo de cuadras y nos admite que estuvo llevando en carreta a una doncella llamada, Murron. Hemos acorralado a esa muchacha, justo cuando llegaba de una salida sin permiso.

Wesley miró expectante.

— ¿Qué confesaron?

—Fern, es inocente sin duda, sólo un mozo estúpido, pero Murron, la doncella estuvo vendiendo información de esta casa y esta noche, ayudó a la realización de un crimen —arrimó Dexter

Wesley no era imbécil, apretó los puños porque estaba entendiendo que había ocurrido algo horrible y sospechaba quien era la autora moral y el nexo.

—Murron reveló que la compradora de la información es la condesa viuda de Berry, Angélica, y así mismo ella fue quien le dio monedas, para que esta noche vigilara un lugar, donde apareció un hombre que raptó a la señorita Ludlow. Murron dice desconocer la identidad del sujeto.

Aubrey se puso roja de la indignación.

Wesley hizo acopio de todo su autocontrol, nunca antes había golpeado a una mujer, pero ahora deseaba sacarle la verdad a golpes a esa furcia de Angélica, a quien tenía ahora bajo su propio techo.

No necesitó más y allí mismo salió en busca de esa malnacida.

Dexter lo siguió junto con el señor Harrison, porque el duque de Suffolk tenía todo el aspecto de ir a cometer un homicidio.

Aubrey también se unió. Esa maldita zorra nunca le cayó bien. Y si el duque no la mataba, lo haría ella.

.

.

.

Marjorie rodó en el suelo. Hizo trizas parte de su vestido que se ensució por completo, pero no sufrió tantos golpes, pero si varios rasguños. Estaba descalza, aterrorizada y aun incrédula por lo que acababa de hacer. Miró a todas partes y no vio a nadie, pero escuchó unas voces.

¿Cuánto tardaría su captor en darse cuenta de su huida?

Puede que la criada recupere el sentido y le alertase.

No estaba segura de donde estaba, pero finalmente sus ojos se toparon con algo esperanzador.

Los establos. Si podía robarse un caballo y salir a los caminos, y con suerte pedir ayuda.

Así que empezó a andar para acortar distancia con las caballerizas.

Afortunadamente estaba vacío. No veía mozos de cuadra o algún otro sirviente, pero se tuvo que ocultar tras la paja cuando oyó de nuevo voces que conversaban, y que pasaban. Seguro eran los criados de los corrales.

Cuando sintió que no oía nada, empezó a pasear su mirada por el lugar. Habia unas yeguas, podía tomar una y montarla a pelo, porque no sabía cómo se la ensillaba.

Cualquier cosa, con tal de huir de ese lugar.

Pero cuando al fin se decidió a subir a la que parecía más mansa, luego de haberle hecho algunos cariñitos y caricias, sintió un fuerte tirón en el cabello, que la lanzó al suelo con violencia.

— ¡Eres una maldita meretriz! ¿Cómo te atreves a querer huir?

La sombría voz de su secuestrador hizo que su piel se erizara de terror.

Además del dolor que sintió al ser empujada con violencia del cabello hacia el suelo.

¿Qué podía hacer ella contra ese hombre?

Los ojos de ese sujeto clamaban por violencia y adrenalina.

—Quería ser cortés contigo y deseaba que tu primera vez fuera algo menos dolorosa para ti. Pero he cambiado de opinión ya que te niegas a colaborar.

Marjorie intentó arrastrarse hacia afuera, pero él la cogió de las piernas para jalarla de nuevo.

— ¿Te gustan los establos?, pues bien, haré que te bañen aquí como se hace como los animales y te tomaré aquí mismo ¿te gusta la idea?

Y antes de que Marjorie pudiera decir algo, aparecieron dos mujeres. La misma criada de antes y otra, cargando baldones de agua.

Pensaban bañarla allí mismo, en medio del estiércol del establo.

—Avisen cuando esté lista. Déjenla desnuda, sin ropa alguna ¿quedó claro?

— ¡No, por favor! —gritó Marjorie, pero su pedido de auxilio se perdió, cuando una de las criadas le golpeó tan fuerte la cabeza, que hizo que se atontara, mientras la otra le rasgaba el vestido a tirones.

.
.
.

Angélica se levantó asustada, cuando su puerta se abrió de una patada certera del duque de Suffolk.

Ni siquiera tuvo tiempo de sacar su lengua viperina, cuando Wesley la cogió del cuello.

— ¡Habla! o te mataré aquí mismo ¿Dónde está Marjorie?

Presionó tan fuerte que Dexter temió que la matara allí mismo, y Wesley no tuvo más remedio que soltarla, pero como Angélica no soltaba prenda, entonces fue Aubrey, quien le saltó encima a darle bofetadas.

— ¿Dónde está Marjorie, maldita bruja?

Todo fue tan repentino, que Angélica se estaba mareando, del apretón de cuello de Wesley primero y luego con los golpes de esa chiquilla.

—Si nos dices donde se la llevaron, te garantizamos un periodo de gracia para que huyas —ofreció Dexter, acercándose a separar a Aubrey de Angélica.

—Aunque prefiero matarla —añadió Wesley

Angélica se limpió el reguero de sangre que le salía por la boca. Estaba atrapada y rodeada.

Hurgó en su mente en búsqueda de alguna solución fácil o alguna herramienta de manipulación.

Miró a Wesley, y era claro que la mataría sin contemplaciones. Era evidente que no le guardaba ningún tipo de cariño en honor a tiempos pasados.

Siempre fue una gran jugadora en artimañas y argucias. Pero ahora estaba acorralada.

Pero ellos ya sabían la verdad y la atraparon. Tenía que jugar bien sus cartas si quería sobrevivir, porque si la denunciaban podía ser incluso ejecutada.

Había perdido esta jugada. Y pensaba tomar el salvoconducto que mencionaba el conde de Tallis. Debía estar lejos de allí, antes que los crímenes y abusos de Angus la salpicaran.

Salvaría su pellejo, aunque eso le costase su deseo de ser duquesa de Suffolk.

—La tiene Angus, el conde de Mercy —finalmente confesó.

Capítulo 18

Angus odiaba que lo desafíen. Detestaba que lo provocaran o que rehusaran cumplir sus deseos. Su sadismo y fetichismo por jóvenes doncellas se sustentaba en el hecho de que eran domables, extorsionables, fáciles de coaccionar al no tener experiencia de vida.

Le había resultado hasta ahora y, por ende, salido impune de los crímenes sexuales cometidos a lo largo de su historial delictivo.

Pero pese a eso, se sentía terriblemente excitado ante la rebeldía y oposición demostrada por aquella jovencita. El solo hecho de pensar en tomar a una muchacha aguerrida, se le presentaba como la experiencia más erótica que podría tener.

Podría haber abusado de ella hace un rato, pero se contuvo, porque aún tenía sus aspavientos de conde, y la quería limpia, aseada, y no sucia como estaba. Eso sí, cumpliría su fantasía de violarla en aquel establo.

Se había puesto furioso, cuando la criada fue a alertarle que la chiquilla escapó. No fue difícil encontrarla y le hubiera encantado molerla a palos, pero no quería poseer el cuerpo de una mujer magullada. Podría golpearla después, luego de arrebatarle su doncellez.

Sonreía de lado, en todo el placer que sentiría.

Esa bruja de Angélica le había cumplido. Suponía que en estos momentos estaría cubriendo sus huellas y creando aquel cuento imaginario que justificaría la desaparición de la muchacha.

Realmente era una intrigante, especialista en tretas y ardides. Seguiría usando sus costosos servicios, porque era eficiente.

Arqueó una ceja al pensar en la ambición de Angélica, la de convertirse en la futura duquesa de Suffolk. Lo cual era ridículo que ocurriera, porque suponía que el duque nunca olvidó la afrenta de ella de cuando eran jóvenes.

Ese hombre, el duque era un sujeto muy interesante. Se embarcó a Estados Unidos en plena bancarrota de su familia, haciéndose rico en tierra americana, trabajando como pocos aristócratas ingleses podrían. Pero en Inglaterra estaba decidido a mantener su impecable status de noble y señor lejano de quienes estaban por debajo de él.

Por eso no creía que el duque volviera a fijarse en Angélica, que era una viuda empobrecida, con una pensión que no valía nada.

En eso, las dos mujeres que estuvieron aseando a Marjorie, salieron del establo.

—Ya está lista, milord.

—Largo de aquí, no quiero a nadie cerca ¿me oyeron? —ordenó.

Las mujeres asintieron y se marcharon de prisa para la casa. El lacayo que custodiaba el sitio también las siguió.

Su señor deseaba estar solo con la joven.

Angus se dirigió hasta el lugar, con pasos lentos pero terroríficos, como quien está a punto de acechar a una presa salvaje, para domarla y montarla. Le divertía profundamente el pensar en la anulación del carácter de aquella jovencita, luego de la posesión de él.

Él le enseñaría quien mandaba, domesticándola a base del sometimiento y el dominio de su cuerpo.

Empezó a quitarse el pañuelo del cuello y desabotonarse parte de la camisola, mientras entraba al corral.

Lo que vio, lo excitó al frenesí. Marjorie había dado problemas y le ataron las manos hacia arriba por un respaldo de madera. Tenía la boca tapada con una tela para que no gritara y se veía notablemente mareada. Las criadas la habrán golpeado para que se quedase en un sitio.

Estaba desnuda. Sólo una sábana blanca por encima. La increíble visión con la cual Angus se estaba recreando era sensual y voluptuoso. Limpio, pero con la dosis de suciedad exacta, al estar en una caballeriza llena de paja.

Pagó mucho dinero por esta muchachita. Ahora descubriría si valió la pena.

Se pasó la lengua por los labios en un gesto lujurioso y se arrodilló junto a la joven que quería gritar y no podía, por estar con la boca vendada.

Pero sus ojos translucían autentico miedo y asco.

Marjorie se juró a si misma que resistiría lo que pudiera. ¿Pero que podría una mujer maniatada en desproporción física con aquel sujeto tan fuerte?

Intentó dar patadas en un intento de no dejar las piernas quietas, mientras él se quitaba los pantalones.

Él tomó sus piernas, para separarlas de forma brutal y viendo que Marjorie no las dejaba en un sitio, Angus le propinó una bofetada que le cruzó el rostro a la muchacha.

Se acercó, preparado para tomar a la fuerza a Marjorie. A solo centímetros del objetivo, cuando un dolor punzante le impactó en el hombro derecho junto a un sonido estremecedor.

Marjorie, quien había cerrado los ojos, esperando el forzamiento, pero el ruido y la salpicadura tibia de un líquido que le cayó por las piernas, hizo que mirara.

Angus recibió un disparo.

Aún estaba mareada por la ultima trompada, pero pudo distinguir gritos y lo siguiente que vio fue a Wesley arrojándose sobre Angus, para golpearlo de modo bestial a puños en el rostro de aquel depravado.

Notó que más gente se acercaba. Finalmente distinguió a su padre, que la besó en las mejillas y la acarició, envolviéndola con la sabana y cargándola en brazos.

Marjorie quiso girar la cabeza a ver que si aquella imagen de Wesley había sido real o imaginaria.

Ya no pudo hacerlo, porque perdió el conocimiento antes de que su padre la subiera al carruaje.

.

.

Marjorie despertó al sentir al sentir el aroma a café ¿café? ¿Por qué ese olor?

Abrió los ojos y ya no estaba en aquel establo o en la habitación de ese tal Angus.

No estaba segura del tiempo transcurrido, pero no fue una pesadilla, fue real como que aún le dolían partes del cuerpo por tirarse de la ventana y el rostro, por las bofetadas que le propinaron.

Estaba en su propia habitación y por la luz de las ventanas, podía notar que ya no era de noche, sino de día. Enseguida reparó en Aubrey, que estaba mojando un paño en agua, y cuando notó que ella despertó, se acercó de inmediato.

—! Marjorie, has despertado!

Marjorie sonrió débilmente y Aubrey la llenó de besos.

—Me alegra tanto, querida Marjorie.

Marjorie, quien aún seguía aturdida preguntó: — ¿Cuánto tiempo ha pasado desde que estoy así?

—Fuiste rescatada anteanoche y desde entonces has estado durmiendo. El medico dice que tienes algunos golpes que no son graves en la cabeza y en el cuerpo. Te ha estado suministrando medicina que te hizo dormir, para que tu cuerpo descansara. Pero necesitarás reposar un poco más —narró Aubrey, sosteniendo la mano de su amiga.

—Cuéntame todo, Aubrey…

—Marjorie, no es necesario torturarse ahora…

—Por favor, necesito saber. Tengo recuerdos, pero son borrosos, necesito y deseo que me cuentes todo lo que ocurrió, ese hombre…el duque estuvo allí, ¿verdad?

Aubrey se resignó. De todos modos, pensaba contarle todo, sólo que esperaba que Marjorie, al menos pudiera levantarse.

—Luego de que la condesa de Berry nos confesó que te vendió, el duque, su tío, tu padre y un grupo de hombres del duque fueron en tu búsqueda. Te salvaron justo a tiempo, antes que ese malnacido abusara de ti. El propio duque lo hirió en el hombro con un balazo, luego… —Aubrey parecía dudar en seguir con los escabrosos detalles.

—Sigue, por favor…no te guardes nada.

—Le deformó el rostro a golpes. La cara del conde de Mercy quedó desfigurada con los puños del duque. Tuvieron que quitárselo de encima o lo hubiera matado. Ese hombre horrible ahora está en cama, pero bajo custodia de las autoridades. Ya no te puede hacerte daño, Marjorie —adujo Aubrey, esto último lo mencionó con el objeto de tranquilizar a su amiga sobre el destino de ese criminal.

— ¿Cómo está mi padre?

—Estuvo muy angustiado, y se sentía muy culpable por haber sido engañado por la condesa, Además muchas personas del pueblo vinieron a hablar, porque el caso de conde de Mercy es mucho más grave aún, ya que aparentemente estuvo tras la desaparición de Prissy Hunt. Pero el caso ya está con las autoridades, y con la declaración de duque de Suffolk, el conde de Tallis y tu padre, la investigación ya puede darse casi por satisfecha.

—Ese hombre es un miserable, espero que pague —mencionó Marjorie.

Ambas amigas se miraron. Era evidente que Marjorie deseaba preguntar algo, mejor dicho, por alguien, pero prefirió callarse.

—Iré a avisar a tu padre, que despertaste. Estaba muy preocupado por ti. Volveré enseguida.

.
.
.

El salón de la casa de Ludlow nunca había tenido dos visitas tan distinguidas de forma casi permanente. Tanto que rayaba la descortesía, porque el duque de Suffolk y su tío casi no salían de Ludlow House.

El barón los atendía y permanecía con ellos, manteniendo la vela por Marjorie. Agradecía a esos caballeros tan importantes que se preocuparan tanto por su hija.

Gracias a ellos fue que se descubrió el ardid de esa mujer, que cometió el delito de vender a su hija. El barón Ludlow enrojecía de rabia cada vez que recordaba el asunto.

Luego de esto, vendrían engorrosas audiencias para procesar a ese hombre tan peligroso.

Al padre de Marjorie no dejaba de serle notable aquella reacción del duque, en defensa del honor de su hija. Se lo agradecía, claro está, pero era curioso.

Las cartas que presentó la condesa para incriminar a Marjorie eran falsas, pero le llamó la atención parte del contenido de una, que mencionaba a un tal señor Langdon. Pero tampoco se pondría en plan de acusar a su hija, siendo que acababa de ser rescatada de un infierno y él se merecía algún castigo por haberla descuidado tanto.

En eso, la joven Aubrey vino apareciendo en el salón con una sonrisa en el rostro.

Wesley y Dexter se levantaron al verla.

—Marjorie ha despertado y está lúcida. Ha preguntado por usted, barón Ludlow —anunció la joven.

El hombre no esperó más y corrió al interior a ver a su querida hija.

En el salón, y en medio de un incómodo silencio quedaron Aubrey y ambos hombres.

Aubrey sentía que el duque de Suffolk le debía una explicación a ella y por sobre todo a Marjorie. Aubrey no era ciega, y aunque Marjorie no había dicho nada, era evidente, que luego del dolor físico, estaba lo de la pena emocional por el engaño del duque.

Aubrey se acercó con intención de decirle unas palabras al duque, pero Dexter se adelantó.

—Señorita Benwick ¿Cómo se encontraba la señorita Ludlow?

Esa pregunta pareció desarmar un poco el intento belicoso de Aubrey. Además, que la estampa física del conde de Tallis le causaba siempre una honda impresión. No entendía el motivo de aquella impronta.

—Marjorie ya está mejor. Solo precisará descansar un poco, sus heridas físicas no eran graves y el golpe en la cabeza no llegó a contusión, como dijo el médico.

—Me alegro que sea así —respondió Dexter

Fue el turno de Wesley de decir algo.

—Quisiera pasar a verla, si es posible

— ¿Para qué? —refutó Aubrey —. No es cortés ni apropiado visitar a una dama en convalecencia, seguro que lo suyo puede esperar.

Wesley tuvo el primer impulso de ser grosero, pero se contuvo. Aubrey era la amiga íntima, más querida de Marjorie.

Decidió que tenía razón en cuanto que debía dejar a Marjorie descansar un poco, antes de intentar conversar con ella.

Prefirió retirarse por ese día, pero regresaría todos los días, para interiorizarse de su condición, así como de la posibilidad de conversar con ella.

.

.

.

Dos días más tarde, el duque, en su impaciencia y atendiendo el informe del galeno, que hablaba de la buena condición física de Marjorie, decidió ir por la yugular.

Arrancarle el permiso al padre de ella.

Obviamente el barón se lo concedió. Era imposible negarle algo a ese hombre. Aunque no comprendía tanta prisa.

Además, Marjorie ya no estaba en cama, pero si permanecía en el sillón, en el mayor de los reposos. Nancy, su vieja institutriz y Aubrey no la dejaban nunca, y se desvivían por atenderla.

Aubrey le había avisado que el duque pidió permiso para verla, así que Marjorie se preparó mentalmente para el encuentro.

¿Qué podría querer ese hombre?

Luego de haberse burlado de ella. Quizá buscaba algún agradecimiento por el rescate, y que Marjorie, con toda la cortesía del mundo que corresponde, se lo daría. Pero nada más.

Cuando Wesley ingresó a las habitaciones, por poco el autocontrol de Marjorie se resquebrajó.

Alto, portentoso y dueño de una poderosa estampa varonil, la figura del duque de Suffolk llenó el lugar, con solo entrar.

Nancy estaba presente, porque no era apropiado dejar a la señorita con un caballero sin chaperona.

Pero la buena mujer no tuvo más remedio que obedecer cuando el propio duque se lo pidió.

—Señora ¿podría dejarnos? Será sólo un momento, y le prometo que ese rato, el honor de su protegida no será dañado.

Nancy miró al duque y a Marjorie. La situación era inconveniente, pero tampoco podía atreverse en poner en entredicho a un caballero como el duque de Suffolk.

—El duque no se quedará mucho tiempo —refirió Marjorie, autorizando a Nancy a salir, pero mirando con frialdad a Wesley.

Era irónico que ese timador se refiriera a la protección de su honor, siendo que él, abusando de su confianza hace unos días, le arrebató la virtud y la doncellez, valiéndose de una artimaña.

La enamoró como a una imbécil, para usarla en su jueguito de snob, pensando lo peor de ella.

Pero a todo, mirarlo allí, parado en el medio de su habitación, le producía que algo muy cálido se le subiera por la columna hasta la cabeza. Ella lo amaba y no podía evitarlo.

Una vez que Nancy se marchó, dejándolos a solas, Wesley se acercó cautelosamente hacia el sillón de ella y se sentó enfrente.

En la mesilla había té.

Marjorie apartó la mirada.

— ¿A que debo el honor, su excelencia?

Wesley frunció la boca.

—No hace falta tanta formalidad, Marjorie. Sabes quién soy.

— ¿Lo sé? —preguntó Marjorie, procurando no derramar unas lágrimas traicioneras

—Sé que te engañé, y admito que fue con un propósito poco digno de ti, pero eso solo fue al comienzo. Yo no he mentido sobre el resto, Marjorie. Sigo siendo el mismo, todas esas charlas y visitas que compartimos. Es quien soy, sólo que con otro nombre.

—No eres el señor Langdon, eso lo tengo claro. Eres otro hombre, capaz de lo peor, sólo por proteger el nombre de su hermano, y ¡claro!, su fortuna ¿no era por ello que te rebajaste a montar este número?

Wesley sabía que se merecía cada una de las palabras hirientes que ella le decía. Se lo había ganado a pulso.

—Mi propuesta matrimonial era seria. Y sigue en pie. No podría casarme con otra mujer que no seas tú. Sé que fui un mentiroso y un patán, pero nunca quise hacerte autentico daño. Soy el mismo hombre que conociste, sólo con que un título.

Marjorie no sabía si reír o llorar.

—Yo no he aceptado esa propuesta de matrimonio. Tampoco voy a hacerlo —amenazó ella

Wesley, a esas alturas, ya estaba perdiendo la paciencia. Era la primera vez que alguien le negaba algo y se ponía en sus trece con su argumento en contra.

Marjorie tendría que perdonarlo alguna vez.

Decidió que podría forzarla, y tenía con qué.

—Vamos a casarnos —adujo él, muy serio

—Por supuesto que no.

—Claro que lo haremos, y más cuando le pida a tu padre tu mano, y le confiese que comprometí tu honor. Se lo diré, Marjorie…que no te quepa duda de que, si tengo que forzarte, lo haré. Ningún hombre, ¡ningún otro! Va a tomar lo que es legítimamente mío ¿me oyes?

— ¿Y esta es tu amenaza? —Marjorie se ruborizó de la indignación —. Adelante, hazlo, puedes obligarme. Y si nos casamos por eso, algo debes tener en claro ¡que te odiaré todos los días de tu vida si lo haces! Nuestro matrimonio será un infierno, lo juro.

—No intentes provocarme, Marjorie —contestó él, levantándose —. Iré a hablar con tu padre, te lo advierto para que estés lista.

Marjorie no pudo replicarle más porque él se marchó.

Pero apenas Wesley desapareció, Marjorie se echó a llorar.

En el fondo de su corazón, quería aceptarle, pero él le había mentido, engañado y pensado lo peor de ella. No era algo que podía olvidar fácilmente.

Y ahora hablaría con su padre y tendría que casarse con él a base del apremio y la coacción.

.

Aubrey estaba pendiente en el pasillo, así que cuando vio a Wesley salir dando un portazo, se apresuró a entrar a verificar lo que ocurría.

Wesley cogió su sombrero y se marchó para Hardwick Hall.

Aubrey encontró a Marjorie llorando y odió al duque por eso.

— ¿Qué te ha dicho ese hombre?

—Va a obligarme a casarme con él ¿puedes creerlo?

Aubrey la abrazó.

—Pero tu ibas a casarte con él ¿recuerdas?

—Pero en aquel momento era diferente.

Marjorie se levantó con cierta dificultad del sillón y fue a la ventana. Su mirada se posó en los picos del edificio de Hardwick Hall. Tan imponente y monumental. Siempre estuvo conectada a ese lugar, de alguna u otra manera.

Recordaba todos los momentos pasados junto a Wesley. Nunca olvidaría aquel mágico paseo a Villa Edgerton, y sus conversaciones sobre toda clase de temas. Tampoco que la bebida favorita de él era el café y que tenía un talento especial para dibujar y diseñar edificios.

— ¿Sabes, Aubrey?, creo que siempre amaré la fantasía sobre mí y el señor Langdon, aunque haya sido una mentira.

Aubrey, quien estaba muy sensible, no creía ser la persona más adecuada para dar consejos.

En estos momentos, ella se encontraba en un dilema moral por causa de su compromiso con el señor Ambrose, noble ministro de la Iglesia.

En estos días, había visto el ardor con la que el propio duque buscaba a Marjorie y también la mirada vehemente de ella, cuando recordaba a ese hombre, aun cuando lo negare.

Símbolo inequívoco de amor y pasión, aunque se haya iniciado por pretextos erróneos, Aubrey sabía que aquello era amor.

El duque la fue a buscar y hubiera matado a ese conde de Mercy, por amor a ella.

Aubrey hubiera deseado poder tener algo de aquello.

Su alma de amiga y mujer la empujaba a aconsejar a Marjorie, que siguiera rechazando al duque, pero el otro, la parte suya que estaba anhelante de afecto, le impulsaba a decirle que ya no siguiera rechazando a ese hombre.

—Marjorie, no puedes culparte por eso, amamos a quien amamos. No puedes elegir. Así como tampoco, puedes escoger, cuando ya han elegido por ti. Somos mujeres viviendo en una época difícil.

Ambas amigas se miraron y Marjorie entendió que, pese a toda la coraza mostrada por Aubrey y esa tremenda fuerza que emanaba, era claro que, en esa habitación, Marjorie no era la única con el corazón confundido y apenado.

.

.

.

Wesley arrojó el sombrero y la fusta.

El señor Harrison creyó prudente cogerlas y luego marcharse de prisa a seguir con las labores. Su amo no estaba de humor.

Wesley estaba de pésimo genio y convencido de cumplir su amenaza a Marjorie. La de conminarla, contándole a su padre que existían razones para que ellos se casaran.

Se sentó en el salón. Podía beber algo de jerez, pero era muy temprano.

Marjorie había rechazado su propuesta de matrimonio y eso lo enfurecía. Comprendía que estaba enojada, pero entre ellos ya no existían las medias tintas, algo irreparable ocurrió entre ellos y Wesley era consciente de haber tomado su pureza. Solo eso ya era motivo suficiente para que se casaran de inmediato. Pero lo cierto, que su principal razón era porque la amaba.

Recordaba como enfureció al saber de la treta de Angélica. La hubiera matado allí mismo de no ser por su tío Dexter, quien fue algo más diplomático, ofreciéndole un tiempo para huir a cambio de la identidad del hombre que raptó a Marjorie.

Pero sí que perdió por completo la cabeza, al ver a esa bestia de Angus a punto de profanar a Marjorie. Ella había luchado y resistido como pudo, peleando como una campeona, para preservar su honor.

Wesley halló paz al golpear a ese sujeto hasta deformarle el rostro. También lo hubiera matado a golpes, si los hombres que fueron con él, no lo hubieran separado.

Tenía un carácter con tendencia explosiva. Como por ejemplo ahora, que no tuvo mejor idea que amenazar a Marjorie para que se casara con él.

Quería decirle palabras bonitas.

Que la vida le robó las ilusiones y que el desengaño lo hizo desconfiado. Pero que al final, su corazón frío e incrédulo no pudo evitar sucumbir ante la dulzura y ternura de ella.

En sus brazos se había sentido finalmente alguien diferente. Alguien en paz consigo mismo y con el mundo y quería más de eso.

Pero las palabras no le salían fácil de la boca, y al final acabó marchándose enojado con ella, luego de intimidarla.

Tocó la campanilla. Luego de tomarse un café, volvería a casa de los Ludlow para hablar con el barón.

.

.

.

Al día siguiente, Marjorie despertó temprano, y aunque insistió en que ya estaba mejor, su padre quiso que le trajeran el desayuno a la habitación.

Aubrey había regresado a su casa, con la promesa de volver por la tarde.

Marjorie sentía que su amiga le ocultaba algo. Nunca fue particularmente entusiasta con el compromiso de matrimonio con aquel hombre de Devonshire y ahora parecía totalmente desmoralizada con respecto a esa boda, que se acercaba.

Otra cosa que la inquietaba era saber si el duque de Suffolk vendría a visitarla hoy y si cumpliría su amenaza de contarle a su padre sobre que ambos cometieron algo irreparable cuya única solución era una boda inmediata.

En el fondo de su corazón, sí que quería aquello.

Pero no deseaba que fuera en estas condiciones, como si fuera una obligación, y cuando aún estaba pendiente algo entre ellos.

En eso, alguien tocó la puerta, y entró su padre con el rostro indescifrable.

Marjorie tragó saliva.

—Hija, el duque de Suffolk vino anoche a hablarme de algo.

Capítulo 19

Marjorie esperaba un sermón de su padre, pero en cambio el barón Ludlow quitó un pañuelo del bolsillo de la levita y se sentó.

—El duque me ha informado que nuestro Henry esta de camino a Europa, de vuelta. Tomó el barco hace una semana y tendría que ser una sorpresa. Podemos esperarlo llegar en cuatro semanas.

Marjorie se sentó, en parte por el alivio y otra por el asombro. Ella esperaba una regañina de su padre, además la noticia de su próxima boda obligada. Pero no, Lord Ludlow se veía feliz de que pronto tendría en su casa a su querido hijo varón.

— ¿Es todo lo que ha dicho? —preguntó Marjorie

—También fue claro en reiterar que estamos invitados a cenar en Hardwick Hall en cuanto estés recuperada.

Marjorie no entendía lo que ocurría. Él la había amedrentado.

A cambio lo que venía era la maravillosa noticia de que su hermano estaba en camino.

Oh, su amado y querido Henry. Cuanto lo añoraba. Además de ella misma, su padre se había sentido muy solo sin su compañía. Seguro estaba convertido en un apuesto caballero. Tantos años sin verlo.

Aun así, esto le intrigaba.

Marjorie no entendía y tampoco podía coger el impulso de ir a preguntárselo al señor Langdon…mejor dicho al gran duque de Suffolk.

Esa no fue la única noticia extraña que oyó.

Dos días después, en el desayuno, al cual Marjorie ya pudo bajar, porque estaba aburrida de estar en su habitación, pudo oír a su padre comentar algo a su administrador.

—Milord, yo mismo he recibido las directivas del propio duque y estoy sorprendido.

— ¿Seguro que habéis oído bien?

—Por supuesto, milord, estoy más que seguro. El duque instruyó a dos de sus abogados para que intervinieran en el conflicto —aseguró el señor Brands, administrador del barón, que fue invitado a desayunar.

Marjorie, curiosa de naturaleza, y más al oír la mención sobre un duque, decidió preguntar.

— ¿Qué ocurre, padre?

—Algo inaudito. El propio duque de Suffolk nos hizo el favor de mandarnos a dos de sus abogados para arreglar una disputa con arrendatarios. La gestión ha sido tan buena, que el problema se arregló allí mismo, sin costo para nosotros. Llevábamos meses, junto al señor Brands, intentando hallar una solución —contó el barón —. No sé cómo se enteró, pero su mediación, ha zanjado el conflicto.

Marjorie tuvo que contenerse para que no se le cayera la servilleta.

¿Es que podía haber un momento del día en el cual no oyera de la vida y milagros del duque?

¿Desde cuándo un gran señor como ése que nunca se preocupó por cosas así, de repente se pusiera a intervenir?

Por otro lado, resultaba extraño, que desde la vez que la amenazara, él no había vuelto.

Necesitaba buscar algo con que ocupar su mente, pero Nancy fue tajante en decirle que olvidara en querer ir a las cocinas a hacer dulces. Marjorie estaba muy bien, si se tenía en cuenta que solo días antes fuera secuestrada y golpeada. Solo conservaba algunos rasguños como restos de aquella noche y muchos malos recuerdos.

Aunque esos malos recuerdos fueron sustituidos con la imagen de la revelación de la identidad de su señor Langdon, que fue un golpe para su corazón, al saberse engañada y burlada.

Era cierto, que no podía perdonar a ese hombre, pero también se moría por verlo.

¿Por qué no venía?

Por lo menos para que ella lo rechazara.

.

—El duque de Suffolk se fue a Londres. Ha ocurrido algo espantoso, Marjorie —informó Aubrey, apenas entró junto a Marjorie, quien procuraba tocar el pianoforte en la sala, como siempre que estaba inquieta.

— ¿Cómo sabes eso? ¿Qué es tan espantoso?

—El conde de Tallis se quedó en Hardwick Hall y él me confirmó el viaje del duque. Lo espantoso fue que hallaron muerto al conde de Mercy, en la celda. Lo iban trasladar, pero el alguacil lo halló muerto esta mañana. Fue envenenado.

— ¡Qué horror! ¿acaso atentó contra su propia vida?

—Él ha dañado a muchas mujeres. Por ende, había familias furiosas y deseosas de venganza. Por ejemplo, si tu padre fuera más vengativo, probablemente lo hubiera hecho él mismo.

Marjorie se levantó y caminó hacia el ventanal.

Era cierto que odiaba a Angus, pero no esperaba oír una noticia así tan repentina. Habia pasado dos semanas desde el ataque y Marjorie solía pensarlo como una pesadilla, por la velocidad con la que ocurrieron las cosas.

— ¿Y eso que tiene que ver con lo primero que me dijiste?, eso de que el duque se fue a Londres.

Aubrey, quien estaba picoteando un trozo de fruta de una bandeja, asintió con la cabeza.

—Es que sé que es una noticia que te interesa saber, y no pongas esa cara —observó Aubrey suspicaz, al ver la expresión reprobatoria de Marjorie.

Pero Marjorie no quiso quedarse atrás.

—Dices que te lo contado el conde de Tallis ¿desde cuándo conversas con ese señor?

Aubrey enrojeció con la mención y casi se atraganta con el pedazo de manzana.

— ¿Es que no puede uno hablar con un caballero respetable?, además estoy comprometida ¿lo olvidaste?

—Yo no olvidé eso ¿y tú?

Aubrey se ruborizó aún más profundamente. Marjorie la estudió unos momentos. No valía la pena presionarla, pero era notorio que Aubrey era profundamente indiferente a su compromiso. Nunca hablaba de su prometido y nunca hacia planes para ir a Devonshire. Ni siquiera había comenzado a preparar su ajuar de boda, algo que cualquier muchacha estaría feliz de organizar.

—Créeme que no dejo de pensar en ello ¿podemos hablar de otra cosa? —pidió Aubrey

Marjorie asintió.

— ¿No quieres tocar una pieza en el piano?, sabes que somos buenas ejecutando esta cosa cuando estamos nerviosas —le ofreció Marjorie.

Aubrey sonrió. Es que Marjorie siempre tenía la fórmula para relajarla.

Las amigas compartieron el banco, y jugaron a tocar unas piezas, pero, aunque Marjorie intentaba concentrarse, las manos le temblaban y sudaba sin poder evitarlo.

— ¿Qué más te ha dicho el conde de Tallis?

Aubrey suspiró.

—Que el duque sólo viajó un momento, a por su familia. Volverá, Marjorie.

— ¡Yo no he preguntado eso!

—Pero es lo que verdaderamente quieres saber y ya deja de fingir que no te interesa. Es cierto que el duque no es santo de mi devoción, pero no es un mal hombre. Esos días que estabas confinada en cama luego del ataque de Angus, él vino aquí todos los días y se ha interesado por ti —narró Aubrey, sin levantar la mirada de las teclas del pianoforte.

—Además de mentirme, también me ha amenazado ¿Cómo crees que deba sentirme? —replicó, enfadada Marjorie.

— ¿Pero acaso ha cumplido? —refutó Aubrey

Marjorie ya no supo que responder, pero de igual modo sentía que no sabía a qué atenerse con el duque. Vivir su mentira antes, la hacía desconfiar de sus últimas acciones, como eso de que aparentemente dio vía libre a Henry a venir a Inglaterra y su mediación en el conflicto legal que su padre tenía con unos terratenientes.

.

.

.

Unos días más tarde, una incrédula Marjorie y un emocionado Lord Ludlow, acudieron a recibir la calesa que venía de Southampton, y que transportaba a Henry Ludlow, que desembarcó el día anterior de un tranquilo viaje que tardó menos de lo esperado.

Marjorie, que, en los últimos días, había estado apagada y apocada, por causa de la desilusión amorosa que sufrió, se emocionó hasta las lágrimas al volver a ver a Henry, que estaba hecho un atractivo caballero, alto y elegante, nada que ver con el chico escuchimizado y flaco que se marchó años atrás a Estados Unidos en búsqueda de una oportunidad.

La calesa que era bastante imponente, y que cargaba bastante equipaje del recién llegado era propiedad del duque de Suffolk.

Ese detalle fue notado por Marjorie.

Henry abrazó a su hermana, con cariño, enternecido de verla convertida en toda una señorita.

El barón también se fundió en un abrazo con su querido hijo.

Por la noche, compartieron una deliciosa cena, que Marjorie supervisó junto a unos postres elaborados por ella misma.

Henry tenía mucho que contar, y esa primera noche lo pasaron los tres solos en la intimidad de su mesa familiar, sin invitar a nadie.

—No me agasajéis tanto que podría acostumbrarme —bromeó Henry entre comidas

Marjorie estudió a su hermano. Tenía la piel un poco más tostada y estaba hecho un hombre, pero seguía siendo su amado hermano. Tenía tanto que contar, sus hazañas y aventuras contadas por él mismo tenían un matiz diferente que al leerlas.

Henry les habló de su trabajo en *The Shinning*, que le gustaba mucho. De su excelente relación con los trabajadores que él negaba estigmatizar como esclavos. Gran parte de su conversación eran de admiración hacia el duque de Suffolk, el hombre que le había dado una oportunidad.

—Podría regresar a vivir a Londres sin apuro alguno. Le debo mucho al duque, quien me ha asesorado en negocios e inversiones. Pero, a decir verdad, estoy demasiado apegado a esas plantaciones y a su gente. Aunque entiendo que no podría quedarme por siempre, pero el duque no necesita esa hacienda. Lo mantiene sólo para amparar a los esclavos que están allí. Es un triste destino el que les tocaría con otro propietario —contó Henry.

—El señor duque ha sido muy deferente con nuestra familia, pero nunca imaginé los alcances de su filantropía. Es un buen hombre, mucho mejor de lo que pensaba —acordó el barón

Henry asintió y siguieron conversando de The Shinning, y del trabajo que allí se realizaba.

Marjorie oía todo sin intervenir. Se suponía que era una cena íntima familiar de reencuentro y gran parte de la misma de nuevo versaba sobre las acciones del duque de Suffolk.

¿Cómo suponía que iba a olvidar a ese hombre si su nombre y su legajo estaban por todas partes?

Sólo cuando ambos hermanos quedaron solos en los escalones, cuando ya iban a marcharse a dormir, Henry pidió a su hermana que se quedara a hablar con él.

Henry acarició el cabello de Marjorie y sonrió orgulloso.

—Querida hermana, la única cosa que lamento es no haber estado aquí cuando te convertiste en toda una mujer, ni sombra de la niña que dejé. Estoy orgulloso de ti, tus cartas delatan que eres una muchacha madura y sensata; por eso déjame llevarte mañana a conocer algo.

— ¡Oh, querido hermano!, yo y padre te hemos extrañado tanto. Tú también estas hecho un apuesto caballero ¿Qué es lo que quieres enseñarme?

—Ya lo verás, hermanita. Tiene algo que ver con algo que discutimos en unas cartas.

Esa noche, Marjorie durmió con la incógnita de lo que podría ser la invitación de su hermano.

Antes de dormirse, por supuesto, como cada noche, posó su mirada a través de la ventana hacia Hardwick Hall, a ver si se veía alguna calesa recién llegada.

Pero no se veía movimiento novedoso alguno. Era obvio que Wesley aún no había regresado de Londres.

.

.

.

Dos días después, ambos hermanos cogían la calesa con un destino que solo el joven heredero de la Baronía de Ludlow conocía. Marjorie intentó preguntárselo, pero Henry insistía que era una sorpresa.

Pero cuanto más avanzaban, Marjorie fue reconociendo el camino, porque ya lo había transitado una vez. Su corazón empezó a latirle fuertemente, tanto por los recuerdos, como por la nostalgia.

Cuando finalmente vio las señales que identificaban la entrada a Villa Edgerton, se confirmó plenamente su sospecha.

Marjorie sabía perfectamente quienes vivían allí y por qué. Así que no fue ninguna sorpresa cuando Henry comenzó a narrarle sobre la situación de los valientes inmigrantes negros que encontraron refugio en esta tierra, bajo amparo del duque, y donde nunca más podrían ser esclavos.

Mientras pasaban por el camino, Marjorie notó que más casas se habían levantado y parecía haber más gente. No sabía si sus recuerdos le estaban fallando.

—En The Shinning ya quedan muy pocos, la gran mayoría ha venido conmigo en este viaje, esperanzados con encontrar una nueva vida en Inglaterra. Marjorie, tú me habías increpado en una de tus cartas sobre el manejo que dábamos a los esclavos. El duque ha decidido deshacerse de esa plantación y venderla, pero para hacer eso, tuvimos que trazar un plan de salvataje para rescatar y expatriar a todo aquel que quisiera venir a labrarse un futuro en esta villa, que el duque fundó para ellos. Por eso vine, hermana, para que los viajeros pudieran pasar sin problemas. Fue toda una odisea poder embarcarlos, pero los hemos hecho. Villa

Edgerton será su nuevo hogar. Nunca más, ningún ser inescrupuloso podrá cazarlos para volverlos esclavos de nuevo.

— ¿Pero porque vender la plantación? —preguntó la joven

—Porque los otros propietarios estaban a punto de descubrir que en The Shinning no existían esclavos, sino trabajadores con salario digno. Mandaban espías todo el tiempo que tenía que interceptar, lo mejor era deshacerse de la propiedad. Como te conté, he traído a la mayoría a Villa Edgerton, y a otros los mandamos al Norte, lejos de los sureños. Alguna vez estallará un gran conflicto por causa de la esclavitud, me ha dicho el duque y si podemos poner a salvo a cuantos podamos, lo haremos.

—Entonces ¿ya no volverás a América?

Henry negó con la cabeza.

—Me gusta esa tierra, pero mi hogar es éste. El duque me ayudó mucho. Es un gran hombre que se merece todo mi respeto, Marjorie. Villa Edgerton es el sueño del duque y quiero estar allí para para ayudarle a realizarlo.

Marjorie no se animaba a confesar que ya había conocido la villa y a parte de sus habitantes. A la increíble Mammy, por ejemplo.

Por un lado, se emocionó con el relato de su hermano. Pero por el otro, no podía evitar sentir que el duque había mandado traer a su hermano para manipularla, y que éste la hiciera ver las mil maravillas de ese hombre. Pero Henry ya no volvió a hablar de Wesley en lo que restó de la visita así que empezó a dudar de esas ideas.

Pero era lógico que pensara que él quisiera usar a Henry para atraerla. Él le mintió una vez ¿Por qué no volver a hacerlo?

Además, él se mostró determinado en obligarla a contraer matrimonio.

Pero tampoco le había contado la verdad al barón, que, de saberlo, la forzaría al matrimonio por haberla comprometido de tal forma que ningún hombre de honor la querría.

Además, él se fue a Londres y no había regresado. Según, Aubrey, quien tenía una inconveniente amistad con el conde de Tallis, Wesley iba a regresar.

¿Pero cuando?

¿Al volver retomaría su exigencia de matrimonio?

Y lo peor de todo, es que, pese a todas las mentiras, Marjorie lo añoraba como si hubiera pasado un siglo desde su marcha.

No podía evitar amarle.

Después de todo, el amor no era un rio que se encauza, sino un mar embravecido que nadie puede domar.

.

.

.

Días después, dos enormes calesas con los emblemas de la casa de Suffolk aparcaron frente a Hardwick Hall.

Ver esto siempre resultaba novedoso, hasta para Marjorie, quien llevaba días mirando por la ventana y fijándose si aparecía algo por los caminos.

Vio las calesas y entendió que el duque, si es que venía, no lo hacía solo.

Tuvo el inevitable impulso de correr al viejo árbol, que tantas veces le sirvió en su niñez para espiar las maravillas de aquella casa.

Hizo uso de su antigua habilidad para treparlo y subir por el.

Tenía que ver quienes bajaban.

Su corazón latió con fuerza, ante la perspectiva de ver a Wesley.

Vio bajar a la duquesa y a su hija, Jane, quien lucía muy bonita, y por supuesto a Gabriel.

Ver a ese muchacho, a quien ella siempre creyó amar, sólo le produjo una honda ternura fraternal. Siempre iba a quererlo como se ama a un hermano. Es lo que siempre fue para ella, sólo que su naturaleza romántica le hizo creer otra cosa.

Ahora sí sabía lo que era el amor, aunque de forma dolorosa y frustrante, porque lo había conocido con Wesley.

Finalmente, lo divisó más guapo que nunca, bajando de la calesa.

Alto y atractivo. Pero Wesley alargó una mano, para dársela a alguien más que iba bajando del coche.

Una joven dama muy elegante y hermosa, que asió la mano de Wesley, devolviéndole la sonrisa del hombre. Wesley le dio el brazo para entrar a la casa.

Marjorie se quedó de piedra con aquella visión.

¿Quién era esa muchacha?

Él parecía relajado y feliz de darle su brazo a aquella muchacha desconocida.

El corazón de Marjorie casi se desboca. ¿Qué podría significar aquello?

Bajó rápidamente del árbol y corrió para su casa, llevándose la mano al pecho.

Estaba desconcertada y confusa. Las manos y las piernas le temblaban como gelatina.

¿Acaso la joven extraña podría ser la prometida de Wesley?

Hubo mucha familiaridad en aquel intercambio. Y no pudo evitar que se le cayeran unas lágrimas traicioneras antes de que su consciencia pudiera detenerlas.

Se apresuró en limpiárselas. No quería que su padre o su hermano la vieran lloriquear, porque ni siquiera sabría cómo explicar lo que le sucedía.

Vislumbró el viejo pianoforte y se sentó a tocar.

Buscó ejecutar las melodías más tristes que se sabía, porque así, si alguien la veía llorar, podría decir que la música le daba mucha nostalgia nada más.

.

.

.

.

Unas horas más tarde, la intranquilidad se apoderó de Marjorie, cuando su padre y Henry le notificaron que se preparara, porque habían sido invitados a cenar en casa del duque y su familia.

No podía negarse de ningún modo, porque Henry insistía que le debían mucho al duque.

No quería ir y enterarse de que Wesley hizo ese viaje a Londres, solo para comprometerse con alguien más. No podría tolerar verlo con otra mujer, apenas había soportado la visión de verlo tan galante, ayudar a aquella dama desconocida para bajar del coche.

Lo único que la tranquilizó un poco es que Aubrey y su familia también estaban invitados, así que siempre podría refugiarse en su mejor amiga para pasar el horrible trago.

Además, era una invitación que no se podía rechazar. Era todo un honor que se les convidara la primera noche de la llegada de la duquesa viuda y el resto de la familia.

Así que Marjorie tuvo que obedecer y resignarse a buscar un vestido adecuado.

Nunca antes se había sentido tan nerviosa en la vida, quizá incluso poco más de aquel día cuando perdió virginidad en la orilla de un lago.

No tenía con quien hablar de lo que le atosigaba, porque Aubrey solo se encontraría con ella ya en Hardwick Hall.

Aubrey andaba muy misteriosa y sentía que le ocultaba algo. Ya se lo preguntaría en algún momento, lo primero era poder pasar esta prueba de fuego.

Nancy vino a ayudarla a vestirse con el traje de color celeste, que le sentaba a Marjorie como un guante.

Mientras la mujer le ataba el corsé, siendo que Marjorie estaba muy silenciosa, le preguntó algo que Marjorie no esperaba.

—Yo creo que, si tienes asuntos sin resolver con el duque, podrías aprovechar esta cena para arreglarlas.

Nancy emitió aquel consejo, sin siquiera levantar la mirada hacia la joven y sin despegar los ojos del entrelazado del corsé que estaba haciendo.

Marjorie se ruborizó. No sabía que Nancy estaba enterada.

—No estoy ciega, Marjorie…

—El asunto no es tan fácil…—finalmente confesó la muchacha. Después de todo, con Nancy tenía confianza, además no debía temer que se lo contara a su padre, porque si sospechaba de lo suyo con el duque, bien podía haberla podido delatar antes.

Nancy siguió vistiéndole en silencio.

Le arregló el cabello y se encargó de perfumarla. Marjorie lucía hermosa.

Su padre y su hermano, que ya estaban listos para la velada, le halagaron su aspecto.

Marjorie se cogió del brazo de Henry y procuró disimular sus nervios a rajatabla y los celos que la inundaban porque estaba a punto de conocer a la mujer con quien Wesley iba a casarse.

Y con eso, confirmaría que siempre fue un patán, que solo la sedujo con una oscura finalidad, pensando lo peor de ella, que era una trepadora social. Que su ofrecimiento de boda nunca fue cierta.

Pero, aunque se esforzaba en apagar su amor por Wesley con el resentimiento y la decepción que le producía su actitud, ninguna de aquellas sensaciones eran capaces de opacar el afecto amoroso, porque lo amaba desmedidamente y eso no era algo que podía sofocarse.

.
.
.

—Entonces ¿nadie sabe a ciencia cierta de los autores de aquello? —preguntó Dexter al mayordomo, el señor Harrison, quien le había traído una macabra información.

—Nada se sabe de los autores, milord. Supongo que quedará como un misterio a sumarse, como lo ocurrido con el conde de Mercy.

—Es mejor comentar este asunto con mi sobrino, recién mañana. Hay damas presentes e invitados, no vale la pena incordiarles la cena con estas noticias —pidió Dexter.

El señor Harrison asintió y regresó a seguir con sus tareas, porque esperaban invitados para enseguida y Hardwick Hall era un hervidero de actividades desde la mañana cuando arribó la calesa con la familia en pleno, de regreso desde Londres.

Dexter se quedó a meditar sobre el asunto tan macabro, que no era otro que el asesinato de la condesa viuda de Berry, Angélica.

Habia sido hallada muerta, camino a Escocia. Dexter recordaba que Wesley la dejó libre aquella terrible noche, a cambio de información certera sobre el paradero de Marjorie.

A fin de cuentas, esperaba que se reformara. Pero los familiares de otras víctimas de la trata de personas que ella traficaba no sentían lo mismo.

Y tuvo el mismo final que Angus.

Dexter no podía culparlos. El honor, la libertad y la vida de varias jovencitas se vieron truncadas por causa de actos criminales, patrocinados por Angélica.

Según el relato del señor Harrison, la asesinaron de un certero golpe en la cabeza. Era claro que había estado oculta en algún sitio, pero que cuando estaba huyendo a Escocia la terminaron rastreando.

Era mejor comunicar esto a Wesley mañana, no hoy cuando tenían invitados en la casa y era la primera noche de la duquesa viuda.

Al pensar en su cuñada, Dexter no pudo evitar sentirse extraño. En su primera juventud sintió que la amaba para él, hasta que su hermano Reginald se adelantó, arrebatándosela.

El tiempo terminó mitigando aquella decepción.

Desde entonces, Dexter había volcado todo su cariño fraternal de padre en Wesley, a quien amaba como un hijo.

No había vuelto a amar a otra mujer, hasta ahora. Se sentía un poco ridículo, por lo inconveniente de la situación, porque la muchacha en cuestión era comprometida y veinte años menor que él.

Pero desde que la conoció, fue imposible para él, quitársela de la cabeza y de desear su compañía. Desde entonces, venía inventando cualquier cosa, para procurar verla y ella, sorpresivamente no había rehusado su presencia y amistad.

Dexter era consciente de lo peligroso de la situación, pero algo que había aprendido es que no iba a contenerse nunca más. Le gustaba la señorita Aubrey Benwick y era algo que no lo dejaba dormir hace días.

Decidió que debía comportarse como un hombre y que aprovecharía que ella venía a cenar, para plantearle su idea.

Ya no volvería a huir del amor.

.

Marjorie temblaba.

Solo el agarre de su hermano le impedía derretirse de la tribulación. Cuando entraron a Hardwick Hall, el señor Harrison cogió sus abrigos y los dirigió al salón, previo al gran comedor donde se serviría la cena.

Para suplicio de Marjorie, lo primero que vio la joven al entrar fue a Wesley que la miraba. Era el hombre más alto del lugar y fácilmente destacaba donde iba.

Ya todos estaban allí, todos le sonreían, pero Marjorie no los oía realmente.

Divisó a la joven misteriosa acercarse detrás de la duquesa viuda, quien venía munida con una sonrisa a saludarla.

—Querida Marjorie, que placer volver a verte.

—Milady, el placer es mío —replicó Marjorie, procurando sacar fuerzas de donde sea para disimular.

—Antes de proseguir la cena y hablar de tantos temas que tenemos pendientes, querida. Me gustaría presentarte a alguien muy especial y futura miembro de esta familia —la duquesa viuda hizo un gesto hacia la joven desconocida que le sonreía.

Pero antes de que la duquesa viuda le dijera el nombre de la joven, futura esposa de Wesley, Marjorie ya no pudo evitar que el cuerpo empezara a tiritarle, y perdió el color del rostro.

Se desmayó antes de saber el nombre de la extraña.

El intenso aroma de las esencias la despertaron de su letargo.

Marjorie abrió los ojos de golpe. Se encontraba en una habitación desconocida y la duquesa viuda estaba junto a ella, tomándole la mano.

Miró un poco más allá y divisó a Aubrey, quien la veía preocupada y ansiosa a su vez.

Jane también se encontraba del otro lado de la cama.

Marjorie sintió un alivio de que la muchacha desconocida no estuviera presente. Probablemente se volvería a desvanecer si la viera.

La duquesa viuda dejó las esencias en un costado y se acercó a tocar la frente de Marjorie.

—Querida, nos has dado un gran susto ¿te encuentras mejor?

Marjorie se incorporó un poco, algo avergonzada de estar siendo atendida por una gran señora como esa.

—Marjorie, te desmayaste ¿Cómo te encuentras? —dijo Aubrey, acercándose también

—Hemos llamado al médico, querida —le anunció la duquesa, preocupada.

Marjorie negó con la cabeza.

—No deberíais preocuparos tanto por mí. Solo ha sido cansancio, nada más.

La duquesa la estudió por unos momentos.

—De todos modos la atención medica no estaría demás.

—Además no quiero arruinar la cena. Ni siquiera he llegado a saludar a nadie, seria descortés de mi parte postrarme en esta cama ajena, mientras vosotros canceláis la velada. Yo estoy bien, en serio. Me gustaría poder saludar a Gabriel y los demás —pidió Marjorie.

Lo que decía tampoco era cierto. No deseaba quedarse y ver a Wesley con aquella joven, mientras anunciaban su feliz compromiso. Era mejor hacerlo ahora y cortar la espera.

— ¿Estas segura, Marjorie? Siempre podemos organizar otra cena —preguntó la duquesa

La muchacha asintió con la cabeza.

—Estoy completamente segura. Es más, os pediría que os adelantéis, y yo me quedaré aquí con Aubrey para acomodar mi vestido —solicitó Marjorie

La duquesa viuda suspiró. No veía que la joven estuviera tan pálida, así que asumió que su versión de que era culpa del cansancio era cierta, así que hizo una seña a Jane que sonrió a Marjorie, antes de marcharse afuera con su madre.

Adentro solo quedaron Marjorie, quien se levantó de la cama junto con Aubrey, quien corrió a ajustar los cordoncillos del vestido de su amiga.

—Menudo susto, Marjorie ¿pero ya estas mejor?

Marjorie no podía mentirle a Aubrey.

—Nada de cansancio, lo que tuve fue un mareo, por causa de la pena y los nervios. No quería venir, pero me temo que no podía negarme, sin rayar en la descortesía. Además, la duquesa no se merece un desdén de mi parte, ella es inocente en la canallada que me hizo su hijo.

— Pero ¿qué te puso tan nerviosa? ¿la presencia del duque?

Marjorie frunció la boca. Estaba tan colérica y celosa que no sabía cómo expresarse. No dejaba de chocarle la imagen de aquella perfecta señorita que bajaba del carruaje, de la mano de Wesley.

Tanto renegar de él, para darse cuenta que no soportaría verlo con otra mujer.

Es como si el resto de las personas que estaban cerca no existieran.

——Aubrey…es que no aguanté ver a —alcanzó a decir Marjorie, pero no terminó de narrar lo que iba a exteriorizar, cuando uno de los espejos se movió, dando apertura a una compuerta secreta.

Y de el salió Wesley, serio y con el aspecto preocupado.

Marjorie y Aubrey tuvieron que ahogar un grito del susto.

El hombre miró a las dos muchachas.

—Perdonad mi intrusión —se disculpó él, y luego fijándose en Aubrey, pidió —. Señorita Benwick ¿podría dejarme a solas con la señorita Ludlow?

Aubrey, quien aún no se recuperaba del asombro de verlo materializado en la habitación, luego de haber entrado por aquella abertura secreta, se compuso como pudo para poder replicarle.

—Ese no es el modo de entrar en la habitación donde descansa una dama soltera, su excelencia. Muy su casa será, pero estos no son los modos.

—Lo sé —alegó él, para sorpresa de Aubrey, quien esperaba alguna ingeniosa respuesta sarcástica o altanera, al cual ya estaba preparada, así que la dócil contestación del duque la desarmó.

Marjorie, en cambio había quedado estática, paralizada al verlo. En su fuero interno le aliviaba la presencia de su amiga, quien, con su fuerte personalidad, ayudaba a mitigar el ambiente.

—Por eso mismo, ¿podría darnos unos minutos, señorita Benwick?, hay algo que quiero decirle a la señorita Ludlow, y que no he tenido oportunidad de hacerlo.

Aubrey miró a Marjorie y, la muchacha, al cabo de unos segundos, asintió con la cabeza, aprobando que la dejase a solas con ese hombre que tanto daño le había causado.

Aubrey cogió un chal que estaba sobre la silla y volvió a observar a ambos contendientes.

—Me aseguraré que los de afuera no intenten entrar. Pero acabad pronto —urgió Aubrey, y antes de salir se dirigió al duque —. Su excelencia, no haga más daño a mi amiga o se las verá conmigo.

Aubrey salió sin esperar respuesta de Wesley, asegurándose de cerrar bien la puerta, dejando a los ex amantes solos.

Wesley se acercó un poco más. Parecía estar pensando lo que iba a decir.

Sin embargo, Marjorie ya no pudo contenerse. Los celos y la sensación de desamor la estaban ahogando.

—Mucho valor debes tener para venir, su excelencia ¿Qué dirán todos si por casualidad lo encuentran aquí? ¿qué dirá esa muchacha que vino hoy con ustedes?

Wesley enarcó una ceja. No entendía la última referencia, pero al cabo de unos segundos hizo cálculos y una idea le vino a la mente. Una idea que era totalmente contraria a sus intereses y deseos. Y muy triste.

— ¿Celosa de ella? —preguntó él

Marjorie le dio la espalda, no quería que él notara que la boca le tiritaba y que sus ojos amenazaban con llorar.

Wesley también estaba haciendo un esfuerzo, pero finalmente decidió preguntar.

— ¿Acaso es que amas a mi hermano? ¿es que eso que se decía era cierto?

Aquel enunciado le pareció un disparate a Marjorie, quien se volteó.

— ¿Qué tiene que ver el buen Gabriel en esto?, yo te confié una vez que quería al vizconde de Burnes como a un hermano. Si hubo un tiempo que creí otra cosa, por estar inmersa en sueños románticos y tontos. Él que me hizo autentico daño con sus juegos eres tú, y ahora vienes comprometido con otra, cuando hace poco me exigías matrimonio a mí, e incluso amenazando con revelar intimidades a mi padre, en actitudes poco propias de un caballero.

Marjorie temblaba al decir esto, pero afortunadamente había logrado contener sus lágrimas.

Wesley, quien estaba absolutamente confuso con los primeros cuestionamientos, finalmente vio la luz cuando ella acabó su discurso.

Relajó su rostro, que estaba visiblemente tenso.

—Temo que hay un error de comunicación. No estoy comprometido con mujer alguna ¿de dónde sacas eso? —informó él, viendo el aspecto de sorpresa de la muchacha —. Si te refieres a la joven que vino con nosotros, es natural que le acompañe, ya que pronto tendré el honor de que se convierta en mi nueva hermana y soy cabeza de la casa de Suffolk. Es natural que ayude a la futura vizcondesa de Burnes.

Marjorie se sintió automáticamente como una tonta e ingenua.

Él parecía querer reír con el malentendido, pero se reprimió.

—Aclarado aquello, no veo razón para evitar lo que tengo que decirte —pidió él, acercándose a la muchacha, quedándose a tres pasos de ella.

Marjorie quiso retroceder, pero algo más fuerte la compelía a permanecer donde estaba.

Casi se derritió, cuando él posó una mano en su mejilla tibia. No tenía la fuerza para alejar esa mano.

—No podría estar prometido a otra nunca, la única que deseo para eso no es ella.

— ¡Pero me amenazas! Como si fuera yo un peón de tu campo de juegos particular —reclamó ella, con el corazón latiendo a todo tambor al sentir la calidez de esa mano en su piel.

—Algo que dije en un momento estúpido. Si quisiera forzarte a una boda, podría hacerlo, pero no quiero obligarte a nada. Nunca podría. Si, fui un estúpido al montar un numero contigo, pero quiero que sepas, que todo fue verdadero, sólo el nombre no ha sido cierto.

—Y eso de utilizar a mi hermano, a ver si lograbas conmoverme, eso es jugar muy bajo —adujo ella, desasiéndose del toque de la mano de él.

Wesley meneó la cabeza.

—Henry regresó por dos motivos. Porque tiene una misión muy grande con Villa Edgerton, el cual ha tomado como proyecto personal. Y segundo, porque añora a su padre y a su hermana.

Marjorie ya no supo que decir, y entonces él volvió a acercarse y posar una mano de nuevo, en la mejilla de ella.

—Por eso me fui estos días, para darte tu espacio, y también traje a mi familia. Tenía la secreta esperanza de decirles que tengo el honor de haber obtenido tu mano —Wesley decía esto con voz afectada pero segura —. Nunca había conocido a una mujer como tú, y desde entonces, nada ha sido igual. Tu dulzura y ternura me han ganado, convirtiéndome en un hombre diferente y hasta me atrevo que mejor.

—Wesley…

—Marjorie, nada quiero del mundo si te tengo junto a mí. Con el amor que te tengo, hasta he perdido el miedo a morir —él aprovechó la bajada de guardia para posar otra mano en la mejilla izquierda de la muchacha.

Marjorie estaba derretida ante la sensación y las palabras. Solo un montículo de orgullo y enojo la separaba de arrojarse a esos brazos, y más al saber que todo había sido causa de un equívoco tonto suyo, al confundir a la prometida de Gabriel con algo de Wesley.

Pero cuando Marjorie iba a decir algo, el momento se cortó cuando Aubrey entró apresuradamente a la habitación advirtiendo que el padre de Marjorie, y la duquesa viuda venían para allí.

Wesley no tuvo más remedio que soltarla y marcharse rápidamente por la entrada secreta, misma por donde entró antes. Tampoco podía comprometer el honor de Marjorie, frente a todo el mundo y hacer de la reputación de ella, una comidilla en el pueblo.

Antes de hacerlo le dirigió una intensa mirada a Marjorie.

Al cabo de unos minutos, aparecieron la duquesa viuda y el padre de Marjorie a verificar a la joven.

La encontraron levantada y mejor. Y Marjorie fue enfática en pedir que no se suspenda la cena y que no quería saber nada de médicos.

Aubrey le sonrió y acabó de alisarle el vestido para salir al comedor.

Para volver a preparar a Marjorie y que la vieran esplendorosa, tal como estaba antes de caer desmayada.

.

.

.

.

La cena fue agradable y amena. Era la mesa principal del salón de un gran duque, pero en el ambiente se respiraba un ambiente familiar y hasta doméstico.

Y eso, era por, sobre todo, por el semblante abierto del dueño de casa. La duquesa viuda y sus hermanos siempre fueron afables y amables, pero contrastaba bastante y mejoraba con el carácter apertor del duque.

Marjorie abrazó afectuosamente a Gabriel antes de sentarse a la mesa, y saludó con cariño a la joven, a quien él presentó como su prometida. Se llamaba Teresa y era hija del marqués de Pembroke, una muchacha bella y educada, aunque capaz de meter en vereda al vizconde de Burnes.

La señorita Ludlow buscó en su interior, si había resquicios de celos o llamas de algún antiguo amor platónico, y no los encontró.

Marjorie se alegró sinceramente con ellos, e hizo buenas migas con la joven Teresa.

A pesar de la distendida cena y de hallarse ocupada haciendo vida social, ella era capaz de notar la mirada de Wesley en ella.

Y cada vez que Marjorie volvía la mirada al centro, encontraba a Wesley viéndola fijamente, como si quisiera beberle el rostro y no perderse detalle de ella.

Marjorie se ruborizaba intensamente y procuraba no mirarlo, pero no podía evitarlo.

Parte de la conversación fue el interés que generó el desmayo de Marjorie, y que la duquesa viuda insistió en una revisión médica profunda. Otra cuando Henry hablaba de su proyecto de mudarse definitivamente a Inglaterra de nuevo, para administrar Villa Edgerton.

También algo de que la boda de Teresa y Gabriel podría concretarse en la primavera, cuando Teresa encontrase el vestido soñado.

Sólo parte de la conversación se cortó, cuando el padre de Aubrey mencionó la proximidad de la boda de su hija. Marjorie notó la profunda incomodidad de su amiga y que no siguió ni alentó aquella conversación.

También notó que el conde de Tallis no despegaba su mirada de encima de Aubrey.

Marjorie se dio cuenta, que, de todo aquel agradable encuentro, la mención de la boda de Aubrey fue lo único repelente en la mesa.

.
.

.

Al final de la cena, los caballeros se dirigieron a beber y fumar como es costumbre en las grandes casas, y las damas quedaron en una sala contigua a beber té, para culminar el exitoso encuentro.

En un momento que Marjorie se levantó porque quiso ir al aseo a refrescarse la cara, Aubrey se prendió de su brazo y la acompañó.

Señal inequívoca de que quería hablar con ella.

Marjorie entendió la indirecta y se marcharon.

En el salón quedaron la duquesa viuda, Teresa, Jane y la madre de Aubrey, charlando animadamente.

Por eso, apenas Aubrey pudo sentirse segura, lejos de oídos y ojos de terceros, empujó a Marjorie a entrar a una habitación cercana al aseo para conversar a solas.

— Pero ¿qué ha pasado, Aubrey?, me tienes en ascuas.

Aubrey, quien lucía nerviosa y excitada, se lo reveló.

—Estoy comprometida.

—Eso ya lo sabíamos todos. Te casarás en otoño con un honorable caballero de Devonshire.

Aubrey meneó la cabeza.

—Jamás me casaré con ese caballero. Y menos cuando estoy enamorada de otro, que también me corresponde.

Marjorie pestañeó confusa, aunque parecía sospechar lo que ocurría, pero esperaba que Aubrey lo develara.

—Me casaré con Dexter, el conde de Tallis. Me lo ha pedido y no he podido negarme, Marjorie ¡amo a ese hombre!, me enamoré como una tonta desde que lo conocí aquí, y no me importa lo que diga la gente de mi compromiso o la diferencia de edad. Y él está de acuerdo.

Marjorie quedó boquiabierta ante aquello y la feroz determinación de Aubrey.

—Estuvimos frecuentándonos, y nos amamos, Marjorie. No quiero perderle, aunque eso signifique el ostracismo de mi familia y el señor Ambrose, pues lo siento, yo no puedo dar la espalda a mi corazón. Quiero y voy a casarme con Dexter. Me lo ha pedido esta noche y mañana mismo irá a hablar con mi familia. Si no aceptan, ¡No nos importa!, nos fugaremos y nos casaremos en Gretna Green en Escocia. Aunque Dexter desea hacer las cosas bien. Supongo que tiene el mismo nivel de obcecado que tu querido duque.

Marjorie la abrazó por toda respuesta, porque sentía que Aubrey estaba siendo muy valiente y fuerte. Envidiaba esa fuerza en su carácter y rogaba internamente que su familia no se enfadara tanto.

Además, que diablos, si se iba por la practicidad y lo confortable, el conde de Tallis era mucho mejor partido que un ministro de la iglesia, demasiado escuchimizado y enjuto como para resaltar.

El conde de Tallis era un caballero rico, y tío del gran duque de Suffolk con ascendencia sobre éste. Un hombre de sangre noble y de gran prestancia.

Y además muy guapo, aunque no tanto como Wesley.

—Me alegro por ti, Aubrey, aunque me asustan las consecuencias con tu familia. Rezaré que tus padres no tomen a mal esto.

Aubrey sonrió y puso sus manos sobre los hombros de Marjorie.

—Por eso mismo, soy la más apta para aconsejarte. No sé qué te dijo el duque, pero puedo intuirlo, porque noto el amor por ti en sus ojos. Si yo estoy dispuesta a echarme de cabeza y romper mi compromiso para casarme con otro hombre ¿Por qué tú no puedes también echarte de cabeza por el hombre que amas?

—Pero es que…—quiso decir Marjorie.

—Pero nada, Marjorie ¿Qué te impide irte con el duque? ¡nada!, él está allí esperando por ti y que te decidas. Yo también estoy enamorada y sé lo que sientes. El duque te ama también. Habrá sido un cretino contigo y no comenzó de forma adecuada, pero al final de todo, lo que ha quedado es amor ¿vas a dejarlo pasar?

Marjorie cristalizó sus ojos al oír el aliento de su amiga, que la llamaba a ser valiente y dejarse llevar. Perdonar y seguir. Ella misma lo había dicho una vez, que siempre amaría la fantasía del ella y del señor Langdon, aunque fuera una mentira.

¿Pero si podía ser verdad?, solo que con otro nombre.

No se podía huir del amor real y apasionado. Eso era más claro que el agua del lago.

.
.
.

Al día siguiente, el duque de Suffolk que se había levantado temprano, pese a que la velada terminó muy tarde, se disponía a trabajar algo en sus diseños, en el cenador. Desayunaría con su familia cuando ellos despertaran, mientras se bastaba con su taza de café amargo. Todavía tenía que terminar el diseño para Jane. Tantos problemas hicieron que lo olvidara.

La cena de anoche fue interesante, y también liberadora, porque le permitió tener un momento a solas con Marjorie donde le declaró todo lo que sentía por ella.

Luego ya no tuvo oportunidad, porque Marjorie ya no estuvo sola.

Estaba buscando las plumillas de dibujo, cuando el pequeño pórtico que conectaba su casa con la de los Ludlow, y que llevaba tiempo sin usarse, se abría inesperadamente.

Wesley abrió mucho los ojos cuando vislumbró a Marjorie, vestida sencillamente, a diferencia de la noche anterior, con una cesta en la mano, y que se dirigía hacia donde él estaba.

A diferencia de él, si lucia fresca y con aspecto de haber descansado apropiadamente, sin los sobresaltos de un corazón inquieto como el suyo.

Wesley, no hizo hacerse ilusiones, pero dejó la plumilla sobre la mesada, notando como ella llegaba junto a él.

—He venido a traeros algo de una receta especial mía para vuestro desayuno —saludó ella, dejando la cesta tapada y que despedía un rico aroma a pan recién horneado sobre la mesada.

Wesley se sentía como un niño al no saber que decir.

—Te lo agradezco, estoy segura que mi familia lo disfrutará —refirió él, con su boca expectante y los ojos deseosos.

—He venido a eso, y también a decirte que…—Marjorie parecía cobrar valor para lo que iba a decir —. Voy a casarme contigo, pero no porque me obliga el honor, sino porque quiero hacerlo. No puedo huir del amor por siempre, y tú eres muy testarudo.

Marjorie temblaba de pies a cabeza, pero aun así estaba decidida a mantenerse firme en su manifiesto. Habia pasado la noche, pensándolo y decidió que deseaba ser intrépida como Aubrey y aceptar el designio de su corazón.

Se levantó muy temprano a hornear esos panes sólo para Wesley. El único destinatario de todo su cariño.

Su querido señor Langdon. Su querido señor duque de Suffolk.

Wesley ya no esperó ni un segundo más, y corrió a reunirse junto a ella, para abrazar con todas sus fuerzas, aquel cuerpo delgado y frágil, que escondía un corazón fuerte y bondadoso, capaz de perdonar a un miserable como él.

Pero sentía que debía hacer mucho más. Él era el hombre allí, así que se arrodilló frente a la anonadada Marjorie, cogiendo sus manos entre las suyas.

— ¿Me harás entonces el honor de convertirte en mi señora, mi duquesa y mi esposa?

Ella asintió con lágrimas en los ojos.

—Es lo que toca, porque no puedo escapar de ti.

Él se incorporó de un movimiento, para cogerla con los brazos y besarla como hace tanto tiempo lo deseaba. Un añorado contacto con los labios de la mujer amada, que ansiaba como si fuera el aire que necesitaba para vivir.

Diablos, si fuera por él, la tomaría allí mismo para celebrar sus esponsales sobre la hierba.

Pero Wesley ya no quería eso. Ya habían hecho eso, cerca del lago cuando tomó su virtud, Marjorie se merecía el lecho digno de una duquesa, una donde podrían concebir a los herederos que perpetuarían el ilustre apellido de la casa de Suffolk.

Marjorie se entregó al fin, feliz y libre a esos besos que dejaban huella en su alma.

.

.

.

Marjorie de Ludlow y el duque Wesley de Suffolk se casaron un mes después de aquel episodio de aquella mañana temprana. No solo porque estuvieran ansiosos, sino porque descubrieron que la razón de los mareos de Marjorie, era porque en el vientre de ella ya se gestaba al heredero de Wesley. Por supuesto, aquel detalle solo lo supieron los novios, así como Aubrey y Dexter.

Una boda que tomó por sorpresa a todos cuando se anunció. La duquesa viuda se alegró sinceramente, porque amaba a Marjorie como a otra hija más. Gabriel no pudo creerlo, pero también se unió a la dicha, lo mismo que Jane.

Marjorie era ahora parte de su familia, y su nueva y más querida hermana.

Henry y el barón Ludlow no quedaron exentos del asombro general, pero opinaban que Marjorie no podría encontrar un mejor hombre. Un gran caballero, quizá de difícil carácter, pero con el corazón filántropo y magnánimo.

Como viaje de novios, y por pedido expreso de la nueva duquesa de Suffolk, se embarcaron a Estados Unidos, porque Marjorie deseaba conocer la tierra donde su marido se buscó la vida y donde labró parte de su legado.

Fue interesante ver el cambio de muchas jóvenes del pueblo, que despreciaban a Marjorie por ser hija de una cocinera, en pelearse por conseguir sus favores.

Era la dama más rica de Inglaterra ahora y nuevo miembro de la casa de más recio abolengo.

Marjorie nunca perdió su humildad y ternura, que habían encandilado a Wesley.

Su gira de luna de miel por Estados Unidos duró cerca de tres meses, pero regresaron al final de aquello, justo a tiempo para que Marjorie descansara, llegado el tiempo de salir de cuentas.

Además, Marjorie deseaba estar presente en la boda de Aubrey y Dexter, reía internamente al pensar que su amiga se convertiría en su nueva tía política por matrimonio.

No se dio el temido escándalo, porque Dexter fue a hablar con la familia de Aubrey, pidiendo la mano de su hija y Aubrey rogó a su padre, para retirar la palabra dada a Ambrose, el ministro de Devonshire.

Ambos hablaron con tal vehemencia, y aunque el padre de Aubrey se enfadó al inicio, al final dio su brazo a torcer y aceptó el compromiso, siempre y cuando esperaran unos meses para la celebración, para no ofender a Ambrose, y con ello suscitar algún duelo.

Así que los duques de Suffolk llegaron a tiempo, para celebrar la boda de Dexter y Aubrey.

Ese amor tan intrépido como extravagante, nacido entre los pasillos de Hardwick Hall, cuando ambos intentaban contener a Marjorie y a Wesley.

La nueva condesa de Tallis se posicionó junto a la duquesa de Suffolk en las damas más aduladas del ambiente. Con una posición que nunca pensaron que tendrían.

El destino de Aubrey era la de ser la abnegada esposa de un ministro de la iglesia, confinada a cuidar la casa y a los hijos. Pero Dexter la dejó ser, porque lo que amaba de Aubrey era su carácter y temperamento. Ahora era una condesa de recia posición.

Marjorie ahora paseaba por los jardines de Hardwick Hall, ya no como una inocua visitante que se escabullía para entrar, sino como la señora y dueña del lugar.

Wesley no bajaba la cabeza ante nadie, pero lo hacía con ella. Ella era la única merecedora de cualquier sacrificio de su parte.

Por ella era capaz de cambiar lo que era y pasar de ser un hombre taciturno y lúgubre en alguien más abierto y sociable.

Y todo gracias a la graciosa luz que Marjorie inspiraba en él.

Su viaje de novios por Estados Unidos, incluyó varias ciudades, pero Marjorie se interesó particularmente en The Shinning en Virginia, la propiedad que su esposo vendió, no sin antes repatriar a casi todos los trabajadores, a quien él negaba llamar esclavos.

Eran tiempos complicados y no podían pelear contra el status esclavista del estado sureño. Mejor era irse y ofrecer otras alternativas, como traerlos a Inglaterra o mandarlos de forma segura al Norte.

Solo estando allí Marjorie, pudo comprender lo comprometido de aquella dura realidad.

Luego de acabada la gira de luna de miel, regresaron a Europa donde presenciaron la boda de Aubrey y Dexter, y pocos meses después nació su primer hijo.

El niño nació en Hardwick Hall.

Y fue todo un evento.

La emoción de Wesley al cargar a su primer hijo fue indescriptible. Supo desde ese momento que sería capaz de morir por él, así como lo haría por su madre.

Marjorie estaba agotada, pero radiante de dicha. Era madre del hijo del hombre que tanto amaba, y que tanto había esperado.

Muchas personas quisieron opinar sobre el nombre del regio recién nacido.

Pero el nombre escogido por los nuevos padres fue uno pensado de antemano.

Benjamín, su amado primogénito y heredero de la casa de Suffolk, una de las más antiguas y de más recia estirpe de Inglaterra.

Epílogo

Siete años después.

El señor Harrison, se apresuraba en dirigir al ejercito de criados que componían el grupo a su mando en Hardwick Hall.

La casa solariega y ancestral de los Suffolk afincado en Derbyshire, era constante testigo de diversas celebraciones.

Hoy era día de una.

Era el cumpleaños de la duquesa de Suffolk, la mujer más amable que alguna vez ocupara el sillón de consorte del ducado.

Marjorie era una dama que había revitalizado el lugar, llenándolo de alegría y de nueva vida.

Nueva vida con los cuatro hijos que trajo al mundo desde su boda con el duque.

Benjamín, el mayor y heredero del ducado. Un niño hermoso, tan parecido al padre, pero tan jovial y mordaz como nunca lo fue el duque.

Alexander, de cinco años. Otro niño muy parecido al duque, pero con la impronta de ternura de la madre.

Tristán, de tres años y el pequeño Reginald de un año.

Cuatro varones nacidos, del más profundo amor entre sus padres, quienes se habían jurado criarlos con todo el cariño y presencia posible.

Wesley deseaba ser un padre presente y no emular al suyo propio. Al parecer la paternidad lo hizo reconciliar con sus propios recuerdos y fue más a menudo a visitar la tumba de su progenitor. También estrechó los lazos con su madre, la duquesa viuda, que ahora era una feliz abuela, tanto por parte de los hijos de Wesley, como de la pequeña que habían tenido Teresa y Gabriel en su feliz matrimonio.

Hardwick Hall era ahora un hervidero de niños, al que también se sumaron los dos hijos varones que Aubrey tuvo en su matrimonio con el conde de Tallis.

El caso de ellos era especial, porque Dexter nunca creyó que alguna vez llegara a casarse y tener hijos biológicos, pero el destino tardó porque le tenía preparada una mujer muy especial.

Ellos vivían también en Derbyshire, a pocos kilómetros de Hardwick Hall, en una casa solariega que fue bautizada como Hampton House.

Teresa y Gabriel, los vizcondes de Burnes residían en Londres con su hijita.

Jane, aún seguía soltera, porque su hermano se negó a entregarla como carne de sacrificio a cualquier partido que pidiera su mano. Quería que su hermana tuviera la oportunidad de escoger, cuando el auténtico amor tocara a su puerta.

Henry, el heredero de la casa Ludlow y hermano mayor de la duquesa de Suffolk también conservaba su soltería. Cumplía su cometido como pilar de la comunidad en Villa Edgerton.

Aunque en la última cena en Hardwick Hall, cruzó miradas más tiempo de lo normal, con Lady Jane, que estaba de visita desde la capital.

Quizá fue una simple mirada o quizá no.

Pero solo basta un pequeño contacto como ése, para alentar el afecto y el amor apasionado.

.

.

.

. Marjorie, que estaba convertida en una dama hermosa y elegante a los veintiocho años, fina y con la prestancia propia de la señora de una gran casa y de ilustre apellido, se estaba preparando en el tocador con ayuda de su doncella.

Era su cena de cumpleaños y su marido había invitado a todos sus amigos y familiares.

La enorme puerta se abrió. No era otro que el duque, quien con una sonrisa se acercaba a observar el arreglo de su esposa.

Wesley hizo un gesto a la doncella de su mujer para que se retirara, y los dejara a solas. La mujer se retiró con una reverencia.

—¿Es que su excelencia no puede esperar? —preguntó la mujer, jocosa.

Él se acercó por detrás, mientras ella permanecía sentada, viéndolo en el espejo como venía tras ella.

Sin que pudiera preverlo, él besó su cuello blanco y delicioso que estaba expuesto.

—Es que no soy capaz de resistirme a mi duquesa —murmuró él llenando de besos la final piel.

Marjorie no era de piedra, y siempre acababa cediendo con Wesley, que era insaciable con ella.

Así que se volteó para abrazarlo para corresponder esos labios deliciosos.

Llenó de caricias ese rostro bien amado.

—Pues llegaremos tardísimo a mi propia celebración de cumpleaños, porque yo tampoco puedo resistirme a usted…mi querido señor Langdon.

Wesley sonrió al oírle ese mote, nacido de aquella ficción que los unió hace ocho años, y que ella solía usar en la intimidad con él.

—Mi muy queridísimo señor Langdon —murmuró ella antes de perderse entre las sabanas de seda con el hombre de su vida.

Ya la fiesta podría empezar sin ellos.

FINAL

Sobre Lorena Valois

Es posible encontrar todas sus otras novelas, en formato digital y en papel en Amazon.

Aquel Viejo Sentimiento (2019)

Los tres hermanos Hunter parecían tenerlo todo gracias a su talento, atractivo y carisma.

Forjando una carrera de músicos, cosechaban éxitos y suspiros de sus fans.

Pero fuera del escenario, no todo era color de rosa.

Dylan había encontrado al amor de su vida muy pronto y lo había perdido por causa de un gran malentendido ocasionado por los celos y la desconfianza.

Benjamín, también había hallado el amor, aunque su díscolo carácter escondía un duro secreto por debajo.

Frederick, el mayor de los tres, amaba a la misma mujer desde hace años, pero nunca se permitió acercarse a ella, desperdiciando valiosos años en la espera.

En medio de esa vorágine en sus vidas, se verán envueltos en unos sucesos de venganza y oscuridad, que podría destruir todo cuanto le es querido.

¿Qué decisión tomarán al verse enfrentados entre viejos sentimientos y unas nuevas emociones?

Con mucha música de por medio, unos personajes entrañables y finales inesperados, Lorena Valois nos trae su primera novela romántica contemporánea.

Un Trato Peligroso (2020)

Sebastián era el barman más exitoso de la ciudad. Engreído, atractivo y tonto, porque se había enamorado de la bella Sofía Sanders, una mujer fuera de su alcance. Lauren era la mejor amiga de Sebastián.

Confusa acerca de sus sentimientos hacia Alexander Estévez, un joven vicepresidente comercial de una exitosa compañía que no sabía quién era ella. Sebastián y Lauren deciden hacer un pacto para fingirse amantes, a ver de atrapar a la veleidosa de Sofía y al guapo de Alexander. Un pacto que pasará de ser una peligrosa mentira a una oscura y dolorosa verdad.

Cuando la delgada línea entre el amor y la adicción al exquisito dolor de aferrarse a alguien inalcanzable se lleva al límite.

Segunda Novela Romántica Contemporánea de Lorena Valois, luego del éxito de Aquel Viejo Sentimiento.